Para Nacho, que me enseña a mirar tejados.

0

Vivo en un tejado, tengo un barco hecho en su mayor parte de corcho blanco, una piedra mágica y una novia que no me lo creo.

Aunque esto no siempre ha sido así.

Por eso lo cuento.

1

Cuando el mar se lo tragó todo, yo solo tenía siete años y unas ganas tremendas de quedarme viendo la tele en lugar de ir al colegio (no es que no me gustase el colegio, es que me gustaba mucho más la tele).

Una de las cosas raras que tienen los recuerdos es que soy capaz de visualizar perfectamente lo que estaba desayunando ese día –una tostada con mantequilla y mermelada de melocotón que olía a pies y un vaso de leche con miel–, puedo recordar con exactitud cómo entraba la luz en nuestra casa. Incluso me acuerdo de mis padres moviéndose por la cocina, preparando nuestras mochilas para después meternos con prisa a Miguel y a mí en el coche y llevarnos a clase. Hay cosas así que se te quedan grabadas para siempre.

No soy el único que le da vueltas constantemente al mismo recuerdo. Ni tampoco soy el único que puede describir detalles absurdos de aquel día, como un sonido, un sabor o una imagen concreta e insignificante. Todos lo hacen. Es como un tesoro que cada uno guarda y observa cuando nadie más está mirando. Mi joya más preciada es ese desayuno, la prisa de mi madre mientras sacaba y metía cosas de su bolso, el gesto que mi padre hizo para cargar a Miguel mientras le quitaba el babero y los dibujitos animados bailando en la televisión.

Tenía siete años y el agua entró poco a poco en la casa.

En mi imaginación fui el primero en darme cuenta.

Seguramente no entró tan poco a poco como yo lo recuerdo ahora.

Entró con fuerza, porque se lo llevó todo.

Con todo quiero decir a mis padres y a mi hermano.

Porque los edificios quedaron mágicamente en pie.

Hay cosas así que pasan de pronto y te cambian la vida por completo, si es que la conservas.

Y yo la conservé.

En realidad da igual que tengas siete o veinte o cien años ante una cosa así.

Si de pronto el mar decide que ha llegado su turno y se traga cada uno de los malditos pueblos de costa del mundo, te cambia la vida.

2

En once años te da tiempo a acostumbrarte.

A veces te descubres pensando que las cosas siempre han sido así; quiero decir, con el agua llegando hasta el quinto piso de los edificios y las montañas a lo lejos formando la nueva línea de playa. Ten por seguro que en once años la gente ha vuelto a acostumbrarse a veranear y a tomar el sol. El tiempo borra los recuerdos más horribles y, aunque al principio fuesen muy pocos los que elegían la costa como destino de vacaciones, ahora nuevos hoteles se llenan de turistas relucientes. O se organizan visitas en catamarán a los pueblos de los tejados con guías bronceados y sonrientes.

Somos una actividad de aventura.

A Rafa le toca las narices que los *terrestres* –así los llamamos, aunque en realidad nosotros también seamos terrestres, pero entiéndenos, nos sentimos más peces que otra cosa– vengan en sus barcos con monitores rubios en camiseta de tirantes, describiendo cómo eran antes nuestras casas. A los turistas les encanta. Llegan con sus lanchas y nos miran como si fuésemos animales de zoológico. Algunos quieren hacerse fotos con nosotros.

Es absurdo.

No todo el mundo entiende que hayamos preferido quedarnos aquí, en lugar de irnos tierra adentro como hicieron los demás supervivientes.

Pero sé que esto no solo pasa en este lado del planeta.

Sé que en los tejados que han quedado en la superficie a lo largo del mundo, como islas diminutas e incluso ridículas, viven muchas personas como yo: aterrorizadas con la idea de volver a tierra firme.

Supongo que cuando has visto lo que el mar puede hacer con la seguridad de tu piso de dos habitaciones, no es una mala decisión acostumbrarte a sus reglas.

Yo, por ejemplo, soy incapaz de vivir bajo techo.

3

Lo intenté.

Bueno, lo intentaron.

Me sacaron del agua y me llevaron a un polideportivo mientras se decidía la magnitud de la catástrofe.

Es curioso cómo un niño de siete años puede aprenderse esas palabrejas –*magnitud de la catástrofe*– y repetirlas en su cabeza constantemente como si fuesen un mantra.

Magnitud de la catástrofe.

Magnitud de la catástrofe.

No lo recuerdo muy bien, pero creo que al principio tenía la esperanza de que mis padres apareciesen por la puerta del polideportivo. A veces llegaba el tío de alguno de los niños que esperábamos allí, o incluso una madre venía a llorar abrazándose a su criatura, dando gracias a Dios a viva voz.

Había niños que eran tan pequeños que no sabían ni cómo se llamaban.

Yo sí.

Se lo dije a la enfermera cuando me preguntó.

–Me llamo Roberto Vega.

Ese es el nombre que me pusieron mis padres.

Pero ninguno de los dos vino a por mí.

Ellos no aparecieron.

Por eso ahora me dicen Rob. Acorta.

Y no tengo que acordarme de que Roberto Vega no recibió visitas. No es una cosa que sea agradable recordar, la verdad.

4

Todo esto debe de estar dando mucha pena.

A mí me daba pena aquel lugar lleno de niños que lloraban, lleno de pesadillas y padres que nunca aparecían. Creo que por eso decidí que era mejor largarse.

No sé cuánto tiempo estuve allí, pero un día me di cuenta de que aquel no era mi sitio. Esas cosas de pronto se saben. Soy una persona resolutiva, o lo fui en ese momento.

Era largarme o que me mandasen en autobús tierra adentro. Más lejos del mar. A cualquier hogar de acogida o a una casa con una nueva familia, como nos contaban los niños más mayores para intentar aterrorizarnos.

A mí no me hacía ninguna gracia. No quería alejarme de la posibilidad de encontrar a mi familia. A mi propia familia.

Tampoco quería imaginarme encerrado bajo un tejado. El mismo techo del polideportivo me asfixiaba, parecía querer caerse sobre mí. De día intentaba estar fuera, en un recinto vallado al que nos dejaban salir a jugar a la pelota. Por las noches no era tan fácil. Sentía que me faltaba el aire cuando clavaba los ojos en las vigas sobre mi cabeza.

No era el único al que le pasaba eso.

Había una chica –no sé cuántos años tenía y no me acuerdo de cómo se llamaba–, que se dio cuenta de que teníamos el mismo problema. Cuando apagaban las luces, venía hasta mi saco de dormir, me cogía de la mano y me llevaba junto a otros a una terraza que dejaban abierta y desde la que podíamos escuchar las olas a lo lejos. Era ridículo pensar que las olas ahora llegaban hasta allí, hasta el pueblo de montaña que veíamos desde la antigua playa.

Nos dormíamos unos encima de otros.

Noche tras noche.

Cada vez menos.

Hasta que me quedé yo solo en la terraza. Creo que al final hasta la chica aquella se fue en uno de los autobuses, en busca de una nueva familia. Otros se escaparon en cuanto pudieron.

Yo tenía claro que no quería coger un autobús, así que decidí largarme también.

No era difícil.

Quiero decir, nadie daba abasto.

Habían desaparecido millones de personas, el mundo había cambiado y no se sabía por qué. Los adultos estaban que trinaban. Yo estaba cansado.

Quería volver a mi casa.

Supongo que todavía no era demasiado consciente de que mi casa, que era un apartamento en la tercera planta de un edificio a tres minutos andando de la playa, había sido inundada por completo.

En mi alma infantil alimentaba la esperanza de que el mar se retirase poco a poco o de que mis padres y mi hermano me estuviesen buscando con un barco. Quizá ellos no sabían que yo había sobrevivido.

5

Ni lo uno ni lo otro.

Hace once años que el mar ganó sus nuevos terrenos y está más que cómodo.

Científicos de toda la Tierra siguen dando conferencias al respecto.

Yo me he acostumbrado. Vivo en un tejado y tengo mi propia barca, aunque sea una chapuza. Hago mis trabajos y cazo algún tesoro.

Sobrevivo.

Cuando mi amigo Rafa se pone a despotricar contra los turistas, yo imagino qué baratija puedo venderles para conseguir un buen trato. Compran cualquier guarrería con tal de que les cuentes una historia romántica explicándoles cómo lo sacaste del fondo del mar.

Soy bueno contando historias.

Pero soy muy malo con el trueque.

6

Soy cazador de tesoros.

La verdad es que no es nada épico si piensas que todos los que volvimos a los tejados nos dedicamos a lo mismo. Era la única manera que teníamos de mantenernos aquí.

Aunque tampoco es que se esforzasen demasiado en echarnos.

El trabajo es sencillo: te tiras al agua con tu red y buscas en las casas sumergidas más abajo cualquier cosa que puedas transportar. Lo que quiera que encuentres se vende o se cambia. Pero por aquí es mejor hacer un trueque que conseguir unas monedas.

Una vez me pasé tres meses con un billete grande sin que nadie quisiese venderme nada. En cambio, si consigues entrar en una despensa inundada y te haces con una lata de fabada o de piña en su jugo, tienes más posibilidades de hacer un buen trato.

Aunque no quiero engañarte: lo que de verdad mueve este mundo son las joyas y las cosas así. Te puedes pegar unas buenas vacaciones si encuentras un tesoro de ese tipo o los ahorros de alguien, o una caja fuerte pequeña en la que no ha entrado el agua. Incluso, a veces, aparece uno de los viejos habitantes de este pueblo y te cubre de oro solo por recuperar el oso de peluche más feo del planeta, porque le recuerda a su hija. Yo no soy de esos afortunados.

Después de once años no me he hecho con un emporio.

Empecé temprano, pero tuve que aprender muchas cosas mientras los demás conseguían los tesoros más asequibles cerca de la superficie. Ahora los pisos a los que tengo fácil acceso están prácticamente desvalijados, lo que aparentemente es un problema sencillo de resolver.

–Baja más, Rob –me dirías.

Piénsatelo antes.

No nos han salido branquias.

Efectivamente, necesito un equipo de submarinismo. Pero eso no es barato.

Acabo de decir que me siento un rey si consigo una lata de comida. Imagínate cuántas latas de comida tengo que conseguir para que me alquilen un equipo durante unas horas. Un equipo de los malos. De los que pueden dejarte tirado a mitad de la inmersión.

Para conseguir uno fiable debería haber empezado a desvalijar pisos con siete años. Empecé con diez. Los demás aprovecharon ese tiempo de diferencia para establecer sus posiciones dentro de nuestra comunidad.

Te aseguro que no es fácil ascender en los pueblos de los tejados.

7

Además, cuando llegué intentaron echarme.

Me había colado en una lancha del ejército, de las que iban a los tejados a recoger a los equipos de salvamento, que habían estado trabajando el día entero buscando posibles supervivientes. Hice el viaje callado e intenté mantenerme así cuando salí de mi escondite y divisé el panorama.

Imagínate.

Todo lo que abarca tu vista es mar negro bajo las estrellas. Si miras hacia atrás puedes ver las luces de los pueblos que han quedado a salvo, protegidos por la altura de la montaña. Son puntos amarillos y rojos y verdes. Pero a tu alrededor solo se escucha el océano. Y hay focos iluminando a los submarinistas que se deshacen de sus trajes, apoyados en la barandilla que antes protegía a la gente cuando se asomaba por un sexto piso.

El sexto piso ahora es un bajo y el mar golpea contra el murete que protege la terraza.

Me escondí entre dos chimeneas, temblando de pies a cabeza porque estaba aterrorizado con la idea de que me descubriesen y me devolviesen a tierra.

Cuando los militares se fueron y se llevaron sus luces, todo se quedó aún más negro.

Podía haberme muerto de miedo, pero me quedé frito antes. Creo que durante mi huida me había dado un ataque de nervios o algo así, y me relajé al sentirme a salvo en esa terraza.

Antes de que amaneciese me despertó un viejo con barba blanca y afilada que parecía un poco loco. Cubría su cabeza calva con una gorra de fútbol y vestía una camisa de flores y unas bermudas marrones.

–Lárgate de aquí, mocoso –me dijo mientras me daba una pequeña patada con su pie descalzo para despertarme–, si no quieres que te vuelvan a llevar a tierra.

Me tuvo que explicar varias veces que yo no era el único que había acudido a los tejados para rehacer su vida. Muchas personas habían regresado a las zonas inundadas, asentándose en las terrazas y volviendo a resucitar aquel pueblo devastado. Eso no le hacía ninguna gracia al ejército y, por lo tanto, intentaba desalojarlos.

Al parecer no podía.

De hecho, todavía no lo han conseguido; somos un vacío legal que genera ingresos turísticos.

De todos modos, aquel día el ejército no iba a ser mi mayor preocupación.

–Métete en el quinto y espera a que te mande a alguien –me indicó el viejo levantándome, tirando de mi sudadera y empujándome hacia la barandilla.

Quería ayudarme a escapar de las lanchas de rescate, y esa era una buena señal.

Al asomarme, descubrí que el mar había bajado y el quinto piso estaba entonces a medio inundar.

–Me voy a ahogar –murmuré preocupado.

–¿Sabes nadar?

–Sí, pero está todo lleno de agua.

–Busca una cocina, súbete a la encimera y espera.

–Pero...

–Eres muy terco, chico. Intento echarte una mano.

El viejo me señaló una cuerda atada a la barandilla. Le habían hecho nudos para que sirviese como escalera.

Enseguida los dos nos dimos cuenta de que yo no era muy hábil encaramándome a la cuerda. Cuando tuve los dos pies por debajo de la barandilla, tanteando en busca de uno de los nudos, el viejo volvió a preguntarme si sabía nadar.

–Sí sé –creo que le respondí hasta orgulloso.

Entonces me empujó y me caí al agua.

Me llevé un susto de muerte porque no había vuelto a sentir el mar rodeándome desde el día de la catástrofe. Primero noté que me faltaba la respiración, pero luego me di cuenta de que no pasaba nada y nadé para agarrarme a la pared del edificio. Escuché la risa del viejo por encima de mi cabeza y me dieron ganas de escupirle o de ponerme a llorar. Seguramente habría hecho lo segundo si no se hubiese escuchado de pronto el motor de una lancha.

–¡A la cocina! –me susurró el viejo antes de darme la espalda y desaparecer.

Abrir puertas dentro del agua no es fácil. Afortunadamente, los cristales del balcón estaban rotos y yo tenía el cuerpo delgado y pequeño, por lo que pude colarme hasta la cocina. Algunos muebles flotaban y podía apoyarme en ellos para impulsarme.

Creo que rezaba para no encontrarme ningún muerto. Ya había visto cuerpos a la deriva después de la inundación, y no era agradable.

Tuve suerte. Me pasé el día en la cocina y encontré una bolsa de patatas fritas en uno de los estantes. Me senté en la encimera y me la comí cuando me dio hambre. Había también zumos. Todo estaba mojado por fuera, pero seco por dentro. Ahora que lo pienso, aquella fue la primera vez que rapiñé algo de los pisos inundados.

Escuchaba a los equipos de rescate bajando y subiendo del tejado. Lanchas que llegaban y lanchas que se largaban. Me ponían nervioso esos ruidos, creía que iban a descubrirme.

Decidí que lo más seguro era ocultarme un poco más y me metí en el despensero, que era bastante grande. Recuerdo que el techo me oprimía como si cada vez estuviese más cerca de mi cabeza, pero aquel mueble me hacía sentirme a salvo. Fue por poco tiempo.

Cuando el mar comenzó a subir de nuevo, entré en pánico. El sol cada vez iluminaba menos y no había ido nadie a buscarme. Comencé a dudar del viejo que me había despertado. No sabía por qué me había ayudado y, al fin y al cabo, podía haberse olvidado de mí a lo largo del día.

Afortunadamente, antes de que me ahogase por la subida de la marea o por mis intentos de nadar afuera, apareció un tipo con un chaleco salvavidas.

Estuve a punto de salir huyendo pensando que se trataba de uno de los rescatadores del ejército, que me llevaría de vuelta a mi futuro en las casas de acogida. Pero me equivocaba. Era el bueno de Gabriel.

Gabriel fue durante muchos años el corazón de nuestra comunidad. Era un hombre bonachón y cariñoso, aunque firme en sus convicciones. Ayudaba a cualquiera que lo mereciese, pero era severo con los que le decepcionaban. Se murió el año pasado, es una pena. Le falló una de las botellas de oxígeno y se quedó dentro. Todos lo recordamos con cariño.

Aunque aquel día no fue compasivo conmigo.

Después me tomó afecto, lo sé porque me lo dijo.

Pero ese día ya te digo que no: cuando me llevó sano y salvo delante del grupo de supervivientes que vivía en los tejados, no me tenía ningún aprecio. De hecho era el capitán de la sección que defendía que debían mandarme a casa porque era un niño inútil.

Aquello me dolió, porque no era el único niño que había en el tejado. De hecho había más de uno.

Serían unas cuarenta personas en total aquella noche, aunque el grupo ha ido creciendo con el paso del tiempo. El viejo que me había salvado por la mañana no estaba por ninguna parte, pero no me importó y nunca me cuestioné dónde se había metido después de aquel encuentro.

No me dolía solo que hubiese otros niños. Creo que me dolía más que hubiese niños con padres. Especialmente me dolía aquella mujer fuerte de pechos grandes que me miraba como si me estuviese sopesando mientras sus dos hijas se apoyaban en sus brazos. Me parecía una hipócrita. Ella y todos.

Yo también era un superviviente.

Yo también merecía estar allí.

Aunque, con algo más de siete años, no pudiese explicarlo.

Aunque solo pudiese sentir frustración.

Cuando creía que ya no tenía ninguna oportunidad porque Gabriel y otros hombres estaban echando a suertes quién me entregaría a las tropas de salvamento, un chaval me defendió.

No sabía ni cómo me llamaba, pero me defendió.

Tampoco recuerdo lo que dijo concretamente, algo de que tenía el mismo derecho que los demás, algo de oportunidades y dar ejemplo. Cosas de esas que tocan la fibra sensible de los adultos. Sus palabras surtieron efecto porque dejaron de rifarse el derecho a entregarme.

Creo que mi defensor al final se arrepintió un poco de sus palabras, porque le tocó cargar conmigo.

Era Marcos.

Si no hubiese sido por Marcos y por su pandilla, yo no sabría nada de lo que sé. Y lo que es más importante: no sería un cazador de tesoros.

8

A algún terrestre puede parecerle ridícula nuestra forma de vida.

Dormimos en colchones recuperados de los pisos menos inundados, colchones que hemos secado al sol y que a veces están llenos de algas. Somos bastante independientes. Cada uno tiene su tejado o su rincón. Quedaron casas habitables, pero pocos hemos vuelto a dormir bajo techo. Los balcones y las terrazas son nuestros refugios.

Cuando observas la ciudad desaparecida bajo el mar, solo alcanzas a distinguir una línea de tejados que se extiende a lo largo de lo que antes era la costa. Los grandes edificios, los monstruosos edificios que observaban las olas desde lo alto, las tienen ahora lamiéndoles los tejados. Las casas antiguas del centro de la ciudad, los viejos hogares de los pescadores, han desaparecido. A veces algún edificio asoma la cabeza por detrás de los gigantes que dominan la superficie, algún bloque de apartamentos que estaba encima de una colina, o que era lo suficientemente alto como para sacar la nariz estando de puntillas, emerge creando una nueva superficie que puede ser aprovechada como vivienda.

Parecemos islas. Tejados, terrazas como islas. Salpicadas irregularmente en el océano. Unidas por pequeñas pasarelas de madera o por cuerdas inseguras. Hay tejados que aparecen solo por las tardes, con el cambio de la marea, y puedes ir allí a descansar si has estado nadando o a estirarte como un gato al último rayo de sol. No sé por qué me gustan tanto esas terrazas llenas de antenas que se acaba tragando el agua al cabo de unas horas, quizá porque en una como esas comenzaron mis andanzas como cazador de tesoros, cuando pertenecía a la pandilla de Marcos.

Al principio vivíamos en un tejado con forma de ele que solo aparecía por la noche. Guardábamos nuestras pocas pertenencias en un piso que nadie había reclamado y nos pasábamos el día moviéndonos, cazando. Nos escondíamos del ejército porque éramos menores de edad y podían raptarnos para llevarnos a tierra. Ahora, cuando echo la vista atrás, me doy cuenta de que no demostraban demasiado interés por nosotros. A veces, si nos pillaban por sorpresa, alguno de los adultos se hacía pasar por nuestro padre. No sucedía a menudo.

Marcos utilizaba las cuerdas de tender de nuestra terraza para crear tiendas de campaña bajo las que nos hacinábamos cuando llegaba el frío. Cocinábamos haciendo fuego en una zona apartada del tejado y comíamos cualquier cosa que encontrábamos. Dejábamos hilos de pescar agarrados a la barandilla cuando salíamos a cazar y por la noche asábamos nuestras presas, hipnotizados por los tiernos aromas de la madera.

Ese fue mi primer trabajo: recopilar pescado.

El día que llegué éramos seis. Marcos y su hermana Natalia, Rafa, Fran, Claudia y yo. Dieciocho, quince, catorce, diez, diez y siete años. Marcos y Natalia eran los jefes de nuestra pandilla. Decidían dónde cazábamos, marcaban nuestros objetivos y rogaban, si hacía falta, para conseguir comida para los más pequeños. Fran y Claudia, aunque más jóvenes, demostraron enseguida que eran muy útiles y pronto se les confiaron tareas importantes, como enseñar a los nuevos que iban llegando o negociar con los adultos para colocar los tesoros que cazábamos. Yo servía para bien poco.

El día que abandoné la pandilla eran muchos más. Fran y Claudia eran los líderes entonces, los demás se habían ido yendo conforme construían su nueva vida. O porque estaban cansados de trabajar en equipo, como me pasó a mí.

Por eso ahora vivo en otro tejado. No es muy grande y la mayoría del espacio se inunda cuando cambia la marea. Supongo que soy un romántico. Tengo un colchón de matrimonio que me costó izar un día completo, pidiendo favores que todavía estoy devolviendo. Con algunas maderas, partes de estanterías, lonas de plástico y varios trozos de uralita construí una estructura que me permite refugiarme del viento cuando aprieta el frío, aunque es algo que pocas veces sucede por esta zona, porque nuestro invierno es ligerísimo. Tengo mi propio motor y una cocina eléctrica. Un frigorífico viejo, que até a una barandilla para que no se lo llevase el mar cuando se pone insistente, me hace las veces de armario y de nevera, aunque no funcione ya. Fue un regalo de Marcos cuando decidió cambiar su residencia. Casi hundimos su vieja barcaza trayéndolo hasta aquí.

He coleccionado algunos libros y tengo dos cuadros colgados de una antena de televisión que también me hace de tendedero cuando llego empapado. Me gustan mis cuadros. Uno es el dibujo de una puerta de madera antigua y el otro es una marina del viejo puerto con los barcos descansando. No son originales. Son reproducciones de plástico; por eso han sobrevivido y no las he destinado al trueque. Aunque no valen demasiado, tienen valor para mí.

Mi tesoro más preciado es la lata de fotografías de mi madre. Tenía trece años cuando la conseguí. Estuve trabajando para las Medusas durante tres meses para pagar las botellas de oxígeno que me hicieron falta para llegar hasta mi vieja casa y recuperar aquella lata de galletas llena de instantáneas. Tuve que dejar lo demás sumergido e inútil, como en un mausoleo. Sé que no se habrán llevado demasiado. Escondí algunos recuerdos para volver algún día a por ellos, cuando tenga tiempo y pueda permitirme alquilar unas botellas. Pero al final siempre tengo mejores cosas que hacer. No es que no quiera regresar. Es que me cuesta trabajo. Además, no soy un tipo dado a la melancolía, tengo otras prioridades.

Como buscar qué llevarme a la boca.

9

En nuestra pequeña comunidad contamos con algunos ingenieros que han creado una escuela de aprendices y nos hacen depender de ellos de manera constante.

No es que sean ingenieros como los terrestres, con sus títulos universitarios y sus fotocopias acreditando mil idiomas y habilidades. Nuestros ingenieros son los manitas de los tejados, los que solucionan una canalización o consiguen una instalación eléctrica que no nos deje pegados al cable, los que construyen un puente o hacen flotar un barco. Creo que si no existiesen los negocios de submarinismo, ellos serían los reyes de los tejados. Pero acabas por no agradecer lo más necesario y todos nos arrodillamos como imbéciles ante los que tienen el oxígeno que nos permite cazar.

Lo que ahora nos parece tan natural como tener agua potable, en su momento nos pareció un milagro de los ingenieros. Hicimos fiestas y les dimos las gracias. Pero ahora aplaudimos a los que nos alquilan el equipo de submarinismo. Por eso los ingenieros ya no son los más aclamados. Por eso refunfuñan tanto cuando necesitas que reparen tu canalización y ponen unos precios tan altos.

Yo tengo suerte. Mi amigo Rafa se reinventó como aprendiz de ingeniero y para él soy algo así como el hermano que perdió. Así que no tengo que llorar demasiado y puedo pagarle con cuatro tonterías cuando deja de llegar agua a mi tejado.

Al principio, encontrar botellas de agua dulce era mejor que dar con un anillo de oro. Después, el bueno de Gabriel halló una solución que mejoró nuestras vidas.

Gabriel fue el rey durante mucho tiempo gracias a eso.

Consiguió bombear agua desde un segundo piso hasta el exterior. Todos íbamos a su casa a rellenar nuestras garrafas y no nos cobraba nada.

Por eso recordamos con cariño a Gabriel. Por eso le dimos un funeral de vikingo y nadie reclamó su barca ni se quejó de que se la dejase a Marcos y a Natalia. Por eso Lana hizo un cartel conmemorativo que pone «La fuente de Gabriel» y lo colgamos encima de su grifo, aunque ya casi nadie vaya a llenar sus garrafas allí.

Gabriel creó la escuela de ingenieros y poco a poco consiguieron canalizar agua a algunos tejados; empezaron a recoger el agua de la lluvia e hicieron depósitos usando piscinas de plástico. Pero no les debemos solo eso, también son los inventores de las pasarelas que nos unen, los generadores de electricidad o la ciencia de crear barcos reciclando basura.

Barcos como mi barco.

10

Marcos mantenía a flote a nuestra pandilla porque se había conseguido una barca de pescador hecha un desastre y la había restaurado.

Había peleado por ella como un adulto cuando intentaron quitársela.

–Él se la ganó con su cabezonería –solía decir Gabriel cuando cualquiera le pedía que repitiese aquella historia, en las veladas que pasábamos en el gran tejado del hotel sobre el que vivía.

Le encantaba contarnos cómo Marcos se había defendido con la cara roja como un tomate, alegando que tenía más derecho que nadie a quedarse con la barca porque había sido el que la había encontrado y el que la había arreglado, aunque muchos pensasen que alguien tan joven como él no merecía ese privilegio.

Esa barca nos llevó a zonas inexploradas y nos permitió sobrevivir cuando nadie apostaba por nosotros, cuando la mayoría de los que se reunían en los tejados imaginaban que volveríamos a tierra tarde o temprano.

El oficio de cazador de tesoros se creó casi al mismo tiempo que el mar lo inundó todo. Aún no se habían iniciado las labores de búsqueda y ya había algún listo haciéndose con riquezas en la nueva orilla, riquezas arrastradas por las olas que se quedaban ancladas entre la basura. Por eso, antes de que las lanchas del ejército desaparecieran, ya había patrullas de cazadores que vaciaban los apartamentos de la superficie y cobraban por devolver a sus dueños sus pertenencias.

La barca de Marcos nos permitió alejarnos un poco de las zonas más frecuentadas por los mayores. Inicié mi primer descenso desde esa barca, llevando las gafas de bucear que Rafa me había conseguido como regalo en mi octavo cumpleaños. No logré hacer mi primera caza importante hasta los diez, pero a los ocho me inicié en el submarinismo.

Conseguimos cierto respeto entonces, alejándonos del territorio conocido para hacernos con nuestras propias reliquias.

En esa barca aprendí el arte del trueque y el regateo.

Pero Marcos se la llevó con él cuando conquistó a Sheila y ella se quedó embarazada.

Se la llevó al nuevo tejado y nos dejó nadando en tablas.

11

Ese fue el momento en que nuestra pandilla infantil comenzó a deshacerse.

Gabriel conquistó a mi amigo Rafa, enseñándole a construir barcas utilizando garrafas de plástico vacías, cuerdas y tablas. Poco a poco, lo inició en el oficio de los ingenieros y Rafa sintió el cosquilleo de la curiosidad haciéndose con él. Así que abandonó el tejado que habíamos ocupado y se fue a vivir con el resto de ingenieros.

También yo me hice con mi propia barca y conseguí la independencia, que cada vez sentía más como una necesidad.

La llamé *Ariel*, aunque suene ridículo. *La sirenita* fue la última película que vi con mi madre... y desde entonces me gustan las pelirrojas.

Ariel está formada por una puerta, placas de corcho blanco, dos palos de fregona, una red y una sábana. No es nada elegante. Pero me lleva adonde quiero.

Una vez estuve a punto de cambiarle a un turista una escultura diminuta, que había encontrado sumergida, por un pedal con tobogán. La figurita debía ser de un tipo importante para que me ofreciesen a cambio una embarcación.

Casi acepté el trato.

Un pedal era más seguro que mi barca, y el tobogán le daba cierto encanto. Pero miré a *Ariel* y sentí que estaba cometiendo algún tipo de traición.

En vez del pedal, pedí carta blanca para conseguir comida del bar de Toni y Angelina durante tres meses.

No me arrepiento para nada.

12

Toni y Angelina se conocieron en los tejados.

Cuando el mar se lo tragó todo, se llevó a nuestros seres queridos. Una barrabasada así debería enseñarte a no volver a amar a nadie. Pero lo cierto es que nos enseñó justamente lo contrario.

Desde que tengo siete años he visto cómo auténticos desconocidos se convertían en familia y cómo gente aterrorizada por la idea de hablar con otro ser humano, gente que permanecía petrificada en una terraza, agarrada a la barandilla con los nudillos blancos, rompía a llorar en el hombro de un extraño. Te aseguro que en las comunidades de los tejados hay mucha mala leche, pero también mucho amor.

Toni y Angelina son un ejemplo de ello.

Además, son los dueños de la única tienda que tenemos. Tienda y bar. Porque los seres humanos necesitamos también sentarnos en una mesa y pedir una bebida fría.

Toni es millonario.

Multimillonario.

Uno de esos extranjeros ricos que tienen una casa en cada playa y que veranean, según sientan su espíritu, en las Bahamas, en la costa Azul o en Honolulu.

El día en que las cosas se pusieron feas, estaba en su piscina de tamaño olímpico, acompañado de una rubia que podría ser su hija –esto no me lo he inventado yo, esto lo cuenta él cada vez que se toma dos cervezas o se pone melancólico–, bebiéndose un cóctel preparado por su mayordomo brasileño.

Sobrevivió.

Solo él.

Y tuvo el mismo síndrome de pavor a vivir en tierra firme que hemos desarrollado los demás.

Tengo recuerdos borrosos de un hombre gordo con traje de chaqueta impecable que fumaba un puro intentando convencerlo de abandonar los tejados. No lo consiguió. Debía ser algún contable o algún socio de su empresa. Fracasó como tantos otros que vinieron a llevarse a sus tíos, sus abuelos o sus hermanos.

Además, Toni conoció a Angelina y decidió invertir su fortuna en poner una tienda y hacerla feliz.

Ahora tienen una familia.

Y un barco que surte su negocio todas las mañanas.

Tienen combustible, bombillas y el dinero suficiente para contratar un espectáculo musical que alegre nuestras veladas en verano.

Lo único que no tiene Toni es control con las cuentas. Creo que nos tiene a todos fiado y que si no fuese por Angelina nos regalaría el género. Pero ella le pone las pilas.

Son de los pocos, más allá de los ingenieros y los dueños de los equipos de submarinismo, que se mantienen aquí sin cazar tesoros.

Forman parte de los tres pilares de nuestra comunidad.

Se nos habría puesto cara de pescado si no hubiesen abierto «el mercado del tejado 23».

13

En nuestro pueblo sobre los tejados hay tres negocios de submarinismo: las Medusas, los Roque y Ocean's Way.

Creo que es fácil descubrir cuál de los tres es el último en abrir y el que tiene menos clientela. Ocean's Way inauguró su negocio el año pasado y puede darse con un canto en los dientes si consigue alquilar dos equipos al día. Ni siquiera tienen su tienda en uno de los tejados; vienen con su barco y se plantan aquí pretendiendo hacerse un sitio. Son una franquicia que intenta aprovecharse de las circunstancias. Por lo visto empezaron al norte del país y ahora están llevando sus barcos a la mayoría de los pueblos nuevos que se han creado en las zonas a medio sumergir. Si se mueven así, es que por ahí les estará funcionando.

Aquí no.

Aquí nos gusta ir al negocio de toda la vida y rogar por una bomba de oxígeno aunque sea de rodillas. Por eso no consideramos a Ocean's Way una verdadera amenaza. Por eso, cuando pasamos junto a su barco, los saludamos con compasión mientras nos clavan su mirada suplicante.

No es que tengan malos precios.

Es que tienen precio y aquí el dinero no vale nada.

No entienden lo que es esto. Vienen a primera hora y desaparecen a las cinco de la tarde. Viven bajo techo. En tierra firme. Compran con monedas en supermercados y se comunican con tierra usando teléfonos.

A mí me dan pena.

Por las noches hacemos apuestas para ver cuánto durarán por aquí.

Las Medusas sostienen que no cumplen los dos años.

Los Roque afirman que dos años y tres meses.

Yo apuesto por tres años. Es pura compasión.

Tampoco es que suela tener cosas de valor como para realizar un trueque con los otros negocios.

Las Medusas son una empresa familiar, dirigida por aquella mujer que abrazaba a sus hijas el día que casi me echan. Creo que se llama Rita, pero no estoy muy seguro porque aquí se la conoce como Mamá Medusa. Sus dos hijas son sus grandes aliadas: Lana y Judit. Mamá Medusa estuvo casada con un capitán de barco al que se tragó el mar. Tenían un negocio de submarinismo antes de que el agua recuperase sus dominios y lo siguen teniendo ahora.

Viven en el tejado de un alto hotel y utilizan los tres pisos de debajo, que quedan fuera del agua, como almacén. Cada balcón es una sección: pesca, equipos de buceo, ropa de neopreno, deportes marítimos, recambios para barcos... Los ingenieros han construido escaleras y plataformas que permiten el acceso a los clientes, que tienen incluso donde atracar sus barcos. Las Medusas se han hecho a sí mismas y tienen el negocio más respetado. Por eso son las más caras.

Casi nunca tengo material para hacer trueque con ellas.

No quieren latas de comida ni baratijas.

Aun así, voy siempre que puedo.

Paso con *Ariel* por la parte norte del edificio y miro a Lana discutiendo con su madre o ayudando a su hermana Judit a cerrar alguna venta.

El resto de trabajadores que tienen contratados me da igual.

Las Medusas hacen negocios con los turistas que llegan cada día. Pueden ser el mejor intermediario si no sabes bien cómo colocar algo que has cazado.

Pero no se te ocurra traicionarlas.

No intentes ser más listo que las Medusas.

Porque ellas llenan de oxígeno tus bombonas.

Los Roque son distintos. Tienen un chiringuito cutre en su terraza, con botellas de oxígeno de hace mil años, e incluso te ofrecen llevarte con su barco a alta mar para pescar a cambio de cualquier tontería. Una vez conseguí una noche entera de pesca ofreciéndoles una horrible lámpara de pie con cristales de colores.

Los Roque son padre e hijo. Y los distinguimos como Roque Padre y Roque Hijo. A ellos les decimos solo Roque. Son de ese tipo de personas que se convertirán en idénticas conforme pase el tiempo. Estoy convencido de que cuando Roque Padre muera, observaremos los pasos torpes de su hijo, su barriga prominente y su bigote canoso pensando que estamos ante un fantasma. Cada día son más iguales; si cierras alternativamente los ojos cuando están juntos, parece cosa de magia.

Las Medusas y los Roque: dos casos contrarios en el negocio del submarinismo, dos suministradores de oxígeno con gran voz en nuestra comunidad. No enfades a Mamá Medusa y no insultes a los Roque.

Esas son dos leyes básicas para poder trabajar.

14

Como habrás podido comprobar, no soy un personaje de éxito en nuestro pueblo.

No soy uno de los ingenieros, no trabajo para las Medusas ni consigo el favor constante de los Roque, pocas veces logro cazar cosas de valor y casi siempre tengo deudas con Toni para conseguir comida en su tienda. A lo mejor te preguntas cómo diantres sobrevivo aquí o por qué no me he ido a otro sitio a probar mejor fortuna.

Esas son preguntas que solo se hacen las personas que viven en tierra firme.

Si vivieses en un tejado en medio del mar, no te lo preguntarías.

No es que intente despreciar tu manera de ver el mundo, es que es distinta a la mía.

Marcos me hizo un cazador de tesoros y eso es lo que soy, aunque me vaya regular, aunque tenga que hacer mil triquiñuelas para conseguir algo digno. Aquí no tiene valor ascender en el trabajo, mejorar tu sueldo o permitirte las vacaciones soñadas para toda la familia. Aquí las prioridades son distintas.

Yo soy feliz. Y en el mar eso es lo único que importa al final del día: poder acostarte bajo las estrellas con el espíritu en paz, aunque te rujan un poco las tripas.

De todas formas, en los pueblos de los tejados nos ayudamos. No conozco a ningún cazador de tesoros que se haya muerto de hambre.

Somos una comunidad sencilla. Y aunque cada día seamos más, aunque a veces te cruces con una cara desconocida montada en una barca ridícula, aunque haya quien prefiera la soledad y la independencia a las veladas en el tejado de Gabriel o en el local de Toni, al final acabamos conociéndonos, al final somos algo parecido a una familia.

Por eso puedo pasar una semana infernal intentando cambiar un billete sin éxito y, aun así, llevarme a la boca un plato de patatas cocidas y carne.

15

He dicho ya que me llamo Roberto Vega, pero podéis pensar en mí como Rob.

De hecho, todo el mundo piensa en mí como Rob.

No le deis muchas vueltas a mi aspecto. Soy un tipo normal, con el pelo desgreñado y moreno –no recuerdo la última vez que vi una peluquería, aunque sí recuerdo haber cambiado unas tijeras de peluquero por un buen abrigo impermeable–, también tengo la piel morena gracias al sol y una cara de lo más corriente: ojos marrones, boca como todas las bocas, nariz como todas las narices, cuatro pelos locos que me salen por barba –y que corto cuando no hay más remedio con una cuchilla de afeitar no demasiado oxidada– y dos orejas discretas que no hacen que mi cabeza llame tanto la atención como la de mi amigo Rafa, que cualquier día echará a volar sin que él se dé cuenta. Estoy flaco, pero soy fibroso.

En los tejados verás a pocas personas gordas; solo hay algunas en las tiendas de submarinismo y en el bar de Toni y Angelina, pero esto último no se lo digas a ella.

Aguanto tres minutos y medio bajo el agua si no tengo que moverme mucho, y alguna vez he superado los dos minutos en movimiento. Es algo que se consigue con mucho entrenamiento. La reina en eso es Natalia. La hermana de Marcos puede estar cinco minutos bajo el agua como si tal cosa y desciende veinte metros sin oxígeno sin despeinarse. La he visto andar por el fondo del mar, entre las casas y los coches volcados. Da un poco de miedo, aunque estés acostumbrado, porque parece que miras al pasado a través de un cristal difuso.

Generalmente cazo tesoros en solitario. Antes cazaba con la pandilla de Marcos. Después me largué y solo hago ciertas colaboraciones, no sé, cuando alguien necesita un sofá o algo pesado y vamos a ganarnos a cambio comida para una semana. A veces

Rafa trabaja conmigo, pero únicamente cuando le ruego que me eche una mano porque me han dado un chivatazo.

Los peces gordos ya no pierden su tiempo en las presas que a nosotros nos pueden interesar. Ellos cazan por encargo o porque han investigado y saben que hay algo con lo que pueden coronarse. Hay personas que vienen buscando objetos concretos que quieren recuperar de sus casas o amigos de amigos que recuerdan una caja fuerte en el hogar inundado de sus vecinos muertos. No te creas que esto no es un buen negocio.

Arancha suele soltar algún recado en el bar de Toni, cuando Luke no está mirando.

–Hay herramientas en un tercero al oeste, Rob.

O:

–Una despensa entera en el segundo de la torre azul, Rob.

Creo que le gusto a Arancha, que le caigo simpático. Ella me gusta a mí, aunque vaya con su banda de cazadores de tesoros profesionales, con el logo de un tiburón en la pechera de su neopreno negro, y me saque siete años. Si Arancha fuese solo dos años mayor que yo, quizá intentaría ligármela. Solo por el placer de verle darme calabazas y revolverme el pelo diciendo: «Eres muy joven para mí, Rob», con su voz grave y profunda. Es la única decente de los Tiburones, Luke y Rayan son demasiado presumidos. Siempre me tratan con condescendencia.

Arancha no. Arancha me trata como a un cazador con proyección. Por eso me da chivatazos. Le debo más de una buena caza.

16

Hay tres grupos de cazadores profesionales.

Pero yo diferencio dos tipos básicamente. Están los cazadores elegantes y los mafiosos de las mareas. Los Tiburones son de los elegantes, se sirven sobre todo de los artículos de las Medusas y tienen tratos cordiales con sus clientes. Después están los mafiosos, que son los hermanos Pomar y el equipo de Gino.

Si tuviese que catalogar también a estos dos, diría que los Pomar son más limpios que los chicos de Gino. Se documentan, tienen sus contactos en tierra, negocian con las Medusas la mayoría del tiempo y no suelen meterse en problemas con nadie. Pero a veces son un desastre. Los he visto perder clientes por tonterías o presumir de un futuro trueque con un collar que después solo era una baratija. Les falta perfeccionarse.

En cambio Gino...

Gino y sus chicos son otra historia.

Deben dinero a las Medusas, y con eso puedes hacerte una idea. Mienten más que hablan, te roban una localización como presumas demasiado, no respetan las marcas –cuando estás buceando y encuentras un tesoro pero te quedas sin oxígeno, marcas la habitación con una varilla luminosa, subes, coges aire y luego bajas– y se cuelan en las casas en las que estás trabajando en menos de lo que tú tardas en sumergirte de nuevo. Lo peor de todo es que alardean de ello.

A casi nadie le gustan los chicos de Gino. Hacen la vida imposible a las pandillas que se inician en el oficio, destrozan construcciones de los ingenieros si eso les concede alguna ventaja y se pierden cuando beben demasiado.

Solo Mamá Medusa parece sentir compasión por Gino.

A los demás nos cae simplemente mal.

17

Marcos y Natalia están apostando fuerte para colarse en el grupo de los cazadores de tesoros profesionales.

Ese fue otro de los motivos por los que dejaron la pandilla en manos de Fran y Claudia y continuaron solos su camino. No es un camino fácil. La competencia es mucho mayor. Pero yo creo que lo conseguirán, fundamentalmente porque Natalia es una de las mejores submarinistas que conozco y porque Gabriel les dejó en herencia su catamarán.

El catamarán de Gabriel trae muy buena suerte.

No es que sea supersticioso, es que es verdad.

Con él Gabriel encontró la zona residencial de las afueras de la vieja ciudad y se hizo con más de veinte cajas fuertes hasta arriba de tesoros. Con él ayudó al bueno de Greg a encontrar la joyería de barrio que lo retiró.

Por eso confío en el plan de Marcos de hacerse profesional.

Por eso les dije que no cuando me propusieron unirme a su proyecto.

No me interesa demasiado pasarme la vida peleando con el resto de cazadores profesionales por defender una localización, tampoco quiero vivir mirando a tierra pensando en los trueques que tengo que hacer para enriquecerme. Está bien encontrar un anillo de oro de vez en cuando, no lo niego. Aunque prefiero una colección de tazas de té para cambiar con los anticuarios.

Algunas noches pienso en eso, en los anticuarios, en que cuando sea viejo quiero ser como ellos o como Greg. Me imagino con la piel llena de manchas, tostado por el sol y calvo como una pelota de baloncesto, renqueante en mi butaca rescatada, guardando mi colección de cachivaches con historia y mirando a los turistas como si fuesen alienígenas venidos de otro mundo.

Quizá pienses que no son grandes aspiraciones.

Marcos también lo piensa, y niega con la cabeza cuando me escucha.

–Crearíamos historia, Rob –me dice, hablándome como si creyese que he perdido un tornillo–. Te entrené para esto, ¿no? Te enseñé todo lo que sé por algo.

Supongo que siente que lo estoy traicionando.

Natalia no. Natalia respeta mi decisión y pone los ojos en blanco cuando Marcos comienza a sermonearme.

Sheila, la mujer de Marcos, tampoco dice nada, pero, al fin y al cabo, ¿qué va a decir si ella es incapaz de meter la cabeza debajo del agua?

Su caso es de los más terribles.

Ni dentro ni fuera del agua.

Es una criatura intermedia: incapaz de vivir en tierra firme e incapaz de bucear ni siquiera tres segundos. Parecería que el destino ha dado algún tipo de lección a Marcos haciéndolo enamorarse de alguien que nunca se sumergirá con él hasta las profundidades.

No me da pena Sheila. Es la mejor madre que conozco en los tejados. Tan buena que cuando la miro cuidando de sus hijos, creo que aprendió de la mía.

18

Sheila me enseñó a leer y a escribir.

A mí y a casi todos los que no habíamos aprendido bien cuando...

Cuando el mar se lo tragó todo.

Tiene un año más que Marcos y antes vivía con las Medusas. Se cuenta que eran vecinas y que Mamá Medusa se sintió responsable de ella cuando la vio aparecer muerta de miedo en uno de los barcos del ejército.

La trajeron para reconocer algunos restos y Sheila decidió quedarse. Ella no estaba cerca del mar la mañana de la inundación. Se enteró por las noticias de la tele. Le habían dado una beca en no sé dónde porque era una estudiante brillante. Pero no de esas sabiondas que van presumiendo de cada fecha o cifra o dato. No. Sheila es de las que te hacen sentirte listo aunque seas más tonto que una piedra.

Al principio trabajaba alquilando trajes de submarinismo. Después comenzó a llevar las cuentas. Más tarde enseñó a Lana y Judit a leer y todo eso.

Fueron sus primeros pasos como educadora. Ahora tiene algo así como un colegio en su tejado.

El tejado al que se mudaron Natalia y Marcos.

El tejado donde conocí a algunos escritores y donde robé, por primera vez fuera del agua, un libro de mosqueteros.

Es curioso. Porque sé que Sheila lo sabe –lo del libro, quiero decir– y ella sabe que sé que lo sabe... y nunca ha dicho nada, ni siquiera me ha pedido que le devuelva su novela. Supongo que a Sheila le gusta que nos guste leer y se calla. Supongo que por eso, cada vez que consigo un libro que está medio en condiciones, lo seco y se lo llevo. Tiene la mejor biblioteca de por aquí.

Si no hubiese sido por ella, no habría aprendido a interpretar cartas de navegación o mapas de la zona. Los turistas traen con ellos folletos a todo color en los que se ven las plantas de los edificios sumergidos, pintado cada uno en un tono según su altura. Los naranjas son los que asoman siempre la cabeza; los amarillos, los que solo aparecen cuando cambia la marea. Después están los verdes, que son fácilmente accesibles sin bombona –pero que solo resultan interesantes a los veraneantes que vienen a vivir aventuras–; los azules, que quedan a media altura, y los morados, que son viejas casas de una o dos plantas, a veces medio sepultadas por la arena que mueve el mar.

Es un mapa que ayuda bastante, como podrás imaginar. Pero es poco concreto y no recoge las zonas periféricas, sino solo las cercanas al centro de la vieja ciudad y de lo que fue la línea de costa donde ahora vivimos nosotros.

Por eso visito a menudo a Marcos y a Sheila. Porque nos hemos propuesto ampliar el mapa turístico para extender nuestra zona de caza. La idea fue de Natalia, que casi siempre es nuestra pionera. Propuso que investigásemos territorios de caza inexplorados, que nos concentrásemos en la periferia. Por eso ahora documentamos zonas más alejadas, intentamos registrar la profundidad a la que se encuentran los edificios según el tiempo que tardamos en descender sin bombona. Cuando tengamos todos los datos pasaremos a la acción.

Es un proyecto secreto.

Ahora súmalo al catamarán.

Seguro que el futuro de Marcos y Natalia no te parece nada mal.

Además, han conseguido un colaborador terrestre.

19

Hace unas semanas, durante la típica visita de turistas, Natalia dejó fascinado a un tal Nicolás Garrido.

Era domingo y nos habíamos reunido a comer en la vieja terraza de Gabriel. Es una tradición que conservamos aunque él ya no esté. Nos acercamos allí con nuestros barcos, llevando lo mejor que podamos aportar y compartiendo la comida con todo el que se presente. Yo preparé unos increíbles boquerones en vinagre que me granjearon bastantes felicitaciones. No soy un cocinero excepcional, pero tengo mis platos estrella y atiendo muy bien cuando Angelina presume de sus nuevas recetas.

Lo cierto es que no era un domingo multitudinario. De la vieja pandilla solo había acudido Claudia, porque Fran y los demás habían ido a merodear cerca de la zona donde almorzaban los turistas, por si conseguían algún trueque interesante. Marcos y Natalia sí que habían respetado la tradición; Sheila y los niños también estaban allí, por supuesto, y algunos ingenieros con sus familias se mantenían fieles a la cita, entre ellos mi amigo Rafa, con sus orejas rojas por el sol y una camiseta llena de lamparones negros, lo que indicaba que había estado trabajando esa mañana. Pero faltaban muchos de los habituales: las Medusas, por ejemplo, tenían una reunión con no sé qué patrocinador que quería poner unos carteles de publicidad en su hotel; Greg, el restaurador, había conseguido un contacto para vender el último cuadro que había adecentado, y Arancha, que a veces se dignaba a pasearse entre nosotros, pobres mortales, no había conseguido convencer a Luke y Rayan, y comía con su equipo en casa de Toni.

El menú no era tampoco de los mejores. Faltaban la típica tortilla de patatas de Mamá Medusa y la fantástica carne con especias de Greg. Pero había embutido, ensalada de tomates con aceite y sal, pequeños bocadillos de fuagrás –que fueron los primeros en acabarse porque, con los pocos hornos que tenemos, el pan es un manjar–, zanahorias con pimienta, carne mechada, bacalao, sardinitas, patatas cocidas con salsa de queso y mis boquerones. Como postre, Sheila había traído natillas y gelatina. Podéis imaginar las peleas que hubo por conseguir probar aquellas delicias.

Estábamos disfrutando de la sobremesa, repartidos bajo las sombrillas que apiñábamos para no torrarnos al sol. Gastábamos bromas y comentábamos cómo nos había ido la semana. Mateo, uno de los ingenieros más viejos, explicaba que los Gino habían vuelto a hacer de las suyas, desatando una escalera que unía dos tejados solo porque querían hacer pasar su barco por allí.

–No hay manera de que respeten las pocas normas que tenemos –se quejaba mientras acariciaba el pelo de uno de sus hijos–. Digo yo que qué les habría costado rodear la terraza como hace todo el mundo.

–¿El daño ha sido grande? –preguntó Claudia, que todavía saboreaba su gelatina.

–Hombre, más que el daño es la cara dura... –renegó Mateo–. La escalera ya está otra vez en su sitio, pero es que...

–Al final la tarea de los ingenieros es arreglar lo que destrozan a su paso –asintió mi amigo Rafa, que gusta mucho de participar en estas conversaciones dándose empaque, como si tuviese la misma edad que Mateo y fuese el más maduro del tejado.

La verdad es que hay que perdonarlo, porque cuando Claudia está delante disfruta alardeando de lo importante que es su opinión para nuestra comunidad. Él se cree que nadie está al tanto de sus sentimientos, pero lo cierto es que medio pueblo sabe que se muere por los huesos de Claudia y que cada una de sus frases categóricas es un intento de deslumbrarla. Es muy gracioso verlos, porque yo creo que los dos se gustan, pero están tan convencidos de que el otro siente lo contrario, que no se atreven a dar un paso para no romperse el corazón.

Aunque no te creas que yo soy un experto en sentimientos. Si Lana hubiese estado en ese tejado, también habría intentado quedar como un rey.

¿Qué estoy diciendo?

Lo cierto es que no abro la boca cuando está presente.

Soy un cobarde emocional.

Como Rafa.

Estábamos en esas, criticando un poco para relajar los ánimos, cuando una pequeña lancha motora se acercó a la terraza. La conducía una mujer bronceada, con un vestido semitransparente sobre su biquini. Al principio me concentré tanto en ella que casi no me di cuenta de que un tipo preguntaba por Natalia.

Parecía un turista como otro cualquiera: con su bañador de rayas azules y su polo de manga corta. Incluso llevaba la gorra complementaria y las gafas de sol de rigor. Se presentó como Nicolás Garrido y pidió permiso para tomar tierra.

–¡Aquí no se toma tierra! –se rio Rafa burlón, incapaz de desaprovechar la oportunidad de despreciar un poco a un turista.

Aun así, Natalia le indicó que podía pasar y todos nos quedamos mirando a ver qué pasaba.

A veces los terrestres quieren tener en los tejados esos derechos intrínsecos a su modo de vida. No sé, la intimidad y la privacidad, por ejemplo. Pero a nosotros nos cuesta trabajo concedérselos. No es que queramos hacerlos sentirse incómodos, es que estamos acostumbrados a compartir hasta el menor cotilleo. Ese es el motivo de que estuviésemos allí callados atendiendo a sus movimientos, el motivo de que Natalia no se lo llevase aparte y, en cambio, le ofreciese sentarse en una de las tumbonas más rodeadas de gente para exponer su caso.

No voy a mentirte.

El tipo no parecía demasiado incómodo, más bien disfrutaba del protagonismo.

–Trabajo para una cadena de televisión –dijo quitándose las gafas y mostrando unos ojos azules tan claros que resultaban inquietantes– y estamos planeando hacer un documental que recoja algunos datos sobre cómo los habitantes de los tejados habéis desarrollado nuevas habilidades para manteneros más tiempo debajo del agua.

Un documental.

La televisión.

Perdimos el interés al instante. No hay nada que aborrezcamos más que a los productores que se acercan para proponernos rodar películas, series o documentales.

Supongo que Nicolás Garrido notó que se había quedado sin audiencia, porque enrojeció un poco mientras los demás retomaban sus conversaciones.

–Un tal Roque me ha comentado que permaneces cinco minutos debajo del agua sin bombona, y me ha parecido fascinante –decía Nicolás jugando la baza de halagarla.

Ya te he dicho que Natalia es fascinante como submarinista y que es ciertamente la mejor de nosotros, pero no necesita que los terrestres se lo vayan recordando. El tipo comenzó a describirle cómo sería el programa, en qué consistiría su colaboración, si estaba dispuesta a firmar el contrato, y cuándo rodarían en el caso de que aceptase.

Marcos, Claudia, Rafa y yo cruzábamos miradas cómplices, retransmitiendo la conversación con algún gesto de burla e intentando que Natalia se riese en la cara del turista.

No es maldad.

Imagina que has vivido una tragedia.

Imagina que superas la tragedia.

Imagina que todas las televisiones del mundo quieren que revivas la tragedia para ellas.

Eso es lo que significa recibir a los productores en las ciudades de los tejados.

Aquí no tenemos televisor ni nos importa la condescendencia. No queremos que las ONG vengan a ofrecernos arroz y mantequilla como si fuésemos una obra social con la que acallar sus conciencias.

Vivimos en el mar porque hemos decidido ser del mar.

–Es fascinante... –comentaba Nicolás Garrido, abriendo mucho sus ojos azules mientras Natalia, de mala gana, le explicaba que lo que decía cualquiera de los Roque era verdad, y que no era la única que conseguía bucear más de un minuto sin bombona.

Lo cierto es que Nicolás no parecía mala persona. Lo estaba intentando con todas sus armas y, por supuesto, no se resistió a jugar la baza de la pena:

–Verás –dijo buscando la complicidad de Natalia–, acabo de empezar en la cadena y mis jefes no confían mucho en mí. Hice un programa sobre fauna marina que fue un absoluto desastre y necesito una buena idea que me ayude a mantener mi trabajo. Podemos poner las condiciones que quieras, las que quieras, si nos permites grabarte durante cinco minutos, una inmersión completa... algunos planos interesantes y luego te dejaremos en paz.

Marcos no se resistió a intervenir.

–¿Las condiciones que quiera? –preguntó echándose hacia delante, interesado.

Nicolás se retiró un poco.

–¿Tú también aguantas tanto bajo el agua?

–No, yo soy su hermano.

Me encanta cuando Marcos comienza a negociar. De él aprendí el trueque, y no se me da mal del todo por su culpa. Aunque creo que hay que nacer con un don natural.

Marcos es el rey del regateo. Nos deja a todos en silencio.

Con todos quiero decir que, de pronto, el resto de conversaciones se apagaron para volver a Nicolás Garrido y su cara de incomodidad.

–¿Las condiciones que quiera? –repitió la pregunta Natalia, con una sonrisa cálida que intentaba tranquilizar a Nicolás.

–Por supuesto, se grabará cuando tú quieras y no te molestaremos lo más mínimo.

–Pero ¿qué ganará ella a cambio? –contraatacó Marcos, y Rafa dejó escapar una risita.

–Bueno, la cadena no tiene mucho presupuesto, pero podemos acordar una cifra...

–No, nada de cifras, el dinero no nos interesa –explicó Natalia, volviendo a recuperar la atención del pobre Nicolás.

–Si no es dinero, no sé qué podría ofrecer la cadena que... –intentó él de nuevo.

–Si te parece, podemos discutirlo en nuestro barco.

En momentos así aplaudiría a Marcos. Había hecho que el pequeño documentalista volviese a tener quince años.

Rafa resopló porque quería enterarse del trato, y los demás también parecieron algo decepcionados, aunque confiaban en conocer los detalles del acuerdo tarde o temprano.

Nicolás le hizo una señal a la chica de la lancha.

La chica de la lancha se encogió de hombros y sus pechos subieron y bajaron primorosamente bajo su vestido transparente.

Marcos me dio un porrazo en el brazo para reclamar mi atención e indicarme que los siguiera al catamarán. Yo era uno de los privilegiados.

Aunque no me estuviese enterando mucho de qué iba todo aquello.

20

Nicolás Garrido no parecía muy cómodo sentado en el barco de Marcos.

Era como si no encontrase las palabras con las que retomar la conversación y esperase que apareciesen a su alrededor, flotando traídas por la brisa que movía el pelo de Natalia. Nadie parecía dispuesto a ayudarlo a sentirse a gusto en aquella situación.

Lo cierto es que yo tampoco sabía qué esperar del secreto diálogo que los hermanos habían propuesto mantener en su barco. No sabía qué podía tener aquel Nicolás que pudiese interesarles y, de rebote, interesarme a mí.

Uno de los hijos de Marcos, José, el mayor, que tenía siete años, se asomó por la barandilla de la terraza de Gabriel y nos hizo una señal con la mano, indicando que no había nadie escuchándonos. Entonces Natalia se giró hacia su hermano con una amplia sonrisa, como si pudiese leer sus pensamientos.

Me pregunté si mi aspecto debía parecerse en algo al del documentalista.

–El trato es simple –explicó Marcos dándose un pequeño golpe en la rodilla–: si tú nos proporcionas un callejero detallado de la zona de costa, una vista aérea de las parcelas foráneas que han quedado inundadas y una guía de negocios de la ciudad, Natalia participará en el documental.

Nicolás soltó una pequeña carcajada, pensando que le estaban gastando una broma, pero cuando descubrió el gesto serio en los rostros de sus interlocutores, me miró a mí buscando una respuesta.

Yo debía tener el mismo gesto pasmado que él, pero lo disimulé rápido mientras repasaba en mi cabeza las pretensiones de mis amigos. Estaba claro que lo que le pedían no tendría ningún valor para él, pero podría suponer un buen cambio en nuestras vidas. Nos ayudaría a terminar el plano secreto en el que estábamos trabajando. Daría a Marcos y Natalia una gran ventaja, que podría situarlos entre los grupos de cazadores de tesoros profesionales.

–Esa es vuestra petición real –comentó Nicolás, deseando cerciorarse.

–Y que lo mantengas en secreto –asintió Natalia sonriendo complacida–. Para ti no supondrá ningún problema, supongo. Tenéis vuestros ordenadores, vuestros registros y todo eso.

–Archivos y bibliotecas –añadió Marcos como si cualquier idea sirviese para despertar al documentalista, que se había quedado de piedra.

Observé cómo el cambio se operaba en él conforme su cabeza iba asimilando la información y reparaba en lo poco que aquellos dos extraños le pedían. Nicolás Garrido parecía sentirse como si estuviese sacando ventaja a unos pobres ignorantes. Su pecho se hinchó satisfecho, sus hombros se enderezaron, sus manos dejaron de juguetear con el cordón que mantenía atado el bañador a su cintura.

–Un callejero, una vista aérea de las parcelas foráneas y una guía de negocios... inundados –enumeró intentando evitar que su sonrisa fuese tan amplia como la de Marcos y Natalia.

–Y guardar el secreto.

–Y guardar el secreto –repitió Nicolás fingiendo que se ponía serio.

Era como si pudiese leer sus pensamientos.

Se sentía exitoso, inteligentísimo, con las manos puestas en la gallina de los huevos de oro. El trueque le parecía ridículo. Su esfuerzo sería mínimo comparado con la recompensa que supondría el éxito del documental.

–Eres tan buena como cuentan, ¿verdad? –dudó por un momento, sopesando a Natalia, que se rio jactanciosa.

–Mejor –aseguró Marcos sin dudarlo.

Entonces Nicolás Garrido reparó de nuevo en mí, como si mi palabra fuese una prueba irrebatible.

–No te imaginas lo buena que es –dije por fin, y esa fue toda mi aportación.

Sabía que Marcos había querido que fuese con ellos no solo porque los estaba ayudando a elaborar el plano marino, sino porque deseaba que viese cómo se acercaban a un futuro de cazadores profesionales, porque quería que me sintiese partícipe y me uniese a su sueño llevado por la adrenalina.

Me sentí un poco culpable porque iba a decepcionarlo.

Aunque él debería asumir de una vez que no estaba interesado.

Los ayudaba por pura curiosidad y porque se lo debía. Pero no pensaba coser mi futuro al de nadie, y menos para convertirme en cazador profesional. Estaba totalmente fuera de mis planes.

Puedes imaginarme como un lobo de mar.

Amante de la soledad.

Amante de la vida sencilla.

Puedes incluso entonar la *Canción del pirata* de Espronceda.

Era lo que yo hacía en mi cabeza mientras Nicolás y Natalia cerraban el trato.

Marcos me miraba henchido de satisfacción. Parecía que había engordado dos kilos.

Aquella tarde lo celebramos pidiéndole a Toni una botella de cerveza –a cuenta de los trueques de Marcos– y compartiendo nuestro éxito con Sheila y con los niños en la terraza de la familia. Rafa se moría de ganas de enterarse, pero como Natalia y Marcos se negaron, demostró su enfado quedándose con Claudia.

Ten por seguro que mientras nos reíamos y fantaseábamos, mientras hacíamos castillos en el aire y recordábamos viejos tiempos, yo no era capaz de imaginarme el tremendo lío en el que iba a meterme gracias a esos dichosos planos.

Si lo hubiese sabido, aunque solo fuese un poquito, no estaría contando esta historia, te lo prometo.

21

No te creas que las cosas sucedieron así de pronto y que a la siguiente mañana mi vida ya era un caos.

Para nada.

A la siguiente mañana, casi se me había olvidado lo ocurrido y me despertaban los primeros rayos del sol en mi magnífico y enorme colchón.

No pases de largo esa idea.

Detente un poco.

Imagínate ahí.

Arropado con un nórdico, con la cabeza bajo mi chiringuito de maderas y los pies velados por la noche que se escapa. Entonces, el sol se asoma sobre el mar lentamente, tan lentamente que puedes verlo moverse si tienes los ojos abiertos. Y las primeras gaviotas cantan intentando declararse dueñas de la mañana. Estás ahí, sintiendo cómo el frío de la madrugada desaparece con la luz que va entrando de puntillas hasta acariciarte la cara.

Eres un ser humano enamorado del mundo durmiendo en un tejado.

Y piensas en Lana y en lo que darías por verla despertarse contigo.

Ahí se rompe la magia.

Porque comienzas a sentirte como un idiota y las tripas te rugen de hambre.

Bienvenido a mis despertares.

Como ves, son algo de lo más normal.

Me gusta nadar un poco para desperezarme, así que duermo desnudo para no tener que enredarme con pijamas. Hay una cosa que cualquier habitante de los tejados aprende rápido: poca ropa significa pocos lavados y pocos lavados significa poco gasto de agua dulce. No creas que es una tontería.

Por la mañana el mar no parece estar tan frío, sobre todo porque la diferencia de temperatura entre dentro y fuera no es tan significativa. El ritmo de las olas me ayuda a despejar la cabeza y tengo el ritual de llegar hasta un edificio de pisos que se encuentra a lo que fueron unas tres calles de distancia.

En mi ritual me cruzo con Greg, el restaurador, que también nada desnudo por las mañanas, y nos saludamos como dos peces boqueando. Mirar sus arrugas y su cuerpo fibroso y viejo me da una idea de cómo seré en el futuro. No creas que es una idea que me asusta, para nada. Imaginarme como él me causa justo lo contrario al miedo: una completa y absoluta tranquilidad.

Después de mi desperezamiento, me seco al sol mientras preparo el desayuno. Me gusta el café con leche y azúcar. Casi nunca lo perdono. Pero a veces tengo que tomarlo solo o ir a mendigar al bar de Toni, a que me regale una taza humeante.

Justo entonces, sentado con mi café en mi sillón, observando cómo algunos vecinos de tejados lejanos –pequeños puntos en movimiento– iniciaban su jornada, recordé a Nicolás Garrido y su documental. Recordé los brindis y la satisfacción de Marcos.

Me sentí culpable.

De hecho, me sentí tan culpable que durante esa semana abandoné mi propia caza y ayudé a mis amigos en sus tareas de reconocimiento.

¿Qué iba a hacerle? Soy un facilón cuando veo a los demás contentos. Sí, podría haberle dicho a Marcos otra vez que no contase conmigo para hacerme cazador profesional, que lo ayudaba solo a levantar su negocio y que después me apartaría elegantemente a un lado, pero... ¿habría servido de algo?

22

–Le estás dando falsas esperanzas –me criticó Natalia durante una de las inmersiones de Marcos.

Nos habíamos alejado bastante de los tejados donde vivíamos. Estábamos en una zona intermedia entre la nueva línea de costa y lo que había sido la vieja, pero nos situábamos lo suficientemente lejos de los recorridos habituales de los barcos y los cruceros como para resultar llamativos o molestos.

Natalia había estado cubriendo esa parte del mapa la tarde anterior y había dado con unas casitas adosadas que formaban parte de un residencial más amplio.

Los cazadores de tesoros profesionales solían dedicarse a expoliar las zonas más lujosas, las partes de la costa pobladas de mansiones como la que había tenido Toni. Casi nunca se acercaban tanto a la nueva línea de playa, porque lo que el mar había inundado por allí eran fundamentalmente granjas y humildes casas de campo.

Por eso el descubrimiento de Natalia era importante. Quizá aún quedasen objetos de valor sumergidos. Pero no podíamos poner sobre la pista a ninguno de nuestros competidores, no hasta que no pudiésemos alquilar un equipo completo y bajar a rastrear en condiciones.

Ahora mismo solo necesitábamos comprobarlo y salir de allí pitando. Marcarlo en nuestro plano con la profundidad aproximada y fingir que habíamos perdido el tiempo.

Como parecía que yo estaba haciendo con Marcos.

–No le estoy dando falsas esperanzas –me defendí con las piernas colgando del catamarán.

–Sí lo haces –insistió Natalia ofuscada–. ¡Cree que va a convencerte! ¿Sabes cómo piensa llamar a nuestro negocio? ¡El Pulpo de Tres Patas!

–Nunca fue muy original con los nombres –intenté cambiar de tema.

–¡Ya sabes lo que quiero decir! Cuenta contigo, nos cuenta como tres.

–¡Pero ya le he dicho que no me interesa!

–Sí... ¡y sigues viniendo cada día a explorar con nosotros! –se quejó Natalia–. Estás dando un mensaje contradictorio.

–¿Me estás pidiendo que no venga?

Natalia comenzó a reírse mientras negaba con la cabeza.

–Eres imposible. Sabes lo que quiero decir. Marcos te quiere mucho y quiere tenerte en su equipo profesional de cazadores. Tienes que ser firme y dejarle claro que no te interesa.

Me gusta Natalia porque no se anda por las ramas. A ella puedes preguntarle seguro de que te dirá la verdad, aunque te duela. Una vez estuve locamente enamorado de ella. Si se puede estar locamente enamorado a los catorce años. Ese día no se rio en mi cara. Ese día me dijo que debía interesarme por chicas de mi edad y que me quería, pero como una hermana. Lo frustrante es que lo dijo todo de una manera tan natural que no pude siquiera sentirme ofendido por su rechazo.

Miré al mar buscando una respuesta, aunque sabía que no había mucho más que decir porque ella tenía razón.

–Me gusta el proyecto del plano –confesé.

–Y también te sientes culpable por no ser la tercera pata del pulpo –añadió certera.

Nos quedamos en silencio.

No pude evitar pensar en el nombre tan ridículo que se había inventado Marcos. «El Pulpo de Tres Patas» era lo menos profesional que había oído en mi vida.

–Podías buscarte de una vez un novio que fuese la tercera pata del pulpo, en mi lugar –ataqué divertido mientras veía que surgían unas burbujitas en la superficie del mar anunciando a Marcos.

Natalia me pellizcó tan fuerte que me sorprendí y todo.

Después comenzó a reírse. Y yo también. Supongo que agradecido porque solo me hubiese dado un pellizco.

Marcos nos encontró así, carcajeándonos, cuando asomó la cabeza.

Me dije a mí mismo que no era la mejor imagen para dejarle claro que yo no sería la tercera pata de su pulpo.

¡Qué le iba a hacer!

23

Nicolás Garrido reapareció en nuestras vidas dos semanas después.

Otra vez en la lancha.

Otra vez con la espectacular mujer del vestido transparente conduciéndola.

Pensé que hay hombres con suerte al verlos acercarse bajo el sol de la tarde.

Pero enseguida reparé en que yo tenía más suerte que él, porque no tenía que rendirle cuentas a un jefe que decidía el contenido de mi trabajo o que amenazaba con echarme si no cumplía sus expectativas o las del público. Me compadecí del pobre Nicolás Garrido mientras se bajaba de la lancha y aparecía en la terraza de la familia de Marcos.

Mi presencia allí era una coincidencia. Había ido a pedirle un libro a Sheila porque ya me había acabado *El Corsario Negro*. Natalia me había mirado juntando un poco las cejas en señal de desaprobación al verme aparecer y yo me había refugiado en los hijos de Marcos, que me recibían como si fuese el capitán de su barco.

Esos enanos me adoran.

Se me cuelgan de los brazos y se lanzan al agua para enseñarme cuánto tiempo aguantan buceando. Supongo que me recuerdan a mí cuando aprendía a bucear. De pronto se me ocurrió que Marcos podría tener la tercera pata de su pulpo en uno de ellos, que incluso tendría que ampliar el nombre de su negocio sumándole más extremidades si todos querían participar.

Eso me tranquilizó.

Y miré a Natalia como si intentase contagiarle mi gran idea.

No sirvió de nada. Ella siguió con la boca apretada.

Afortunadamente, como ya he dicho, apareció Nicolás Garrido con la lancha.

Llevaba un bañador oscuro y un polo de color rojo. Parecía haber dejado la gorra en casa, lo que era un acierto porque eliminaba el aire tontorrón que había tenido durante su primera visita.

Traía una bolsa de plástico y una sonrisa triunfal en el rostro.

–Misión cumplida –dijo cuando Natalia y Marcos se acercaron a saludarlo.

Sheila preparó unos taburetes y despejó la mesa con ayuda de José, que quería resultar útil a sus padres para que se sintiesen orgullosos. Después, sonriendo y poniendo una excusa, se quitó de en medio con los niños y se los llevó a otra zona del tejado.

Nos sentamos los cuatro delante de la bolsa de plástico y Nicolás Garrido, como si estuviese pisando sagrado, comenzó a sacar los documentos.

El callejero detallado a color y algo desgastado.

Unas páginas azules y una vieja guía de las páginas amarillas.

Una colección de fotos aéreas de la zona inundada más cercana a la costa. Todas guardadas dentro de una carpetita de plásticos transparentes que parecía haber comprado para la ocasión.

Y el contrato de trabajo.

Para Natalia.

24

–¿Entonces estamos de acuerdo? –dijo Nicolás sacando un bolígrafo azul del bolsillo de su polo rojo.

Habíamos ojeado por encima los documentos y respondían más que bien a nuestras expectativas. Arancha me había mostrado una vez el callejero con el que trabajaban los Tiburones, y el nuestro era una reproducción exacta del suyo. Las páginas azules y las páginas amarillas nos ayudarían a identificar negocios interesantes en la zona. Aunque llegaríamos tarde, puesto que el resto de cazadores profesionales ya se habían hecho con las joyerías y con los enclaves más interesantes, siempre se podría dar una vuelta de reconocimiento por si habían olvidado algo.

La gran diferencia eran las vistas aéreas de las zonas foráneas. Eso sí nos ofrecía una ventaja.

–Estamos de acuerdo –sonrió Natalia tomando el bolígrafo satisfecha.

Seguro que Toni habría sacado champán si hubiese estado presente.

Pero como no estaba, no bebimos nada.

Nicolás Garrido nos contó que había sido difícil dar con aquella información tantos años después, porque el mar había destruido la mayoría de los documentos y porque compañías como Ocean's Way se habían encargado concienzudamente de comprar los que quedaban para realizar sus propias explotaciones.

No me sorprendió que la nueva empresa de submarinismo se interesase por las profundidades. Por algo tenía que interesarse si no era capaz de captar un cliente que alquilase sus trajes.

Si Nicolás Garrido esperaba que nos llevásemos las manos a la cabeza ante aquella noticia, se llevó una desilusión. Los juegos sucios no me resultan extraños porque he crecido viendo actuar a los chicos de Gino.

Caí en la cuenta de lo que el propio Gino estaría dispuesto a hacer con tal de conseguir la información de la que ahora disponíamos.

–Lo has mantenido todo en secreto, como dijimos, ¿verdad? –intenté cerciorarme clavando mi mirada en las gafas de sol de Nicolás.

–Por supuesto. Ni siquiera se lo he contado a mi jefe –sonrió mostrando unos dientes blancos perfectos.

Marcos y yo asentimos a la vez, y Natalia le devolvió el contrato con su elegante firma estampada en él.

–Entonces tenemos un trato –se animó mientras recogía los papeles y se los tendía a su hermano–. ¿Cuándo empezamos a grabar?

–¿Te parece bien dentro de dos o tres semanas?

Nicolás explicó que tenía que movilizar al equipo. Primero debían encontrar una localización que resultase llamativa y después hacer algunas pruebas de vídeo. Aparte, debía contratar buceadores que pudiesen acompañarlos. Me aburrí de escuchar sus diatribas.

Parecía que quería cansarnos con su discurso.

Hay personas que se dan importancia explicando lo complicadas que son sus vidas.

Como si tener una vida complicada la hiciese más valiosa.

Lo siento, pero no entiendo el valor de las vidas complicadas. Para mí es mucho más rica una vida sencilla y feliz.

Comparaba mentalmente la vida de Nicolás Garrido con la vida apacible de los anticuarios de nuestro pueblo de los tejados, cuando la conversación reclamó de nuevo mi atención.

–¿Algo mágico, quieres decir? –preguntaba Natalia mirando al documentalista, interesada.

–¿Mágico? Bueno... –se rio Nicolás como quitándole hierro a la palabra–. Algo inusual, algo extraño... como una luz donde no debía haberla o cosas así.

Me sorprendió el giro que había tomado la conversación. ¿Habían pasado de repasar contratos a hablar de experiencias sobrenaturales?

–A veces se ven los espíritus de los muertos –contestó Marcos con seriedad–. Si es a eso a lo que te refieres.

No es que Marcos intentase asustarlo. Es que muchos de los cazadores de tesoros habían experimentado visiones como esa mientras buceaban. Al principio habían sido los cuentos más aterradores que nos contaban de niños, cuando hacíamos reuniones en algún tejado, pero después se habían convertido en algo tan cotidiano que casi no se le daba importancia.

Yo nunca había visto un espíritu mientras buceaba. Pero sabía que Natalia y Marcos sí, y también mi amigo Rafa. Gabriel hablaba de esas almas sumergidas con inmensa ternura, como si fueran algo hermoso, un milagro del que podíamos formar parte si estábamos atentos mientras cazábamos.

No nos daban miedo.

Cuando el mar se lo traga todo, acabas por aceptar cosas que antes te parecían inaceptables. Como si el mundo que habías medido perfectamente con tu razón, escondiese de pronto infinidad de secretos que solo podías comprender si abrías tu alma a lo misterioso.

Por eso no me sorprendía la respuesta de Marcos. Me sorprendía la pregunta de Nicolás.

–¿Llegan esas anécdotas tierra adentro? –pregunté interesado.

Sería curioso que los terrestres estuviesen asustados por cosas que a nosotros nos parecían de lo más naturales.

–Oh, bueno, se cuentan muchas historias... –se disculpó Nicolás con una sonrisa condescendiente–. Espíritus, como comentas, Marcos, pero también casas que tienen las luces encendidas o televisores que de pronto comienzan a funcionar debajo del agua, sirenas y criaturas extrañas y mágicas.

–Me gustan esas historias –sonrió Natalia, pero no con suficiencia, sino con verdadero placer.

–El mundo del mar es distinto al mundo de la tierra –asintió Marcos–. Vosotros seguid contando historias para asustar a los niños y dejadnos a nosotros nuestros milagros.

–¿También quieres hablar de eso en tu documental? –inquirí, porque seguía sin entender cómo había derivado la conversación hacia esos derroteros.

Nicolás Garrido comenzó a reírse negando con la cabeza y con los brazos.

–Entonces sí que rescindirían mi contrato –explicó levantándose para despedirse–. No puedo hablar de fantasmas en un documental, era simple curiosidad. Ya sabéis, comprobar si las leyendas que me han contado tenían algún fundamento.

–Presta atención cuando bucees mientras grabas el documental, y después nos lo cuentas –dijo Marcos palmeándole la espalda, mientras lo dirigía al lateral de la terraza donde esperaba su lancha.

Me resultó divertido observar el gesto nervioso de Nicolás, como si de pronto la posibilidad de ver un espíritu bajo el agua no le hubiese hecho ni pizca de gracia.

25

Todavía no había descubierto cómo convencer a Marcos de que yo no era la tercera pata de su pulpo.

Nicolás Garrido se había ido, dejándonos con nuestra valiosa información. Natalia estaba cada día más mosqueada conmigo, porque seguía apareciendo por las mañanas llevando a *Ariel* hasta su terraza y anudándola en su embarcadero de tablas, para después subirme al catamarán con ellos.

Sabía que tenía razón.

Pero quería ayudar mientras no estuviesen en la cresta de la ola. Quería serles útil, darles un empujoncito.

Además, la idea de descubrir nuevas zonas de caza me interesaba. Me gustaba estudiar los planos y cartografiar el reciente fondo del mar. Y tampoco perdía de vista la parte más práctica del asunto. Por ahora no habíamos hablado de poner en común los tesoros que encontrásemos. Yo solo quería comer sin calentarme demasiado la cabeza o sin deber grandes favores. Pero no podía olvidar que si, por ejemplo, nos topábamos con algo realmente valioso, eso nos serviría para alquilar equipos en las Medusas, equipos de verdad, de los que no me hiciesen temer por mi vida. Así que tengo que confesarlo: las posibles ganancias me interesaban.

Habíamos estudiado los planos y las fotografías de Nicolás Garrido. Sheila nos había ayudado con la interpretación de algunas cartas marinas que ya se manejaban en la zona y habíamos conseguido hacernos una idea bastante precisa del terreno que teníamos que explorar. Si nuestros cálculos eran precisos, nos alejaríamos de las rutas de los cazadores profesionales y cubriríamos una zona que se había considerado campo muerto. Marcos y su mujer habían trazado algunos recorridos interesantes y habíamos decidido repartirnos el trabajo.

Ir con el catamarán nos ralentizaba, porque siempre había alguien que debía quedarse fuera del agua guardando el barco.

Natalia era la mejor de los tres explorando y no nos necesitaba para cubrirle las espaldas. Y José, el hijo mayor de Marcos, podía ayudar a su padre desde la superficie vigilando que ninguno de los Gino se metiese en su trabajo.

Además, al separarnos, yo podía disfrutar de la dulce soledad del mar y de *Ariel*.

Sin la mirada acusadora de Natalia.

Hice mis primeras inmersiones en viejas colinas sumergidas, coronadas por casas de una o dos plantas. El trabajo era sencillo. Consistía en bucear, comprobar que el edificio seguía en pie, observar si las referencias eran las mismas que las de la fotografía y después compartir la información con Marcos y su hermana.

Deberías detenerte a imaginar cómo es ahora el mundo bajo el agua. El paisaje submarino ha cambiado tanto que te sentirías atrapado dentro de un sueño incomprensible.

Cuando me sumerjo, lo primero que observo es la luz. La luz que he dejado a mi espalda y me abre un camino, titilante por el movimiento de las olas. Deberías ver cómo incide la luz en los edificios sumergidos, tibiamente, la luz azul o malva o negra.

Incluso negra.

Creerás que la luz no puede ser negra.

Pero te aseguro que en el fondo del mar hay una luz negra que viene de arriba y define los contornos.

Las casas han perdido lentamente su color, los peces y las algas se han hecho con lo que antes era propiedad de los hombres. Puedes observar coches arrastrados que se han convertido en criaderos de mejillones o paredes enteras salpicadas de coral. Y los bancos de doradas nadan a través de lo que antes eran ventanas o transitan ordenados entre los arcos de una plaza desierta.

Las farolas que quedan de pie, los árboles moviéndose como si estuviesen vivos o el viento intentase arrancarlos, las medusas rosas y brillantes ascendiendo lentamente entre los viejos cables de la luz, los carteles que quedaron colgados en las paredes, lo que un día fue verde césped, todo, cada cosa, ha encontrado un nuevo lugar, y te juro que hay un equilibrio. Un equilibrio que un terrestre no podría soportar, pero que a los habitantes de los tejados nos parece la más bella música.

Por eso, cuando me sumerjo y sigo la luz, mientras siento que el mar opone su frágil resistencia y mis pulmones se debaten por aguantar un segundo más, mientras mis brazos y mis piernas se esfuerzan por elevarme –porque estoy sobre lo que hubo antes–, me siento parte de algo más grande, mucho más grande que yo, que todos nosotros juntos.

El mar ha estado siempre en el mar.

Me siento una partícula en movimiento dentro de lo eterno.

26

Ese día nadaba, consciente de la sombra de *Ariel* sobre mí, en dirección a una zona algo complicada.

En las fotografías de Nicolás Garrido creíamos haber visto un tejado oculto en la sombra de lo que había sido un pequeño bosque, o lo que quedaba de él. Marcos había dicho que no tenía por qué esforzarme demasiado en esa parte del plano porque, al fin y al cabo, una casa aislada no iba a sacarnos de pobres y seguramente sería algún tipo de granja o casa de campo.

Natalia incluso se había ofrecido a acercarse a echar un vistazo cuando terminase con su hoja de ruta, pero yo quería comprobarlo por mí mismo. Me gustaba la idea de bucear entre los árboles de un bosque sumergido.

Había estado haciendo inmersiones en los alrededores y esa era mi última visita antes de volver.

Los bosques bajo el mar siempre me han parecido un espectáculo inquietante. La luz del sol casi no puede abrirse paso entre ellos y, además, en este caso se encontraban en una parte sombría de la pequeña montaña. Lejos de cualquier carretera principal, observé mientras comenzaba mi descenso.

Tenía claro que sin botella de oxígeno no podría llegar demasiado lejos, pero al menos comprobaría si el tejado era lo suficientemente grande como para intentar una segunda inmersión cuando hubiésemos alquilado un equipo.

Me crucé con una agradable pandilla de sardinas, que se arremolinó a mi alrededor cuando intenté atravesar su banco, y me acerqué al fondo dando grandes brazadas mientras mis pulmones comenzaban a quejarse.

Debía estar muy concentrado. Cualquier esfuerzo gratuito, cualquier amago por el miedo a quedarme sin oxígeno podía ponerme en peligro.

Estaba a punto de darme la vuelta porque no lograba localizar el tejado entre las copas de los árboles, cuando algo me llamó la atención entre los pinos.

Ahora vas a pensar que estoy loco.

Así que prepárate.

Era humo.

Para colmo, era humo rosa.

No te estoy mintiendo.

Había humo rosa saliendo de lo que debía ser una chimenea.

Vi las tejas.

En ese momento, mientras intentaba mantener el control, mi cabeza procesó diferentes datos: en primer lugar, la casa estaba efectivamente ahí, es decir, la fotografía borrosa de Nicolás Garrido no se equivocaba al mostrar la mancha naranja de un tejado entre los pinos; en segundo lugar, de esa mancha naranja surgía humo rosa, eso era innegable aunque se difuminase unos cuantos metros por debajo de mí, y en tercer lugar, me estaba ahogando.

27

Por supuesto, logré llegar a la superficie antes de haber tragado demasiada agua.

Si no lo hubiese hecho, no podría estar contándote todo esto.

Me dolía tanto el pecho que era imposible plantearme una segunda inmersión.

Me agarré a *Ariel* y trepé hasta que pude tumbarme boca arriba debajo del sol brillante del mediodía. Mis pulmones se debatían desesperados entre la urgencia de llenarse completamente de aire y el dolor incisivo que este ejercicio me causaba. Notaba cómo mis brazos y mis piernas eran sacudidos por pequeños espasmos nerviosos después del esfuerzo realizado.

La imagen del humo rosa seguía clavada en mi cabeza.

Sentía una gran emoción.

Una emoción que me hizo pensar instantáneamente en dos personas: Lana y Gabriel. A ellos dos querría contárselo, sin más.

Me imaginé a Gabriel sentado en su terraza, con los pies sumergidos en el agua y fumando su pipa de marinero, fiel al tópico que había hecho de sí mismo. Con su pelo blanco contrastando con el moreno arrugado de su piel. Me imaginé sentándome con él, mientras observábamos el mar y su catamarán amarrado, y diciéndole: «He visto humo rosa saliendo de una casa allí en el fondo».

–Eres afortunado, Rob –me diría, estoy seguro; sin apartar los ojos del mar me diría eso, que soy afortunado. Y después me contaría algo, quizá alguna anécdota, como aquella que siempre relataba en la que había visto a una sirena observando sus caderas en el espejo de un escaparate, seguramente preguntándose si estaba gorda. O aquella otra, ¡oh, esa era de mis preferidas!, en la que unos peces grises de pronto comenzaban a cambiar su piel para ser de colores y llevaban a cabo un baile, hasta que descubrían que Gabriel los estaba mirando y volvían a hacerse simples peces grises regresando al banco que habían formado.

Eché de menos a Gabriel por muchas cosas, pero sobre todo porque en ese momento no sabía a quién podía contarle lo del humo rosa; por lo menos, no sin volver antes a comprobarlo.

Estaba claro que a Lana no.

Con Lana me costaba trabajo hablar del tiempo sin ponerme a tartamudear como un idiota o sin quedarme en blanco.

Por supuesto, Natalia y Marcos se preocuparían por mí o, lo que es peor, querrían disfrutar de mi milagro y volverían conmigo llevándome en su barco. No.

Decidí que el humo rosa era mío por ahora.

Al fin y al cabo, es cierto que ocurren cosas mágicas bajo el mar y que no todos las contamos.

Mejor guardar silencio.

Conseguiría una bombona y bajaría hasta el bosque. Era el mejor plan que se me ocurría.

28

Había estado guardando esa bandeja de plata durante dos meses.

La había conseguido en una de mis inmersiones y había decidido reservarla para alguna urgencia. Ahora podía acercarme a las Medusas y negociar para que me alquilasen un equipo de buceo. Aunque estaba convencido de que los Roque podían ofrecerme un cambio más ventajoso, no quería arriesgarme con una botella mal cargada o con un neopreno que se me fuese cayendo a pedazos mientras descendía para descubrir cómo diantres salía humo rosa de una chimenea bajo el mar.

Confiaba en que Mamá Medusa supiese apreciar el valor de la bandeja y me alquilase algo digno de mi importante cometido.

Digo que confiaba porque no había nada que me asegurase que sería así.

De hecho, cuando aparecí interrumpiendo el almuerzo de las chicas Medusa, me di cuenta de que había elegido un mal momento para proponer mi petición.

–Sabes que ahora no estamos abiertos –fue lo que conseguí de Mamá Medusa nada más aparecer con mi tesoro entre las manos.

Lana y Judit estaban sentadas a la mesa con su madre, en una zona algo apartada en la terraza superior, lugar que reservaban para la familia. También se encontraba allí Tobías, uno de los encargados de la tienda, al que Mamá Medusa tenía en mucha estima.

Tobías había entrado a trabajar para ellas hacía dos años, después de abandonar a los Tiburones. Había sido un voraz cazador de tesoros que se había quemado rápido y había buscado la felicidad en una vida más sencilla. Todos sabíamos que esa era la historia que él esgrimía cuando se le preguntaba al respecto, pero que no era del todo verdad. Los rumores decían otra cosa.

No es que a mí me guste estar recogiendo rumores y contándolos por ahí.

Pero creo que es necesario conocer estos datos para entender a Tobías.

Se decía que se había enamorado locamente de Arancha y que ella lo había correspondido. Debían de tener dieciocho años por entonces, cuando los Tiburones despegaban. Yo recuerdo haberlos visto sentarse de la mano en el tejado de Gabriel.

La historia era muy idílica hasta que Luke se cruzó en el camino de Arancha y la conquistó sin contemplaciones. Tobías no soportó el robo y la derrota, y dejó a los Tiburones. Lo comprendo: perder a una mujer como Arancha no debe ser fácil.

Mamá Medusa lo acogió en su negocio. Lo hizo trabajar vendiendo anzuelos, hasta que Tobías demostró que era un buen empleado. Es más, demostró que era un tipo responsable.

Eso lo hizo ascender.

Y ahora todos sabíamos que, si no fuese por sus hijas, sería la mano derecha de Mamá Medusa.

Por eso estaban allí los cuatro. Sentados en los increíbles muebles verdes de jardín, bajo una perfecta sombrilla de rayas azules y blancas, rodeados de alegres macetas que mostraban un aspecto inmejorable, señal de la riqueza de su familia. Disfrutaban de su almuerzo a la sombra.

Sé que a Mamá Medusa no le gusta que la interrumpan, pero no podía dejar pasar la oportunidad de volver a la casa entre los árboles antes de que cayese el sol. Quizá incluso el humo rosa había dejado de surgir de la chimenea, quizá había sido solo un producto de mi imaginación por la falta de oxígeno o una de esas anécdotas misteriosas que todo el mundo experimentaba durante alguna de sus inmersiones.

Fuese lo que fuese, debía volver a comprobarlo.

Sentía una urgencia inaudita.

–¿Qué haces ahí parado? –me preguntó Mamá Medusa al ver que no respondía ni saludaba ni daba ninguna explicación.

Lo cierto es que ser recibido con aquella frase, sumado a la imagen de Lana limpiándose la boca con una servilleta, para después mirarme con sus ojos verdes e inmensos, clavados en mí como si yo fuese el único ser humano del planeta, me había desarmado.

Levanté la bandeja sin ser consciente del tremendo ridículo que estaba haciendo.

–Necesito hacer un cambio –intenté explicar y, dándome cuenta de que Mamá Medusa se desesperaba, esquivé la mirada de Lana y continué–: Sé que no es momento, pero no podía esperar.

–Pues este cangrejo tampoco puede esperar –me espetó la matriarca sin contemplaciones–. Así que tengo que priorizar. Y mi prioridad ahora mismo no es mi negocio, sino mi barriga.

Pensé en la barriga portentosa de Mamá Medusa y estuve a punto de concederle que, ciertamente, era importante alimentarla para que conservase su turgente tamaño.

Me contuve.

En cambio dije:

–Haré lo que quieras, Mamá Medusa, por favor...

Tobías, Judit y Lana me seguían mirando. El primero parecía calcular mi estupidez con su mirada, la segunda sonreía a medias, complacida por la situación mientras chupaba una de las patas del cangrejo, y la tercera... Bueno, Lana simplemente estaba ahí y yo era incapaz de volver a observarla por si me quedaba en blanco. Intuía su figura por el rabillo del ojo.

Poco más.

–Lo que quiero es que te des la vuelta, vuelvas a tu barco y esperes hasta que reabramos el negocio a las tres y media –me explicó Mamá Medusa muy calmada, enumerando cada acción como si quisiera que sus palabras me quedasen muy claras.

–Pero...

–Pero nada.

–Mamá Med...

–Mi negocio tiene unas reglas y por eso funciona. Si no, ¿crees que acaso tendríamos tiempo para comer?

–Ya, pero es distinto, es urgente...

–Hace ya once años que se acabó la urgencia del mar.

Así de categórica puede llegar a ser esta mujer.

Noté cómo mis hombros se desinflaban. No era la primera vez que me tocaba luchar con el hueso duro de roer que eran las Medusas.

Si eras un cazador de tesoros profesional, todo eran aplausos en su negocio. Pero si eras un pobre diablo como yo, tenías que dar las gracias hasta por que te dirigiesen la palabra.

–Que aproveche entonces –me despedí, consciente de que no me interesaba estar a malas con Mamá Medusa, aunque me hubiese tratado de aquella manera.

Al fin y al cabo, todavía me quedaban los Roque.

Aunque no hubiesen sido mi primera opción, quizá lograse un trato convincente.

Me permití el lujo de mirar a Lana antes de darme la vuelta.

En su frente se dibujaba una leve arruga que la hacía parecer severa. Aun así estaba guapa.

Tienes que entender que Lana es una de esas chicas que están guapas siempre.

O por lo menos a mí me lo parece.

29

Lana tiene mi edad.

Ella nació en octubre y yo en noviembre.

Aparte de eso no te puedo contar muchas más cosas que nuestras vidas tengan en común. Quiero decir, ella vive con su familia y es parte de un negocio de éxito. A veces, cuando la imagino, la veo allí, en la terraza del edificio donde tienen su hogar, tres pisos por encima del nivel del mar. Aún más inalcanzable.

He leído libros medievales y no te creas que no se me va un poco la cabeza con esa idea del amor a la dama, el amor secreto y esas tonterías a las que no me resisto.

Mi amigo Rafa intenta criticarme cuando encontramos un momento lo suficientemente estúpido como para hablar de chicas sin que se convierta en algo íntimo. O sea, cuando podemos quejarnos sin dar muchos detalles. Cuando yo pienso en Lana y él en Claudia, aunque no lo confiese, y decimos frases del tipo:

–Las mujeres son demasiado complicadas.

O:

–Se está mucho mejor solo.

O:

–Una novia solo sirve para complicarte la vida.

En realidad, los dos sabemos que los complicados somos nosotros, que nos morimos de asco solos y que nos encantaría complicarnos la vida un poco.

Pero no puedo decírselo simplemente a Lana. Por eso Rafa me critica, por cobarde.

Aunque él tampoco es el rey de los valientes.

Una vez intenté hacerle entender que Lana era demasiado buena para mí.

–Tú eres demasiado bueno para ella –me dijo Rafa.

No lo digo para presumir.

Lo digo porque una cosa así solo te la dice alguien que te aprecia. Y en ese momento, una vez más, yo supe que Rafa me apreciaba. Eso me sirvió de consuelo por un tiempo, pero claro, Rafa no es Lana.

Lana es una chica, para empezar. Una chica pelirroja, que no es un detalle al azar porque ya he dicho que me pierden las pelirrojas. Una chica pelirroja que cuando sonríe hace que se me acelere el corazón desde que tengo catorce años, y no estoy exagerando.

Me he propuesto una meta antes de morir.

Contar las pecas de Lana mientras está tumbada en mi colchón, en mi tejado, sintiendo de verdad, y no como yo me lo imagino, que soy el único hombre sobre la faz de la tierra.

O del mar.

30

–¡Rob!

Al principio, dado que iba fantaseando con ella mientras bajaba al embarcadero de las Medusas, pensé que la voz provenía de dentro de mi cabeza y que supondría el comienzo de una de aquellas ensoñaciones en las que Lana, de pronto, reparaba en mi existencia y me confesaba que me había amado desde que tenía diez años y nos fundíamos en un abrazo y luego hacíamos el amor.

–¡Rob! –repitió–. ¡Espera, por favor!

Ahorraré la descripción de mi cara de idiota cuando me quedé petrificado en mitad de la escalerilla de cuerda que me llevaba hasta *Ariel*.

Solo diré que miré hacia arriba y Lana aparecía asomada en uno de los balcones por el que acababa de pasar. Su pelo lacio caía en cascada hacia mí y su rostro en sombra se recortaba contra el sol que lucía en lo alto del cielo. Reparé en su vestido azul de tirantes con pequeños lunares blancos y en sus hombros desnudos relucientes bajo la luz.

Yo llevaba la bandeja de plata metida en los pantalones y era incapaz de hacer nada por evitar mi ridícula apariencia.

También era incapaz de hablar.

No es algo de lo que me sienta orgulloso, que conste.

Todo este tema de Lana me da bastante vergüenza.

–Sube, te cambiaré la bandeja –me dijo mirando hacia atrás con cierta inquietud–, pero solo si no le dices nada a mi madre.

–¿Qué? –no es que no supiese qué decía, es que no me salían demasiadas palabras.

–Querías hacer un trueque, ¿no?

–Sí...

–¡Pues sube, hombre!

Trepé como pude, mientras ella me daba la espalda vigilando que nadie apareciera.

Cuando me aupé hasta el estrecho balcón, reparé en que nunca había estado tan cerca de Lana, aunque hubiésemos compartido infinidad de domingos en el tejado de Gabriel. Olía a sal y era unos centímetros más baja que yo. Su cuerpo parecía menudo al lado del mío y eso me hizo sentir cierta seguridad.

–Le he dicho a mi madre que iba a darte un libro para que se lo llevases a Sheila –me explicó mientras me hacía gestos con la mano para que la siguiera–. Como sé que te gusta leer y que pasas mucho por su tejado...

No sabía qué me sorprendía más.

Si el que me estuviese conduciendo hacia el interior del edificio y de ahí a las escaleras que llevaban al piso de abajo, o el que supiese cuáles podían ser mis gustos o dónde gastaba mi tiempo.

–Así que tendrás que llevarte el libro además de lo que quieras cambiar –continuaba.

–Quería una botella para hacer una inmersión –confesé por fin, comenzando a controlar mi capacidad para comunicarme.

Lana se detuvo dubitativa y estuve a punto de chocar con ella.

–Eso lo complica un poco... –explicó clavando los ojos en la pared del pasillo donde nos encontrábamos–. Bueno, tendrás que traerla cuando anochezca –concluyó volviendo a ponerse en marcha y llevándome hacia el interior de una de las viviendas donde almacenaban los equipos de submarinismo.

–No hay problema –me apresuré a responder, encantado con la idea de compartir con ella un plan secreto–. Esta noche te traigo el equipo, te lo prometo.

Lana me sonrió y, aunque no estoy muy seguro de ello, me atrevo a afirmar que lo hizo con cariño.

Me preguntó si quería la botella de doce o de quince litros.

–La que me permita esta bandeja –contesté tendiéndosela.

–Olvídate de la bandeja: quédatela, mi madre no puede enterarse de esto.

–Entonces, de quince.

–Bien pensado.

Me ayudó a coger el equipo y me guio a través del piso vacío hasta el balcón que quedaba más cerca de mi barco.

Hicimos el trayecto en silencio mientras yo ensayaba en mi cabeza mil maneras de entablar conversación. Pero todo estaba ya cargado en *Ariel* cuando se me ocurrió una frase maestra:

–Así que te gusta leer...

–¡El libro! –se acordó Lana abriendo mucho los ojos–. Tendré que dártelo esta noche; si no, mi madre se va a extrañar de que tarde tanto.

–Claro, cuando tú quieras, es decir, esta noche voy a venir de todos modos, ¿no? A mí no me importa si ahora o luego o mañana... ¡Bueno, mañana no porque te tengo que traer el equipo esta noche! ¡Qué tontería! Esta noche será, entonces.

Lana me miró torciendo la cabeza, con una sonrisa contenida que hacía pícaro su gesto.

–¡Suerte con tu urgencia! –me dijo, y después dio la vuelta y se alejó a la carrera.

Suerte con mi urgencia.

De pronto el humo rosa me parecía a siglos de distancia.

Lana Medusa había hablado conmigo.

Había conspirado conmigo a espaldas de su madre.

Ten por seguro que repetí ese diálogo en mi imaginación tantas veces como fue necesario para aprendérmelo de memoria.

El ser humano es así de ridículo.

Y yo más.

31

El humo rosa debía ser mi único objetivo.

Lana se había arriesgado a mentir a su madre por mí y yo tenía que sacarla de mi cabeza, porque si la dejaba ahí, iba a embotármela de tal manera que ni el mejor equipo de submarinismo me haría cumplir con mi cometido.

No podía extasiarme pensando en ella, ya tendría toda la noche para eso.

Además, no disponía de demasiado tiempo.

Aunque los días eran largos, debía evitar estar bajo el agua cuando la luz estuviese perdiendo su fuerza. Habría sido una estupidez, porque no tenía una linterna potente que me permitiese investigar la zona.

Me pregunté si estaba haciendo el tonto, si estaba malgastando mi día con ese maldito humo rosa que me había parecido ver. Pensé en el rostro moreno de Marcos mirándome con incredulidad cuando le contase mi ridícula historia. Seguro que Natalia decía que me lo había inventado para acercarme a rondar a Lana.

Al fin y al cabo, ¿de verdad había visto lo que había visto?

Ya no podía darme la vuelta.

Seguí la carta de navegación que había utilizado por la mañana para dar con el punto aproximado en que me había sumergido.

Evité pensar en Marcos y Natalia, que se extrañarían cuando no apareciese por su terraza al final de mi jornada, y confié en que no se preocupasen demasiado.

Cuando más o menos estaba llegando, sucedió algo que me confirmó que me dirigía al lugar indicado. Algo mágico debía estar pasándome.

Fue una imagen demasiado fugaz como para estar absolutamente convencido de lo que vi, pero me pareció que una esfera transparente, como una burbuja de aire de sorprendente tamaño, surgía del agua, brillante bajo los rayos del sol.

Fue solo un instante.

De pronto, la enorme burbuja explotó o desapareció.

Fuera como fuese, ese detalle me hizo saber que volvía al lugar correcto, que el humo rosa de la chimenea seguramente estaría allí y que pronto yo también tendría mi propia historia milagrosa que contar sobre los misterios del fondo del mar.

Una historia de la que Gabriel habría estado orgulloso.

Me costó ponerme el traje de buceo y me tambaleé bastante sobre *Ariel* hasta conseguirlo. No iba a ir tan ligero como por la mañana, aunque haría más rápido el descenso debido al peso.

Observé la luz del sol y me ajusté el reloj en la muñeca.

La adrenalina de la inmersión y la seguridad de estar cerca de enfrentarme con algo inaudito mantenían mis sentidos absolutamente despiertos.

Respiré unas cuantas veces para recuperar el control sobre mí mismo y me sumergí.

32

No tardé demasiado en dar con la zona boscosa que aparecía en las fotos de Nicolás Garrido.

Me decepcionó un poco descubrir que no salía humo rosa de ninguna chimenea y sentí el aguijón de la duda acechándome. Aun así continué descendiendo sin perder de vista el tejado de la casa.

No pensaba rendirme tan pronto.

Desde arriba, y en comparación con la altura de los pinos, me pareció un edificio de una sola planta, no demasiado grande. Había medusas perezosas cerca de los árboles y un cangrejo recorría con sus pasos pequeños y rítmicos una de las ramas que dejé atrás. Solo podía escuchar mi respiración profunda y controlada, atronando mis oídos.

Me agarré a una rama para ayudarme a descender y entonces el cosquilleo del éxito comenzó a recorrer mis extremidades.

El humo rosa ya no estaba en la chimenea.

Pero de una de las ventanas surgía una luz naranja y titilante.

Debía estar acercándome al hogar de una sirena.

A la cueva de una ondina.

Al nuevo reino de cualquier mágica criatura submarina.

Quizá Nicolás Garrido tenía razón y era la luz de un televisor sorprendentemente encendido bajo toneladas de agua.

Nadé, aún más despacio, hacia la ventana, asustando a dos peces plateados que paseaban tranquilamente junto a la casa.

No quería descubrir mi presencia. Quería mirar con cuidado para poder largarme si lo que quiera que hubiese en esa casa fuera peligroso.

Enseguida noté que había más cosas que no cuadraban dentro de la situación. Y con la situación me refiero al fondo del mar.

Si lo del humo rosa y la luz ya había sido inquietante, observar que los cristales de la ventana habían desaparecido y que en su lugar había una fina película de aire, como si una burbuja enorme estuviese encerrada dentro de la casa, lo fue más.

Fue un nuevo golpe sorprendente que hacía tambalearse todas las referencias que tenía sobre las normas de la existencia en nuestro planeta.

Entendedme.

Una cosa es asumir que puedan ocurrir extraños sucesos mágicos y aislados. Y otra muy distinta es que todos ocurran a la vez y en el mismo sitio.

Solo me faltaba toparme con un concurso de belleza de sirenas compitiendo ante un comité de peces parlanchines.

Me asomé tímidamente por el vano del que salía la luz.

El interior de la habitación estaba seco.

No había ni gota de agua dentro.

De hecho, un fuego naranja brillaba alegre en una pequeña chimenea.

Había una mesa de madera con libros y papeles esparcidos en ella. Dos cómodos sillones de terciopelo azul se encontraban, algo girados, a su lado. Vacíos. En las paredes había estanterías que contenían más libros y también curiosos botes llenos de líquidos de diferentes colores, algunos luminosos, como si tuviesen bombillas fosforito dentro.

Una lámpara llena de velas pendía del techo, quieta.

Pensé que aquella visión habría hecho las delicias de Gabriel.

33

Animado porque no había nadie en la sala, me dirigí hacia la siguiente ventana.

Como sospechaba, estaba protegida también por la película de aire que componía la burbuja.

Se trataba de una cocina pequeña y desordenada, de muebles oscuros. Seca también.

Nadé un poco más. Quería rodear la casa.

La puerta de entrada estaba firmemente cerrada. Era de madera y parecía azul. Si algo había de inquietante en ella, era el hecho de que no estuviese maltratada por la sal y la humedad del mar.

Di con dos ventanas más. Una de tamaño semejante a las anteriores, que daba a un dormitorio con un armario macizo con espejo y una cama grande con cabecero de metal dorado. La otra, más pequeña, mostraba un baño algo anticuado.

Reinaba cierto desorden en toda la casa y, como solo había buena luz en la habitación en la que estaba la chimenea, no podía apreciar demasiados detalles. Lo único que estaba claro era que algo mágico mantenía el interior de esa casa lejos del envite del mar.

Volví al punto de partida.

Miré el fuego y los objetos repartidos por la mesa.

Supuse que estaba teniendo una visión y que en cualquier momento aparecería un fantasma que daría algún sentido a todo aquello.

Adelanté la mano hacia la burbuja que protegía el espacio. ¿Explotaría si la tocaba? Irrumpiría el agua en aquella casa y apagaría el fuego, dando por finalizado el espectáculo.

Nada de aquello debía ser real.

Bajo esa convicción, toqué la película de aire de la ventana.

Entonces, una fuerza desproporcionada pareció tirar de mí desde dentro de la vivienda y caí, con el equipo puesto y todo mi peso, dentro de la habitación.

El estruendo que hice al caer me sorprendió tanto como el propio golpe, y mi corazón comenzó a latir totalmente desbocado. Contuve la respiración aterrorizado y me quedé quieto donde estaba.

No pasó nada.

No apareció nadie ni el mar quiso acompañarme inundando la casa.

Poco a poco, mis oídos se acostumbraron a los sonidos internos de mi cuerpo e incorporaron el crepitar cálido de la chimenea.

Miré a mi alrededor, consciente de que intentar comprender lo que estaba pasando era tan absurdo como el mismo hecho en sí.

Me levanté torpemente y observé que el techo no era demasiado alto. De hecho, si alzaba los brazos podía rozarlo con la yema de mis dedos.

Los muebles parecían encajados a la fuerza, o quizá sería más correcto decir que parecía que la casa había sido construida después de que las estanterías, el sillón y la mesa estuviesen ya allí.

La mesa.

Me acerqué a la mesa con curiosidad.

Mis movimientos dentro del neopreno eran torpes y la bombona de oxígeno me pesaba en la espalda.

Había, como he dicho, libros abiertos y papeles esparcidos.

Mi curiosidad topó con la primera barrera de aquella tarde. Era incapaz de comprender el idioma en que estaban escritos los textos y, aunque había algunos dibujos repartidos entre los párrafos, no atinaba a entender el loco significado de lo que tenía ante mí.

Había un tintero y una pluma que parecían haber sido recientemente abandonados. De hecho, la pluma, apoyada en uno de los libros, goteaba sobre la mesa dejando un pequeño charquito azul.

¿Cuánto valdrían aquellas cosas? ¿Serían reales o, si cogía alguna de ellas y la llevaba a la superficie, se desharía en mis manos nada más salir del agua?

Gabriel contaba también una historia al respecto y Greg, el restaurador, la confirmaba con otras anécdotas. Mi viejo amigo aseguraba que en ocasiones se encontraban brillantes tesoros en las casas sumergidas, sorprendentes hallazgos que se esfumaban al salir del mar. Greg hablaba de un anillo de gemas que se había evaporado ante sus ojos, un brillante anillo que titilaba guiándolo en una de sus primeras inmersiones.

¿Esos libros, el tintero, los papeles, desaparecerían si los sacaba del agua?

Devuelto por un momento a la realidad, fui consciente de que seguía consumiendo el oxígeno de la bombona. Sorprendido, me quité la boquilla. Sentía la boca algo dolorida y tenía el paladar seco.

Miré el reloj para calcular cuánto tiempo me quedaba y dejé escapar una palabrota.

No era posible.

No podía llevar tanto tiempo sumergido.

Debía ser parte de la magia de aquella casa.

Tenía que salir de allí cuanto antes o no llegaría a tiempo a la superficie. Solo lo tenía más difícil para realizar el ascenso. Y no estaba precisamente a cinco metros del exterior.

Moví la cabeza intentando despejarme.

Miré al fuego y después a la ventana.

Tenía que largarme.

Comencé a comprobar que el equipo de buceo no hubiese sufrido ningún extraño daño y me puse de nuevo la boquilla.

Justo antes de retirarme de la mesa, algo llamó mi atención.

Algo que parecía no cuadrar entre tanto papel y tanto libro.

Algo que no formaba parte del conjunto.

Era una pequeña voluta de humo rosa que surgía trabajosamente por debajo de dos pergaminos abandonados.

Incapaz de contenerme, los aparté y descubrí un cuenco de madera lleno de piedrecitas irregulares y opacas, de color rosa, del que surgía el débil humo que había visto.

Alargué la mano hacia él.

No podía resistirme.

Toqué una de las piedras. Estaba caliente y lanzaba pequeñas volutas luminosas.

Sabía que cabría perfectamente en la palma de mi mano.

La cogí y, en el mismo momento en que la separé de sus compañeras, dejó de humear.

34

Hay veces en las que sabes lo que tienes que hacer aunque no sea lo que te aconsejarías hacer.

Quiero decir, yo jamás me habría aconsejado entrar en esa casa.

Jamás me habría aconsejado llevarme aquella piedra rosa

Jamás me habría aconsejado llevarme aquella piedra rosa que había lanzado humo hasta apagarse.

Pero no era un momento para darme consejos.

Además, yo sabía que tenía que llevarme una en cuanto las vi.

Una parte de mí confiaba en que desaparecería en cuanto la sacase del agua y de ese modo se acabaría el problema.

No fue precisamente así.

Cuando emergí, el sol se ocultaba tras las lejanas montañas.

Y la piedra seguía protegida en la palma de mi mano.

La miré.

Imperfecta.

Rosa.

Y sólida.

Te dije que las cosas se liaron cuando apareció Nicolás Garrido en el antiguo tejado de Gabriel.

Vale, quiero precisarlo.

He cambiado de idea.

Si hay un momento en que las cosas empezaron a liarse, ese momento fue este.

35

Intenté ordenar mis ideas.

Primero tenía que devolverle el equipo a Lana.

Si Mamá Medusa descubría que me había prestado una botella gratis, seguramente tendría problemas.

Guardé la piedra rosa en el bolsillo de mi bañador, al que había cosido hacía años una cremallera, y traté de despejar mi cabeza. Lo que acababa de contemplar bajo el mar no era algo que pudiese comprenderse simplemente a través de un razonamiento. De hecho, más bien me parecía que lo que había descubierto escapaba a cualquier capacidad lógica.

Dije ya que soy un tipo resolutivo o que intento serlo.

Por eso solucioné aquel dilema de la manera que me pareció más efectiva en aquel momento: aceptando que había sido testigo de un milagro marino y navegando de vuelta a casa de las Medusas.

Durante el trayecto me concentré en repasar cada uno de los detalles de la casa que se mantenía llena de oxígeno debajo del mar y me dije que no era un descubrimiento que pudiese compartir con cualquiera. Tendría que volver, debería regresar para comprobar que lo que mis ojos habían visto, que lo que mis manos habían tocado, era real.

Sí, la piedra seguía en mi bolsillo.

Pero ¿y si era solo un recordatorio de un suceso sobrenatural?

Greg presumía de poseer el peine de nácar de una sirena. Debería ir a hablar con él. Ya que no podía hablar con Gabriel, tendría que conformarme con el viejo restaurador.

Había anochecido por completo cuando comencé a ver la zona de nuestros tejados emergiendo sobre el agua.

Mientras remaba rumbo a las luces parpadeantes que empezaban a encenderse en las terrazas, con las estelas de las antorchas reflejadas en el mar como sinuosos caminos que me guiaban, rogué por que Marcos y Natalia no estuviesen demasiado preocupados. Esperaba que confiasen en que estaba bien y en que, si no había aparecido después de mis inmersiones de la mañana, se debía a que me había salido algo, no a que me hubiese ahogado.

El negocio de las Medusas se elevaba más alto que el resto de edificios. Era fácil reconocerlo en la noche estrellada porque pequeñas bombillas de colores adornaban la zona de la terraza en la que habitaban.

Esperaba que sus trabajadores se hubiesen marchado ya para poder acercarme a uno de los balcones hasta que Lana apareciese.

Me agradó descubrir que me estaba esperando, asomada a la barandilla, disimulando como si contemplase la unión difusa entre el cielo y el mar.

Comparé aquella imagen con la de la tarde, cuando aparecía recortada contra la luz del sol. También era hermosa entonces, con las bombillas latiendo a su espalda y el mar golpeando bajo ella.

Intenté remar sin hacer ruido mientras me acercaba.

Lana me vio enseguida y me regaló el espectáculo de su cuerpo tensándose para recibirme, supuse que preocupada por si su madre nos pillaba en aquella transacción no permitida.

Me hizo señas para que atase a *Ariel* al balcón más cercano y esperase.

Entonces desapareció.

Seguí sus indicaciones de manera mecánica. Mis manos no temblaban como aquella mañana ni sentía que el corazón iba a desbocárseme. Quizá el milagro que había contemplado templaba mis nervios, añadiendo perspectiva a aquel romance imaginario que había acariciado durante tantos años.

Pensé que resultaba algo amargo perderme todas aquellas chispas emocionadas que surgían en mí cada vez que contemplaba a Lana, pero justo entonces apareció en el balcón, con sus pantaloncillos cortos de pijama y una camiseta de tirantes de color blanco, y mi percepción cambió al tiempo que las rodillas me jugaban una mala pasada.

–¡Creía que me tocaría esperarte hasta la madrugada! –susurró divertida mientras me tendía las manos para ayudarme a pasar el equipo por encima de la barandilla.

–No era consciente de lo lejos que estaba –confesé, adueñándome de nuevo de mí.

–Bueno, no te preocupes, mi madre no ha sospechado nada –sonrió, haciendo un gesto para que abandonase mi barco.

–¿Quieres que te ayude a guardarlo? –pregunté sorprendido.

Lana cambió el peso de un pie al otro y señaló el equipo como si eso sirviese de respuesta.

–Está bien, espera –dije saltando dentro del balcón.

En cuanto estuve a su lado, Lana comenzó a guiarme hacia el interior del edificio. En silencio, devolvimos el material a la habitación de la que lo habíamos sacado y regresamos de nuevo al aire libre.

Ariel nos miraba como si intentase decirme algo, pero yo andaba demasiado concentrado en el olor a flores que surgía del pelo de Lana. Estaba seguro de que al tacto sería muy sedoso. Y en esas reflexiones me hallaba cuando ella se apoyó en la barandilla, mirándome concentrada.

–¿Era tan grande la urgencia? –preguntó.

–Bueno... creo que sí.

–Entonces, supongo que me debes un favor del tamaño de la urgencia –añadió ampliando su sonrisa.

No pude evitar dejar escapar una risa complacida.

Imaginar cómo era Lana no era tan genial como verla describirse con cada palabra.

–Shhh... –me chistó cómplice, señalando hacia arriba con la mano.

–¡Perdón! –me contuve, susurrando–: Sí, te debo un favor.

–¿Y cómo te sientes? Sé que a los cazadores de tesoros no les gusta sentirse en deuda.

–Oh, pregúntale a Toni si estoy acostumbrado a sentirme en deuda o no.

–¿Entonces conseguiste algo que mereciese la pena? –preguntó, separándose de la barandilla y cediéndome el paso hacia mi barco.

Supe que llegaba el momento de la despedida e intenté no aturullarme.

Además, no podía contarle la verdad.

–Nada que pueda usar en un buen trueque –confesé, aupándome para después dejar que mis pies tanteasen a *Ariel* sin perder el equilibrio.

Lana frunció el ceño levemente y sentí que de alguna manera la había decepcionado, como si ella hubiese esperado de mí que fuese un cazador importante.

–¿Es cierto que Marcos y Natalia quieren pasarse al bando de los profesionales? –se interesó.

–Eso creo –respondí todo lo vagamente que pude, quitándole importancia al tema.

–¿Y tú?

La vi acercarse de nuevo a la barandilla, agarrarse y adelantar el pecho, como si mi respuesta la llamase.

Me encogí de hombros y después, decidiendo que debía regalarle a Lana algo más sincero, negué con la cabeza.

–Soy feliz a mi manera –dije tratando de explicarme.

Lana me miró de nuevo, como si acabase de aparecer frente a ella en ese preciso momento.

De pronto sonrió y asintió en silencio. Se giró y comenzó a abandonar la terraza.

Justo cuando forcejeaba con el nudo que desataba mi barca, susurró desde el pasillo oscuro:

–Quizá pase mañana por la tarde a ver a Sheila, ya sabes, a llevarle el libro que nos sirvió de tapadera.

La observé desaparecer, petrificado. Entonces volví a mirar mis manos morenas y la cuerda.

Definitivamente, aquel día no estaba siendo un día normal.

Nada normal.

36

Pasé un momento por el tejado de Marcos y Natalia.

Sheila tenía al más pequeño de sus hijos encima, dormido profundamente. Marcos me recibió con cara de perro y Natalia me miró con curiosidad, como si pensase que mi desplante de ese día había sido un primer paso para desengañar a su hermano.

Bien. No sé lo que inventé.

Pero algo que sonó convincente y que me procuró el perdón de mi amigo.

–¿Mañana vendrás, o dejamos de contar contigo? –me preguntó Marcos cuando me dirigía de nuevo hacia *Ariel*.

–Vendré, Marcos.

–Porque tengo novedades que contarte. ¿Estás dentro del plan?

–Estoy dentro de mejorar el plano –contesté intentando dejar clara mi posición.

–¿Y de lo otro?

–Ya te lo he dicho mil veces, Marcos...

Él es así.

Natalia tiene razón. Todavía piensa que puede convencerme.

–Deja que Rob se vaya a descansar –terció Sheila en un susurro profundo–. Mañana ya hablamos.

«Gracias, Sheila», pensé.

–Buenas noches, chicos –fue lo que dije.

–Buenas noches, Rob –dijo Natalia.

–Hasta mañana –dijo Marcos, en su línea.

Ariel me recibió sin decir nada. Fiel y silenciosa. Conduciéndome de camino a casa como si fuese su ruta preferida.

El cielo se extendía a mi alrededor, reflejado en el mar, correspondido por la luz de lejanos barcos pesqueros.

Y mientras tanto, la piedra rosa seguía en mi bolsillo.

Pesando levemente.

Recordándome que el mundo no era tan lógico como yo creía.

37

Ahora podría decirte que me pasé toda la noche despierto, dándole vueltas al asunto de la piedra, pero te estaría mintiendo.

Sí, pensé un poco en la casa sumergida y en su chimenea reluciente, en los libros y en la burbuja de oxígeno que la protegía.

Pensé también en Lana y en su favor, en su propuesta para encontrarnos al día siguiente.

Pero soy un tipo que vive en el presente y no me gusta enredarme en historias que no soy capaz de controlar.

Dormí como un tronco.

38

El día trajo las nuevas noticias de Marcos: su plan se había topado con los chicos de Gino.

–Ayer tuve un encontronazo con Bruno y Lolo –explicó mi amigo mientras guiaba el catamarán hacia la zona que íbamos a revisar esa mañana–. Han debido espiarme durante algún tiempo, porque siguieron mi ruta y los descubrí bajo el agua cuando no llevaba ni quince minutos buceando.

–Llevaban equipo –añadió Natalia para transmitirme el peligro de la situación.

–¿Se quedaron a cazar o se largaron? –pregunté acariciando la piedra rosa en mi bolsillo, consciente de que no quería compartir ese secreto con mis amigos.

Además, había cosas mejores en las que pensar: los chicos de Gino podían destrozar las expectativas de Marcos de convertirse en cazador profesional, si nos pisaban los talones. De hecho, si volvían a olisquear, tendríamos que abandonar nuestra empresa durante algún tiempo.

Gino los había entrenado bien. Eran rapiñadores natos.

Con el resto de profesionales no se atrevían. Los Tiburones ya les habían dado su merecido en algún momento, guiándolos hacia zonas alejadas y vaciándoles el motor de gasolina mientras se sumergían para robarles una localización. Los Pomar también les habían dejado clara su postura lanzándoles una bengala durante una de las cacerías.

Pero Marcos todavía no era lo suficientemente fuerte como para hacerles frente. Todavía no se había ganado el puesto de cazador de tesoros profesional y nadie lo respaldaría.

La caza no tenía cotos privados en el mar. El más rápido, el mejor, se llevaba el premio.

–Se quedaron –respondió Marcos–. Aunque perdieron el tiempo tanto como yo.

Levanté las cejas sin comprenderlo.

–La fotografía de Nicolás Garrido que intentaba cubrir estaba vacía –explicó frotándose la barbilla, en la que comenzaba a atesorar la sombra de una futura barba dorada–. Se veía una construcción, pero resultó ser un almacén. Nada interesante a primera vista.

–Por eso tenemos que volver a trabajar juntos. Si nos ven a los tres tendrán más reparo –comentó Natalia recogiéndose el pelo en una estirada coleta–. No me seguirán bajo el agua si temen que Marcos y tú podáis robarles el barco o algo así.

–No sería mala idea –murmuré mirando al horizonte, por si descubría uno de los pedales de la flota que tenía Gino.

Él se guardaba la lancha, y solo sus dos cazadores de más confianza tenían barcos motorizados. El resto de chicos, normalmente agrupados de dos en dos, cazaban usando pedales y se dedicaban a la tarea de localizar nuevas zonas en las que fuese interesante indagar.

Seguro que Lolo y Bruno habían sido destinados a seguirnos.

–Deberías haberte hecho de la banda de Gino cuando te lo ofrecieron –se burló Natalia–, así ahora podrías contarnos lo que están tramando.

–¿Crees que sería un buen espía? –bromeé yo también.

–Serías pésimo.

Gino había acudido a mi tejado el día en que abandoné la pandilla de mi infancia. Quería que me uniese a su banda y me convirtiese en uno de sus pequeños cazadores. Esas fueron las palabras que usó:

–Serías uno de mis pequeños cazadores, Rob –y sonrió mostrando sus dientes de lobo.

Hay algo sobre Gino que quizá te haga gracia: siempre viste traje de chaqueta. Creemos que se hace pasar por mafioso porque piensa que eso le da un aire más respetable.

Lo que no sabe es que resulta bastante ridículo con los bajos de los pantalones continuamente mojados y los zapatos chorreando. Además, Gino no es lo que diríamos atlético: es un tipo moreno, bajo y rechoncho, con los brazos y las piernas cortos.

Le dije que no.

Nadie me cree cuando digo que no quiero ser cazador profesional, y él no me creyó entonces, pero a mí me dio lo mismo. Le dije que no y me retiró la palabra durante unos cuantos domingos.

Después, Gabriel intercedió y Gino me perdonó el desplante.

Gabriel hacía cosas así, nos pacificaba. Y yo le di las gracias porque no me gusta estar a malas con nadie.

Por eso el tema de Lolo y Bruno agriaba mi humor.

Natalia había propuesto que tomásemos una dirección contraria a la habitual, sin alejarnos demasiado, y estábamos guiando a nuestros posibles seguidores hacia unas colinas inundadas en las que no había absolutamente nada. Además, quedaba bastante apartada de las zonas que habíamos estado peinando los días anteriores, por lo que no creía que los chicos de Gino fuesen capaces de descubrir ningún tipo de lógica en nuestros movimientos. Era importante hacerles creer que estábamos siendo desordenados, que nos movíamos aleatoriamente, intentando probar suerte.

Fue durante la segunda inmersión de Natalia cuando los vimos aparecer pedaleando en la distancia. La barca con tobogán verde se nos acercaba.

Marcos y yo nos habíamos puesto a pescar para disimular y hablábamos de los avances que estaban haciendo sus hijos como nadadores.

–Verás qué caras ponen –se jactó Marcos haciéndome una señal, sin mirar a los chicos de Gino.

La verdad es que la imagen distaba de reflejar la realidad. Nosotros estábamos en el magnífico catamarán de Gabriel, aparentemente relajados, dedicados a un día de pesca, y en cambio ellos llegaban en el ridículo barco pedaleando sin parar y bañados en sudor.

Nadie habría pensado que los chicos de Gino fuesen ninguna amenaza para nosotros.

Pero lo eran.

–Me alegro de volver a veros –saludó Marcos con la mano cuando estuvieron lo suficientemente cerca como para oírnos.

Me di cuenta de que habían pensado detenerse un poco más lejos, imaginando que el barco estaba vacío, dispuestos a realizar su inmersión sin mayores preocupaciones. Pero ahora Marcos los había obligado a delatarse y se acercaron lentamente.

–Buenos días –colaboré sonriendo ampliamente.

Estaban a la distancia perfecta para ver cómo sus cejas se contraían. Bruno era menos expresivo que Lolo y casi no se percibía en él la menor molestia. Pero Lolo había arrugado tanto el ceño que parecía que tenía una sola ceja en lugar de dos.

–Ey –saludó con voz ronca.

Lolo y Bruno debían rondar los veinte años. Habían llegado al tejado de Fran y Claudia unos meses antes de que yo me independizara, y no los conocía demasiado. Eran primos, tenía entendido, nietos de uno de nuestros anticuarios. Habrían pasado por hermanos, porque tenían el mismo pelo negro y rizado y la misma cara alargada.

–¿Cazando algo? –se animó Marcos, dispuesto a hacerles difícil la estancia.

No les dio tiempo a responder cuando ya les lanzaba la siguiente pregunta:

–¿Esperando tener más suerte que ayer?

–¿Qué quieres decir? –se defendió Lolo indignado.

–Sí, ¿qué insinúas? –corroboró Bruno.

Marcos sonrió aún más ampliamente.

–Que no me gusta que me espanten los peces –respondió señalando las cañas que teníamos entre manos.

Los chicos de Gino entendieron perfectamente lo que significaba realmente esa frase. No eran tan tontos como parecían.

Justo en ese momento surgió Natalia del agua, entre el patín y el catamarán.

–Hay un banco de peces más allá –dijo, dándole la espalda a nuestros visitantes–. Quizá consiga que se acerque y podamos echar las redes.

Siguió con tanta naturalidad nuestra mirada que, cuando se volvió hacia Bruno y Lolo, nadie habría dudado de que su cara de sorpresa era sincera.

–¡Hola, chicos! –exclamó alegre, sacando un brazo del agua para saludarlos–. ¿También venís a pescar?

39

Los chicos de Gino se largaron aquella mañana, pero ya no podíamos confiarnos.

Natalia insistió en que debíamos hacerlos perder el tiempo unos días. Así que debíamos abandonar nuestro reconocimiento de las zonas periféricas para concentrarnos en recorrer las calles inundadas de la ciudad.

Las páginas azules y las páginas amarillas podían ayudarnos a dar con pequeños negocios que no hubiesen sido asaltados o, incluso, a revisar los que ya habían visitado otros cazadores para ver si habían olvidado algo. Muchos cazadores habían peinado ya la ciudad antes que nosotros, pero cada uno tenía sus prioridades, y lo que a otros les parecía basura, a nosotros podía facilitarnos el negocio.

Sheila estaba dispuesta a prestarnos su ayuda intentando encontrar la residencia de algunos de los joyeros locales usando las páginas azules, por si ocultaban en sus apartamentos parte de sus mercancías. Nos dijo también que las herboristerías podían contener un buen botín para cuando se acercase el frío y la gente comenzase a resfriarse.

No me pareció un mal plan.

–Quédate a comer y comenzamos a echarle un ojo al callejero... –me animó Marcos, despreocupado, cuando estuvimos de vuelta en su tejado.

Natalia me miró con interés.

Allí estaba su cara de hermana protectora.

–Lo siento, tengo un compromiso –mentí, porque no quería quedarme a darle falsas esperanzas.

Si al día siguiente nos repartíamos zonas para cazar, participaría, pero no podía dedicarle todo mi tiempo al Pulpo de Tres Patas o Marcos comenzaría a creer que me ganaba la batalla.

–¿Un compromiso con quién?

–Con Greg –improvisé, recordando que me había propuesto ir a verlo para preguntarle sobre los misterios marinos y mi piedra rosa.

–¿Has quedado a comer con Greg? –se extrañó mi amigo como si hubiese dicho una estupidez.

–Eso es.

–¿Y para qué?

–¡Déjalo, Marcos! –intervino Natalia echándome un cable–. Ellos sabrán sus cosas.

Gracias, Natalia. Gracias, maravillosas mujeres.

Me escapé sin dar más explicaciones y comencé a navegar hacia mi tejado. Dejaría a *Ariel* amarrada y nadaría un poco.

La terraza donde vivía Greg estaba muy cerca y no me vendría mal hacer un poco de ejercicio para despejar la cabeza.

Cuando nado, solo puedo concentrarme en nadar.

Da igual si hay algo que me ha estado preocupando.

Somos el mar y yo. Mi respiración y yo.

Intento ser sistemático y me funciona.

Se lo aconsejo a cualquiera, para los dolores musculares y para los de cabeza.

40

Los anticuarios se dedican a intercambiar tesoros con turistas o con coleccionistas que vienen de tierra firme.

Greg es un anticuario especializado en obras de arte.

Y es restaurador.

Gabriel me contó que era un pintor con cierta trayectoria cuando el mar se lo tragó todo.

Al parecer había contactado con galerías importantes del país y estaba a punto de exponer a lo grande después de muchos años de trabajo.

Ahora pinta en su tejado. Pinta y expone.

Es uno de nuestros habitantes más visitados.

Los turistas lo adoran y vende como nadie. Especialmente sus acuarelas.

Si cazas un cuadro para él y consigue venderlo, restaurado o no, los beneficios van a medias. Yo ya he tenido la suerte de compartir con él tres ventas favorables, de esas que me han conseguido equipos de buceo para dos o tres días.

Me cae muy bien Greg.

Quizá porque es un tipo excéntrico que nada desnudo como yo por las mañanas. Quizá porque quería mucho a Gabriel. Quizá porque comprende la belleza del mundo e intenta traducirla.

Sea como sea, yo también le caigo bien.

Soy de los únicos que respetan el silencio mientras está trabajando.

Cuando llegué aquella mañana, estaba sentado a la sombra de un pequeño toldo, leyendo un artículo en una revista de arte y comiéndose un plato de habichuelillas verdes con jamón y huevo.

–Que aproveche –saludé trepando por una de las cuerdas atadas a la barandilla de la terraza.

Vive en el ático de un sexto piso de paredes verdes carcomidas. Hay una zona amplia de terraza con una piscina que ha convertido en huerto y una casa pequeña de una habitación que utiliza como almacén para sus cuadros. Su hogar es el exterior, como nos pasa al resto, así que duerme bajo una pérgola. Ha sacado algunos muebles de la casa, especialmente aparadores y estanterías, y los tiene llenos de pinturas y tarros desordenados.

Me gusta el fuerte olor a óleo y acrílicos que rodea siempre a Greg. Me gustan su camisa blanca manchada y sus bermudas azules.

–¡Rob! –me recibió con alegría–. ¡Hacía mucho que no pasabas por aquí! ¿Me traes algo interesante?

–Hoy vengo por pura curiosidad, Greg –respondí algo culpable, esperando a que el sol me secase.

–La curiosidad es un motor para el arte –contestó levantando el tenedor–. ¿Has comido?

Negué con la cabeza y se levantó para entrar en la casa. Salió con un poco de queso, pan duro, un filete frío de pollo y un cuenco lleno de aceite en el que nadaban algunos restos de atún.

–Siéntate, Rob –me animó señalándome la comida–. Y cuéntame cómo está el mundo.

Me encanta Greg.

No sé si ha quedado lo suficientemente claro.

Siempre que paso tiempo con él, me pregunto por qué lo visito tan poco.

Le conté los planes de Marcos, el problema con los chicos de Gino, le hablé también del documental de Nicolás Garrido y de la última novela que había leído. Él me explicó que un cliente le había llevado una colección de revistas de arte como pago por un lienzo y que estaba disfrutando con los diferentes ensayos que leía.

–Aunque no te creas que todo es bueno –confesó negando con la cabeza mientras me señalaba la caja, apilada junto a algunos cuadros inacabados–. A veces enfurezco leyendo tantas tonterías juntas... ¡Oh, la pedantería! ¡Huye siempre de la pedantería! –aconsejó recostándose en su silla. Después clavó los ojos en mí–. Pero tú no eres un chico pedante, Rob. Tú eres un buen chico. Gabriel siempre lo dijo. Dime, ¿qué te trae por aquí?

–Milagros –contesté sin darle más vueltas al asunto.

Todavía no había decidido si quería contarle lo que había visto debajo del agua. Sentía la piedra rosa como algo privado.

–¿Has visto algún alma? –me preguntó con total normalidad.

–Algo parecido –asentí, y él comprendió que no iba a dar muchos detalles.

–¿Estás asustado? Sabes que no tienes por qué...

Negué con la cabeza.

Le había estado dando vueltas a esa pregunta toda la noche.

No estaba asustado. Definitivamente, la emoción que me embargaba distaba mucho de ser esa. Sentía, más bien, curiosidad e ilusión.

Aunque suene estúpido, me sentía motivado.

–¿Entonces?

–Tengo algunas dudas, Greg... Pensé que tú podrías ayudarme.

–Por supuesto.

–Me acordé del peine de nácar de la sirena.

–¡Oh! –exclamó complacido–. El tesoro que jamás venderé.

Sus ojos se tiñeron de una luz conmovedora.

–¿Te lo dio ella misma? –pregunté dando cuenta de un trozo de queso.

–No, qué va, Rob... Lo cogí yo –explicó negando con la cabeza–. Me había quedado en silencio mirándola mientras se acicalaba delante del espejo del aquel apartamento. Son coquetas las sirenas, debes saberlo... Entonces me moví y ella me vio. Fue un desastre. Debí darle un susto de muerte, soltó el peine y se desvaneció, casi en el mismo movimiento.

Greg se tanteó el pecho buscando el bolsillo de la camisa y sacó un pequeño peine de cinco púas, más una peineta que otra cosa, de nácar, adornado con filigranas talladas.

–Si no fuese por esto, creería que me lo había inventado –me dijo tendiéndome su preciado tesoro.

En cuanto mis dedos lo tocaron, se me puso el vello de punta en los brazos. Greg, que lo vio, comenzó a reírse encantado.

–Es genial, ¿verdad?

–Auténticamente –respondí admirado mientras lo contemplaba.

Había algo mágico en el delicado peine, no sabría decirte el qué. No podría explicarlo con palabras. Por supuesto, no podría haber recurrido a la lógica para describirlo.

–Cogí algo yo también –le confesé, devolviéndole su tesoro–. ¿Crees que hice mal?

Greg acarició el peine antes de ponerlo en su bolsillo.

Me miró sopesándome.

–Lo que cogiste... ¿te llamaba? –inquirió.

–¿Me llamaba?

–Sí, quiero decir... ¿Sentías que no podías hacer otra cosa que cogerlo y llevarlo contigo?

Asentí abriendo los ojos. Exactamente había sido eso lo que había sentido. Por muy irracional que me pareciese, había deseado llevarme la piedra rosa, como si la necesitase.

–Entonces no te preocupes, Rob –me tranquilizó dejando descansar su mano en mi hombro–. Las cosas mágicas suelen decidir por sí mismas. Si lo que quiera que hayas cogido no hubiese querido ir contigo, no hubiese ido.

41

Me desperté cuando el sol empezaba a caer.

La charla con Greg y su magnífico almuerzo me habían arrastrado al sopor, así que me había despedido agradecido y había nadado de vuelta a mi tejado, prometiéndome que repetiría pronto mi visita.

En cuanto llegué, me dejé caer sobre el colchón con la piedra rosa entre las manos y me quedé frito.

El cambio de la luz me sacó de mi apacible siesta. La pequeña piedra se había escapado de mi abrazo y descansaba junto a mi cabeza con inocencia. Me incorporé y miré al cielo para adivinar la hora que era.

A mi derecha se recortaba ya la noche, en un malva inocente que pretendía llegar hasta la línea de nuestros tejados para traernos su decorado de estrellas. A mi izquierda, el mar se despedía naranja de los últimos rayos del sol que se ocultaba tras las montañas.

Noté cierta inquietud, como si me hubiese olvidado de algo importante.

Al incorporarme, mi pie chocó contra el segundo tomo de *Los Miserables* y en mi cabeza se hizo de pronto la luz.

Lana.

–Joder –dije en voz alta buscando una camiseta, agarrando la piedra rosa y saltando del tejado hacia mi barco.

Lana me había dicho la noche anterior que pasaría por la tarde a ver a Sheila. Por el tono que había usado, yo sabía que deseaba que estuviese allí.

–Por favor, por favor, por favor, que no se haya ido aún –rezaba mientras desataba a *Ariel*.

¿Cómo podía haberme olvidado de algo así? Me parecía que habían pasado siglos desde el día de antes, con todo el jaleo de los Gino y la conversación con Greg. ¿Se me había secado el cerebro? Me sentía la persona más estúpida sobre la faz de la tierra.

Y sobre la masa del mar.

Años.

Llevaba años fantaseando con Lana.

Y ahora que ella parecía dispuesta a tender un puente entre nosotros demostrando que conocía mi existencia... ¡se borraba por completo de mi cabeza!

Imaginé el gesto de mi amigo Rafa. Seguro que ponía los ojos en blanco y me soltaba alguna de sus frases inteligentes sobre el eco en mi cerebro o algo así.

¿Qué pensaría Lana? ¿Creería que me había olvidado de ella? En realidad me había olvidado de ella, pero no quería que lo supiese.

Llegué al tejado de Marcos y Natalia en el momento justo en que Sheila acompañaba a Lana hacia las escalerillas que conducían al pequeño embarcadero donde su moto acuática descansaba junto al catamarán.

–¡Ey! –grité desde lejos, como los chicos de Gino, sintiéndome estúpido al instante.

Lana se giró hacia mí y pude ver el milagro de su cara recorriendo diferentes emociones. Primero sus ojos delataron sorpresa y una media sonrisa estuvo a punto de dibujarse en la comisura de sus labios claros. Después pareció contenerse y sus cejas se curvaron mostrando indiferencia.

El colofón fue su ceño fruncido.

Eso solo podía significar una cosa.

–Muchas gracias, Sheila –dijo en voz alta para que la escuchase–. Estoy segura de que *Orgullo y prejuicio* será una lectura estupenda para estos días.

–De nada, tesoro –sonrió Sheila, aunque pude ver cómo me observaba con cierta urgencia, casi como si me instase a darme prisa o a hacer algo inteligente.

Yo no me sentía nada inteligente. Remé todo lo rápido que pude para acercarme a ellas.

Lana se mostraba fría y distante. No como la noche anterior.

Comencé a preguntarme si lo había malinterpretado todo.

–¿Lo has leído tú, Rob? –me salvó Sheila, señalando el libro y animándome a participar en la conversación mientras saltaba a la pequeña plataforma de tablas donde estaba atada la moto de Lana.

Me sentía ridículo mirando hacia arriba para verlas en la terraza por encima de mí.

¿Qué iba a decirle? ¿Que no solía leer novelas sobre chicas enamoradizas? Ella ya lo sabía. Pero Lana no... y quizá quedase como un idiota.

–Aún no –me decidí por un término medio–. Ya sabes que me han enganchado *Los Miserables*.

Lana no estaba dispuesta a colaborar en la conversación.

–Perdonadme, chicos –se disculpó Sheila dándonos la espalda y lanzándome un guiño significativo–. Voy a preparar la cena a los niños.

Se evaporó.

En un segundo estábamos Lana y yo solos.

Ella arriba y yo abajo, como siempre.

–Se me ha complicado la tarde y no he podido venir antes –traté de justificarme, sabiendo que era la única manera de conseguirme algo de tiempo.

–Bueno, no habíamos quedado ni nada por el estilo –soltó, comenzando a descender por las escalerillas con el libro sujeto bajo el brazo.

Me acerqué a ayudarla, pero no supe muy bien qué tenía que hacer.

Quería decirle algo así como que no me importaba si habíamos quedado o no, que yo quería verla.

Las palabras sonaban genial en mi cabeza.

Así que se quedaron ahí.

–¿Has leído antes algo de Jane Austen? –pregunté en cambio, tratando de entablar conversación.

Lana negó con la cabeza, dirigiéndose a su moto.

–Lana...

–¿Qué?

Se volvió, con el pelo naranja centelleando bajo los últimos rayos del sol y sus ojos verdes inquisitivos.

Pude ver un gesto divertido dibujándose bajo su aparente enfado. Como si solo estuviese jugando conmigo.

Sonreí encantado y ella levantó el libro amenazante.

–Nos vemos, Rob –murmuró dándome un pequeño golpe en el hombro con *Orgullo y prejuicio*.

–Seguro –asentí pensando que las cosas no habían acabado tan mal como parecía–. Te debo un favor.

42

Días después conseguimos localizar en el mapa de la ciudad sumergida la casa de un joyero, dos papelerías, una ferretería y la biblioteca municipal.

Pero encontrar esos lugares bajo el agua no fue tan fácil como hacerlo en papel.

Una de las papelerías tenía la entrada principal bloqueada por varios coches que el mar había arrastrado. La ferretería tenía cerrada la puerta con una persiana metálica, por lo que había que romper el escaparate, y la casa del joyero nos costó la visita sin éxito a cuatro apartamentos poco interesantes.

En cambio, la otra papelería y la biblioteca no ofrecieron ningún problema.

–No sé por qué de pronto estás tan preocupado por los libros –se quejó Marcos, algo molesto por mi propuesta de ampliar la colección de Sheila, insistiendo en rescatar lo poco salvable de la biblioteca municipal–. Mi mujer tiene ya la mejor selección de novelas de los tejados y aún no ha conseguido leer todos los libros que le he llevado.

Con respecto a la caza en la papelería no estaba tan molesto. Aunque los bolígrafos, los rotuladores y las carpetas de plástico no eran material de primera necesidad, sí conseguiríamos trueques interesantes por los botes de cola blanca y el material de pintura.

Sheila, en cambio, estaba encantada con mis ideas y convirtió su tejado en un secadero de papel. La mayoría de los libros se encontraban en tan pésimas condiciones que no podíamos salvarlos. Eran pura papilla parduzca. Pero algunos todavía podían ser recuperados, y la mujer de Marcos estaba convencida de que lograría restaurarlos, proponiéndose incluso realizar nuevas encuadernaciones.

El botín de la casa del joyero, afortunadamente, nos proporcionó la ventaja que esperábamos. De hecho, nos permitió costear el resto de inmersiones.

Natalia dio con una colección de pulseras de oro, algunas con diamantes, enrolladas en un expositor de terciopelo negro que había perdido su suavidad en contacto con la sal, en un cajón de doble fondo.

De pronto, nuestra caza hizo que el resto de cazadores comenzasen a observar a Marcos con más atención. Cazar libros era una cosa, pero cazar oro era bien distinto. Nuestros movimientos estaban ahora en el campo de mira de la mayoría.

Gino tenía a sus chicos pisándonos los talones y se mostraba especialmente simpático durante las comidas de los domingos en el tejado de Gabriel. No paraba de alabar a Natalia y de demostrar lo amigable que podía llegar a ser.

Mamá Medusa estaba encantada con el comportamiento de su amigo Gino y no dudaba en alabarlo, criticando en la cara de los demás que no fuesen más amables con el pobre cazador de tesoros incomprendido.

Lana y yo no habíamos vuelto a vernos a solas desde el extraño momento en el embarcadero de Sheila, Natalia y Marcos.

Pero te puedo prometer que no me importaba demasiado, porque a cambio había ganado sus ojos verdes. Sus ojos verdes clavados en mí durante cada almuerzo compartido en el tejado de Gabriel, continuamente sus ojos observándome cuando me acercaba con *Ariel* a las Medusas por las tardes y rondaba el balcón donde ella trabajaba.

Era como mantener un continuo y profundo diálogo privado.

Lana y yo nos mirábamos y no sé lo que nos decíamos, pero tampoco me importaba demasiado, porque de pronto nos habíamos hecho existir el uno al otro.

–¿Por qué tienes esa cara de tonto? –me preguntó Rafa uno de aquellos domingos, sentándose junto a mí en el tejado para robarme un trozo de tortilla.

–No tengo cara de tonto –me defendí, localizando a Claudia unos metros más allá, mirando también a mi amigo Rafa–. Por lo menos no tengo más cara de tonto que tú –le dije señalándola.

Los dos nos reímos avergonzados.

–¿Crees que tendremos remedio? –inquirí con la boca llena.

–Tú seguro que no...

Le conté que habíamos dado con una ferretería y que, en cuanto nos quitásemos a los chicos de Gino de encima, tendríamos material interesante para hacer intercambios con los ingenieros. Mi amigo Rafa asintió complacido y prometió guardar el secreto.

–Sé que Gino planea algo –dijo arrugando la nariz–. Creo que lo tenéis bastante entretenido, porque ha dejado de fastidiarnos y llevaba unos meses imposible... ¡Parecía que vivía para tener a los ingenieros trabajando! Pero ya hace una semana que no tenemos que reparar ninguno de sus destrozos... y eso es alarmante.

–Tiene a Bruno y Lolo pisándonos los talones –asentí dándole la razón.

Estaba convencido de que tarde o temprano nos encontraríamos enzarzados en un enfrentamiento abierto. Y temía que Gino fuese lo suficientemente lejos como para truncar el proyecto de Marcos y Natalia de hacerse cazadores profesionales.

–Sabes que no le viene bien la competencia. A los hermanos Pomar se los merienda sin problema, son demasiado inocentes y tienen otro tipo de clientes en los que él no está interesado –explicó Rafa estirando las piernas para ponerlas al sol–, pero Marcos disfruta de más estima que él en la comunidad, debe pensar que le levantará el negocio... Si yo fuese vosotros, seguiría con lo de los libros un tiempo. Y con lo de las papelerías... Eso no le interesa a nadie, y con el botín del joyero tenéis suficiente como para pagaros equipo durante dos meses.

–Más de dos meses –admití concentrado.

Tenía que convencer a Marcos para bajar el ritmo. Quizá hasta después del documental de Natalia, cuando la gente estuviese más concentrada en la visita del equipo de grabación que en nuestros movimientos.

Las prisas no ayudan a nada.

Acaricié la piedra rosa en mi bolsillo, cavilando.

Era una nueva costumbre que había adquirido. Sentía que mi pequeño tesoro había cambiado mi suerte para bien y lo acariciaba cada vez que necesitaba concentrarme.

Miré a Lana, que charlaba cómplice con su hermana Judit, observándome de soslayo.

Ojalá las prisas ayudaran con ella.

43

La idea de Rafa de mantenernos apartados de las grandes cazas convenció a Marcos, aunque no le gustase demasiado detener el barco ahora que tenía el viento a favor.

Natalia era de la misma opinión que Rafa y, por eso, nos dedicamos a la caza de libros.

–Es como rescatar puré de patatas –se quejaba Marcos mientras dejaba que los libros se deshiciesen entre sus manos–. ¡Estamos desperdiciando pulseras de oro para cazar pasta de papel mojado! ¡Vamos a agotar el préstamo de botellas de oxígeno rescatando mierda! –gritaba furioso cuando veía los días pasar sin éxito alguno.

Sheila propuso que cazásemos en alguna librería. Insistía en que muchas editoriales mandaban los libros protegidos por plástico transparente.

No teníamos nada que perder. Más allá de lo que ya estábamos perdiendo. Y eso fue lo que hicimos.

Bruno y Lolo nos pisaban siempre los talones, acompañándonos con su pedal en la distancia o incluso sumergiéndose con nosotros cuando no estaban demasiado seguros de cuál era nuestro próximo botín. Natalia los llamaba «nuestras sombras».

Parecían incapaces de aburrirse de nuestras cazas infructuosas.

Desesperaban a Marcos.

Y a mí también.

Natalia era la única que parecía estar disfrutando.

–Me encanta verlos bailar al ritmo de nuestro bombo –decía cuando nos veía a punto de volvernos locos.

No es que no me gustase lo de cazar libros. Lo cierto es que en las librerías habíamos dado con algún título a salvo gracias al plástico protector, pero la piedra rosa seguía en mi bolsillo haciéndome preguntas.

Los libros que conseguíamos me recordaban a aquellos otros escritos en un idioma extraño, abiertos sobre la mesa de madera que se mantenía impune a la fuerza del mar, protegida por la extraña burbuja de oxígeno.

Quería regresar a la casa mágica.

El tiempo había pasado haciendo su trabajo, asentando mis emociones y relajando mis dudas.

Quería bucear de nuevo hasta allí y comprobar si todo seguía en su lugar o si, al llevarme la pequeña piedra, había conseguido deshacer el encantamiento y el agua se había colado ya en los rincones hasta apagar la chimenea.

Así que avisé a Marcos de que iba a hacer un trabajo en solitario.

Natalia asintió con el ceño fruncido, preguntándose cómo caería aquel anuncio a su hermano, después de todos los días que había dedicado a cazar con ellos como en los viejos tiempos.

–¿En solitario?

–Sí, Marcos... He estado posponiendo algo y creo que ahora que los chicos de Gino persiguen al catamarán, puedo permitírmelo.

De hecho, en eso se basaba mi plan.

Iría al tejado de Marcos y Natalia como todas las mañanas.

Ataría a *Ariel* y me montaría en el catamarán.

Me lanzaría al agua antes de que zarpasen y aguardaría hasta ver el patín de Bruno y Lolo perseguirlos.

Entonces tomaría mi barco y seguiría la carta de navegación que conducía al pequeño bosque sumergido.

Descendería con la botella de oxígeno que habría empleado en salvar libros del abismo, y que ahora me ayudaría en esta empresa.

Comprobaría si la magia seguía estando viva para mí.

Nadie se enteraría de nada.

Y después podría ir a contárselo a Greg.

¿No es sorprendente cómo los planes que salen tan bien cuando los repasas en tu cabeza, luego pueden truncarse y acabar siendo un maldito desastre?

A mí es algo que nunca deja de extrañarme.

44

El mar me recibió mostrando templada la primera capa de agua y recorriéndome helado conforme me sumergía.

Ariel flotaba sobre mí, creando una sombra cuadrada que se iba desdibujando a cada brazada.

Los pinos esperaban más abajo, ocultando el tejado de la casa, moviéndose al ritmo de las lentas corrientes del fondo del mar, iluminados por medusas fluorescentes que dibujaban un camino irregular.

Notaba mis brazos cargados después de tantos días seguidos buceando. La piedra rosa, oculta en mi bolsillo, parecía latir cálida, confirmándome que seguía la senda correcta, como si fuese consciente de que volvía al lugar de donde la había robado y se alegrase con mi decisión.

Localicé pronto la chimenea de la casa, aunque no salía humo rosa por ella.

Con el sonido de mi respiración atronando mis oídos, me dirigí hacia la ventana donde había visto por primera vez el reflejo naranja del fuego.

Entonces, cuando giraba ayudándome con una de las ramas del pino que tenía más cerca, una sombra cruzó detrás de mí moviendo el agua.

Noté la corriente alterándose y me di la vuelta asustado.

No había animales especialmente peligrosos en aquella zona de la costa, pero, aun así, uno no debía confiarse. Y mucho menos en las inmediaciones de una casa mágica.

Oteé en la oscuridad de las profundidades, intentando encontrar alguna pista sobre lo que había pasado. Pero enseguida me convencí de que algún banco de peces habría movido el agua asustándome.

Volví a concentrarme en mi camino y, cuando me acercaba a la ventana, observé que algo se ocultaba tras la esquina de la casa.

Reparé, mosqueado, en que la luz naranja que debía brotar del interior había desaparecido.

Pero, en ese momento, la sombra que había visto me inquietaba más.

¿Sería una sirena? ¿Sería el mágico dueño de aquella extraña morada?

Nadé todo lo rápido que pude hacia la esquina, más allá de la ventana.

Giré y vi cómo unas aletas negras se perdían adentrándose en lo que recordaba que era la cocina.

Mi corazón comenzó a bombear a toda velocidad. Eran dos aletas negras, dos. Lo que quería decir que en la casa había entrado un bípedo.

Tenía que descubrir qué estaba pasando.

Me apresuré a seguir a mi presa.

La cocina estaba vacía cuando llegué hasta la ventana, pero una sombra cruzaba la puerta nadando hacia la derecha.

De pronto me quedé congelado.

Había estado tan concentrado en identificar a quienquiera que estuviese escondiéndose de mí, que no me había dado cuenta de que la casa ya no estaba protegida por ninguna burbuja de aire.

De hecho, más bien parecía como si llevase años inundada. Habían crecido algas dentro y las puertas de los muebles estaban hinchadas y podridas. En el suelo rodaban algunos restos de porcelana, y pequeños peces se escondían a la sombra de las alacenas.

¿Suponía aquello que había sido testigo de un acontecimiento mágico y fugaz del que solo tenía como muestra la pequeña piedra rosa? ¿El milagro tan solo había durado unos minutos para mí y después se había deshecho dejando aquel cadáver de casa sumergido?

Intentando recobrar el control, saqué mi tesoro del bolsillo y lo contemplé, brillante y cálido en la semioscuridad de aquella cocina.

Greg debía haberse sentido igual de decepcionado cuando la sirena huyó de su encuentro.

De pronto, un ruido en la habitación contigua me sacó de mis pensamientos.

Volví a guardar la piedra y tomé impulso hacia el interior de la casa, ayudándome con los muebles.

Cuando llegué al salón me topé con dos buzos que rebuscaban en las estanterías vacías.

La chimenea estaba apagada, y los sillones, roídos y tirados en el suelo.

Uno de los buzos se giró hacia mí y le hizo señas al otro.

Pude ver el rostro divertido de Lolo tras las gafas de bucear.

Bruno tuvo la desfachatez de saludarme con la mano.

Me habían seguido.

Los chicos de Gino me habían seguido hasta la casa mágica.

Solo que ahora ya no era nada.

45

La sombra del pedal junto a *Ariel* me esperaba en la superficie.

Había sentido tanta rabia al encontrar a Lolo y Bruno en la casa que yo había descubierto, que había decidido que lo mejor era salir del agua y esperarlos con la cabeza más templada.

No podía evitar pensar que ellos, no yo, eran los culpables de que la magia hubiese abandonado aquel lugar, haciendo desaparecer el fuego y los libros. Haciendo desaparecer el resto de piedras rosas humeantes.

Mi piedra seguía en mi bolsillo.

La casa se había mostrado ante mí en todo su esplendor y me había hecho ese regalo. Eso significaba que yo era bienvenido.

Pero ellos no.

Ellos habían irrumpido allí, en el esqueleto silencioso de una vida pasada por agua, en la sombra de todo lo que yo vi. Habían destrozado el encantamiento con su molesta presencia.

Por eso sentía aquella rabia que me hacía cerrar los puños con fuerza hasta que mis nudillos se ponían blancos.

Me deshice del equipo de buceo y me dispuse a esperarlos bajo el sol de la mañana.

Jugaba con la piedra entre mis manos, observándola brillante al contacto con la luz. Dibujando con mis dedos sus bordes irregulares, intentando hacer de ella un remanso de paz.

–Seguro que no harían esto si yo fuera otro –susurré, incapaz de mantener mi enfado en silencio–. Si yo fuera un cazador profesional, no se meterían en mi camino –rumiaba–. Ojalá fuese Arancha. Si fuese Arancha, no se les ocurriría venir a importunarme.

De pronto noté un pellizco en el estómago. Como si se me hubiese puesto bocabajo y después hubiese vuelto a su lugar.

Me llevé las manos a la barriga y di un grito.

–¿Qué es esto? –chillé notando que mi voz no era mi voz.

Pero eso era lo que menos me preocupaba. De pronto...

No sé cómo decirlo.

De pronto tenía pechos. Dos pechos perfectos donde antes había estado mi cuerpo plano y fibroso.

–¡Joder! –chillé de nuevo, asustadísimo, escuchando esa voz aguada, mirando mis brazos redondeados, mis muslos perfectos y suaves, sin un pelo.

Llevaba unos pantalones cortos vaqueros y una camiseta negra sin escote con el logo de los Tiburones. ¡Esa no era mi ropa!

¡Esa no era mi voz! ¡Y ese no era mi cuerpo!

–¿Qué está pasando? –murmuré levantándome, clavando mis ojos en el mar que me rodeaba como si allí pudiese encontrar alguna respuesta.

Me llevé la mano libre a la cara y tanteé mis rasgos.

Algo me impedía tantear todo lo demás.

Un pudor inmenso, una vergüenza inaudita. Como si estuviese viendo a mi propia madre desnuda... ¡o a mi abuela!

–Soy Arancha –concluí descorazonado, a punto de perder los nervios.

Entonces reparé de nuevo en la piedra rosa que tenía en la mano.

–¡Has sido tú! –le dije acusador–. ¡Eres mágica! –la reprendí enojado–. ¿Qué he dicho? ¿Qué he hecho para ser Arancha?

Esa era la única explicación posible.

Intenté recordar mis palabras exactas, intenté recordar qué había pensado. Pero solo podía escuchar un grito nervioso en mi interior, una negación constante, un «no quiero, no quiero, no quiero» que me paralizaba.

–Quiero volver a ser yo, por favor, por favor... –rogué a la piedra, llevándola a mis labios y besándola repetidas veces como si así fuese a obedecerme más rápido.

Entonces escuché un chapoteo a mi espalda, donde se encontraba el patín, y me di la vuelta.

Observé cómo Bruno y Lolo salían del agua y se quitaban las gafas de bucear.

–¿Qué tal, Rob? –dijeron burlones–. ¿Hoy no cazas?

Me miré las manos. Mis manos.

Toqué mi pecho. Las protuberancias habían desaparecido.

Gracias a los mares, volvía a ser yo.

46

Lógicamente, mi problema ya no radicaba en que hubiese desaparecido cualquier huella mágica de la casa.

Ni en que los chicos de Gino me hubiesen seguido para fastidiarme la mañana.

Mi problema, de pronto, escapaba a toda proporción.

Es decir, por un momento había tenido pechos. Había sido una copia fiel de Arancha.

Despaché a Bruno y Lolo con cara de pasmado y regresé en *Ariel* a mi tejado.

Necesitaba estar solo.

Necesitaba tener la cabeza fría para comprender lo que estaba pasando.

Estaba claro que la piedra rosa había sido la causante del cambio. Me parecía coherente pensar que, si había conseguido un objeto de un lugar aparentemente mágico, ese objeto podría ser mágico también.

Tenía que volver a comprobarlo.

Guardaba entre mis trastos un pequeño espejo de mano que solía colgar de un gancho cuando me afeitaba. Lo localicé y me escondí con él dentro del pequeño tejado que había creado para que no se mojase mi cama cuando llovía.

No quería que ningún vecino me descubriese haciendo algo raro. Algo raro como transformarme en otra persona.

Una prisa feroz me hacía tomar las decisiones a una velocidad de vértigo.

Sentía, como siempre, la piedra rosa cálida en mi mano.

Sujeté el espejo delante de mi cara, intentando que dejase de temblar.

–Natalia –dije.

Pero nada pasó.

Seguía siendo yo, particularmente blanco y con un leve tic en el ojo izquierdo.

Respiré profundamente, aliviado.

Y lo volví a intentar de otra manera:

–Cámbiame por Natalia.

Nada.

Debía ser mi manera de decirlo.

Intenté recordar las palabras precisas que había utilizado antes de transformarme en Arancha. Sabía que el lenguaje era poderoso y que cambiar un término concreto por otro podía hacer que la magia no funcionase. Por lo menos, así ocurría en los libros.

–Ojalá fuera Natalia –dije creyendo estar en lo cierto.

Me pareció sentir el inicio de un pellizco en el estómago, pero me asusté tanto que me puse de pie al instante.

Nada en mí había cambiado.

Debía relajarme.

Me temblaban las manos con tanta fuerza que creía que en cualquier momento el espejo y la piedra escaparían a mi control y caerían al suelo. Apreté los dedos y me obligué a sentarme de nuevo.

Comencé a respirar profundamente, intentando controlar cada uno de mis movimientos espasmódicos.

–No es para tanto, Rob –me dije, pero mi voz no sonaba demasiado convencida–. Vamos, Rob, relájate, no es para tanto.

Entonces supe que no bastaba con las palabras, que también sería necesario el deseo. Supe, con sorprendente claridad, que debía desear ser la persona a la que nombraba, debía ansiar el cambio con intensidad.

Tenía que probarlo.

Pensé en Natalia, en su habilidad para bucear sin botella, en su capacidad para decirte las cosas a la cara, en lo guapa que era...

Y entonces me di cuenta de que no estaba preparado para volver a tener pechos. Eso había sido demasiado raro.

Mejor hacer la prueba con alguien de mi propio sexo.

–Ojalá fuera Rafa –deseé cerrando los ojos y concentrándome en la pequeña piedra rosa.

Noté el vuelco en mi estómago. Esa sensación de que lo ponían del revés sin mi permiso. Y me miré en el espejo.

–Joder... –dije, porque en un momento así mi cabeza solo fue capaz de encontrar una palabrota.

Ahí estaba Rafa.

Es decir, ahí estaba yo con el cuerpo de Rafa.

Con sus cejas pobladas y sus orejas prominentes. Era tan raro mirarme en el espejo y verlo a él que, al principio, no era capaz de moverme.

Pero entonces comencé a hacer pruebas. Moví la boca para hacerla mía. Susurré con la voz de Rafa:

–Probando, probando... Joder...

De nuevo dije una palabrota.

Después acerqué la piedra rosa al espejo para ver mi mano.

Aquello era alucinante.

El miedo se esfumó tan rápido como había llegado y una emoción intensa y alocada, como de triunfo, me invadió por completo.

Quería probar más.

–Ojalá fuera Greg –deseé emocionado.

Y allí estaba la imagen del viejo Greg, con su camisa blanca de pintor, respondiendo a cada uno de mis ridículos gestos.

Escuché mi risa, como la del anticuario, cuando comencé a poner caras absurdas. ¡Esa piedra rosa era el milagro de los milagros!

–Ojalá fuera Marcos.

–Ojalá fuera Luke.

–Ojalá fuera Gino.

–Ojalá fuera Mamá Medusa –me animé olvidándome de lo extraña que era la experiencia de tener pechos.

Me sentía preso de la adrenalina.

Enseguida, tras la molestia inicial, estaba transformado en la enorme mujer, sintiendo cada célula de su piel como mía. Llevando aquel moño en lo alto de la cabeza y portando los monstruosos senos que habían sido el refugio de sus hijas cuando eran pequeñas.

Me levanté poniendo las manos en las caderas.

Era Mamá Medusa.

–¿Quién te crees que eres, mequetrefe? –dije escuchando encantado esa voz que tantas veces me había aterrorizado de niño.

Era Mamá Medusa, la mujer más poderosa de nuestra comunidad. Hasta Gino era respetuoso con ella.

«¡Conmigo!», pensé de pronto partiéndome de risa.

–¡Soy la reina de los tejados! –exclamé abriendo los brazos en un gesto dramático–. ¡Soy la más poderosa reina de los mares! –grité conteniendo las carcajadas.

Entonces escuché una voz leve más allá de las paredes de mi casetilla:

–¿Mamá?

¡Era Lana!

¡Lana estaba en mi tejado!

Debía estar en la parte de abajo y pronto asomaría la cabeza por la escalerilla que llevaba a la zona donde tenía la cama y el sillón. ¡Y me vería!

Me tiré sin pensarlo sobre el colchón para recuperar la piedra rosa que había soltado y abrazarla entre mis manos. ¿Cómo no había oído la moto acuática de Lana?

–Ojalá fuera yo –susurré con los labios de nuevo pegadísimos a la pequeña piedra, rogándole una y otra vez que me devolviese mi forma antes de que Lana apareciese y me viese convertido en su madre.

47

–¿Rob?

Justo a tiempo de nuevo.

No podía creerlo.

Miré la piedra, miré a Lana, que todavía era solo una cabeza asomando mientras trepaba por las escalerillas, y me miré las manos. Mis manos.

–¿Qué estabas haciendo? –preguntó con tanto extrañamiento que pensé que habíamos desandado de sopetón todos los pequeños pasos que habíamos dado durante aquellos días.

¿Qué estaba haciendo?

La pregunta, en cualquier otra situación, habría sido fácil de resolver.

–Estaba haciendo la cama.

O:

–Estaba durmiendo la siesta.

O:

–Estaba repasando las tablas de multiplicar porque desde que Sheila se empeñó en que las aprendiera no había vuelto a recordarlas...

Pero no era ese el caso. El caso era que estaba probando los poderes de una piedra mágica que había recuperado de una casa bajo el mar que, sorprendentemente, se había librado de ser engullida por el agua gracias a una burbuja de aire gigante.

No. No podía decirle eso.

–Nada... –respondí sintiendo cómo el calor se iba extendiendo por mi rostro como una plaga acusadora.

–¿Nada? Te he oído decir que eras la reina de los mares –dijo Lana levantando las cejas.

Ya se encontraba a mi altura. Ataviada con unos pantalones cortos de flores y una camiseta que dejaba entrever la parte de arriba de su bikini, con el pelo recogido en una trenza que descansaba sobre su hombro y las mejillas levemente pálidas.

–Bueno... –intenté buscando frenéticamente alguna excusa en mi cabeza–. A veces viene bien animarse, no sé, repetir frases poderosas que hagan que se... ¿ensanche el ánimo?

¿Por qué estaba diciendo todas esas estupideces?

La mezcla de lo que acababa de descubrir gracias a la piedra rosa y la presencia de Lana me estaba llevando a hacer el ridículo más espantoso de la historia de mi existencia.

–Podrías probar con un «soy el rey de los mares», quizá –insistió ella aún con las cejas alzadas, como si me mirase por debajo de dos elegantes arcos que no hacían más que señalar lo absurdo que estaba resultando.

–Tienes razón, lo apuntaré –me reí patéticamente, pasándome las manos por la cabeza.

Había visto a Fran, que era un auténtico imán para las chicas, utilizar ese truco en más de una ocasión. Yo lo llamaba «el amago del pobre diablo». Lo usaba sobre todo cuando había metido la pata hasta el fondo o había hecho el tonto de una manera tan espectacular que jamás podría salir con elegancia. Entonces, el caradura de Fran, con absoluta naturalidad, asumía sin más que era un mísero desgraciado que solo merecía compasión y ternura. Ponía su mirada más inocente, realizaba algún gesto nervioso como el que yo había hecho pasándome la mano por el pelo y se encogía de hombros con dulce humillación.

Esperaba que funcionase con Lana. Porque no tenía nada más guardado en la recámara.

Vi cómo sus cejas se relajaban y media sonrisa burlona se hacía con la comisura de sus labios.

Animado, salí hacia la luz.

–¿Puedo ofrecerte algo? –pregunté notando de pronto que mi estómago rugía de hambre.

Miré al sol, ya había pasado el mediodía.

–Supongo que no tienes café –negó con la cabeza.

–¡Claro que tengo café! ¿Quién te crees que soy?

–¿La reina de los mares? –bromeó.

Me acerqué a mi hornillo y reparé en que quedaba un poco de café de la mañana. Lo eché en una taza para mí, y encendí el fuego para preparar algo más digno para Lana.

Poco a poco comenzaba a calmarme, y eso me llevó a preguntarme el motivo por el que Lana estaba allí. No habíamos vuelto a hablar desde que habíamos coincidido en el tejado de Sheila.

Lana pareció escuchar la pregunta en mi cabeza.

–He venido porque ya he decidido el favor que me debes –anunció mirando alrededor y sopesando cada una de las cosas que componían mi humilde existencia.

Me gustó que se fijase en mis cuadros, porque para mí son un elemento característico.

–No sé si asustarme... –me burlé.

–Oh, sí, deberías –sonrió apuntándome con un dedo con gesto acusador.

No tenía ni idea de lo que Lana podría querer de mí, pero suponía que no sería nada demasiado costoso. Al fin y al cabo, yo podría haber pagado la botella de oxígeno con mi bandeja de plata.

–Sorpréndeme –le dije tendiéndole el café y señalándole mi magnífico sillón para que se acomodase.

Lana se sentó, subiendo los pies al cojín y doblando las rodillas.

–¿Estás preparado? –preguntó tras aspirar el aroma de su taza.

Asentí con la cabeza, sentándome en el colchón.

De pronto fui consciente de que Lana estaba en mi tejado.

Después de tantos años observándola en la distancia, la tenía allí, al alcance de mi mano si la estiraba. Mi estómago se contrajo como si fuese a transformarme en otra persona, pero seguía siendo yo: mirándola.

Entonces lo soltó.

Y acabó con mi ensoñación romántica:

–Quiero que espíes a Gino y me cuentes qué se trae entre manos con mi madre.

Estaba descubriendo a Lana.

A la verdadera Lana.

No a la que me había imaginado en mi cabeza, sino a la que ella realmente era. Con todas sus virtudes, con sus catastróficos defectos...

Y con aquellas peticiones que hacían peligrar mi pellejo.

48

Espiar a Gino.

Eso era lo que Lana quería de mí.

Lo que me había pedido con tanta tranquilidad.

No podía negar que su propuesta tenía algo muy positivo. Es decir, Lana pensaba que yo era tan ágil y silencioso como para poder espiar al cazador de tesoros más canalla de los tejados, y tan listo como para enterarme de qué diantres se traía con su madre.

Pero... ¿cómo demonios esperaba que consiguiese algo así?

Lana se había ido de mi terraza, tan pancha, después de acabar su taza de café.

Me había recomendado leer *Orgullo y prejuicio*, me había preguntado por mis cazas con Marcos y Natalia y se había ido.

Dejándome con una piedra rosa que me hacía convertirme en cualquiera que quisiese y con una misión suicida que seguramente no conseguiría llevar a cabo.

Definitivamente, mi mundo de feliz tranquilidad estaba cambiando a una velocidad de vértigo.

49

Cumplir el deseo de Lana me ayudaría a cumplir el de Marcos.

Los chicos de Gino iban a continuar cruzándose en nuestro camino y, hasta que no hiciésemos algo, nuestra suerte no cambiaría. No teníamos los recursos de los cazadores profesionales, y la comunidad tomaría nuestras quejas como una simple pataleta. Especialmente si Gino tenía de su parte a Mamá Medusa.

Pero nadie contaba con que teníamos algo a nuestro favor. O, bueno, yo tenía algo a nuestro favor.

La piedra rosa me permitía ser cualquier persona.

Me permitiría incluso ser el propio Gino.

Eso debía suponer alguna ventaja.

Todavía no sabía si mis transformaciones podían tener alguna consecuencia, pero no era una posibilidad que me preocupara. Greg me había dicho que si el objeto mágico había deseado acompañarme, significaba que no tenía nada que temer.

Además, si nadie me veía transformarme y elegía muy bien el momento para hacerme pasar por otro, seguramente conseguiría hacer feliz a Lana regalándole la información que tanto deseaba.

A ella le llevaría lo que descubriese sobre Gino y Mamá Medusa.

Y a Marcos, todo lo que pudiese sonsacar al cazador de tesoros sobre sus triquiñuelas para hacernos la vida imposible.

La piedra rosa tendría una utilidad.

Sentía como si de pronto todo hubiese encajado en un puzle enorme y absurdo en el que yo era una pieza singular. Mi destino debía estar escrito en las estrellas para que la magia se ofreciese ante mí como la solución a cada uno de mis problemas.

Y cuando todo acabase, podría volver a mi vida tranquila y en paz.

Esos eran los pensamientos que alimentaba sentado en mi sillón tras la marcha de Lana, intentando que el calor que había dejado su cuerpo pasase al mío, insuflándome el coraje que quizá me faltaba.

Comencé a darle vueltas a la cabeza y a la piedra. Tenía que idear un buen plan, decidir en quién me transformaría para conseguir información de Gino.

Estaba claro que podía hacerme pasar por Bruno o por Lolo; bueno, en realidad podía hacerme pasar por cualquiera de sus chicos, pero sabía que Gino no les confiaba sus secretos. El cazador no tenía una mano derecha, un amigo del alma, un fiel compañero de batalla. Gino no era de esos.

Gino era de los de reunir una panda de cobardes necesitados de amor.

En mi mente se perfilaba claramente cuál era la mejor opción.

Era tan simple que rozaba la línea que separaba las ideas brillantes de las descabelladas.

–Soy la reina de los mares... –musité acariciándome el mentón, donde me pinchaban ya algunos pelos rebeldes.

Mamá Medusa era la solución perfecta.

Si Mamá Medusa iba a ver a Gino, el cazador de tesoros se delataría a sí mismo.

Observé la pequeña piedrecita y la levanté sosteniéndola con dos dedos, alzándola hasta que tapé el sol de la tarde con ella, creando una sombra que caía sobre mi cara.

Tenía que empezar a ensayar.

50

Nicolás Garrido reapareció antes de que pudiese poner en práctica mi plan.

A la mañana siguiente llegó acompañado de la lancha y la chica, pero trajo también cámaras, algunos focos y dos submarinistas. Cuando comenzaba a espabilarme dando buena cuenta de un trozo de jamón ahumado y restos de un pastel que había guardado para el desayuno, el hijo mayor de Marcos vino a avisarme remando en una pequeña barca de plástico hinchable.

Natalia quería que acudiese a su tejado y les echase una mano con la grabación. Eso fue lo que José me dijo, aunque intuí enseguida que era Marcos el que reclamaba mi presencia.

Me puse una camisa de manga corta con florecitas sobre el bañador –me apetecía presentarme elegante– y remolqué a José con *Ariel*.

Nicolás y su equipo estaban sentados en un escalón en el tejado de mis amigos. Sheila les ofrecía café mientras ellos explicaban que aquella mañana se contentarían con explorar algunas localizaciones de las que les habían hablado.

Pretendían que nos dividiésemos en pequeños grupos y acompañásemos a sus submarinistas a hacer algunas tomas, para luego verlas en el estudio y decidir si las imágenes definitivas se grabarían allí.

A mí me parecía una pérdida de tiempo monumental.

Consideraba que era mucho más práctico grabar ya a Natalia en diferentes rincones y después decidir las mejores imágenes para la emisión.

Pero ¿quién era yo para decir nada?

Marcos me propuso que acompañase a Nicolás en su lancha para cubrir la zona de costa donde habían estado las casas de los pescadores. Él y Natalia irían cada uno con uno de los cámaras para grabar en el centro de la ciudad y en el que había sido el barrio más turístico antes de que el mar se lo tragase todo.

–Estamos en contacto –dijo Nicolás Garrido a sus compañeros mientras señalaba un aparatito electrónico, negro, que llevaba sujeto en el bolsillo de su tradicional polo–. Después podremos grabar exteriores en el tejado de Natalia para las imágenes del inicio, ¿de acuerdo?

Nos separamos, a las órdenes del documentalista, y guie a la espectacular conductora de la lancha hacia el lugar donde debíamos sumergirnos.

–¿Has buceado mucho por aquí? –me preguntó Nicolás, escondido en sus gafas de sol.

–Bastante –asentí pensando que su pregunta era un poco estúpida.

–Tengo una compañera de trabajo, ¿sabes? –insistió restándole importancia a sus frases con sus gestos–. Que vivía en el barrio de los pescadores. ¿No da un poco de grima?

–No.

–Bueno... Vosotros estáis acostumbrados, supongo... Ella es incapaz de volver –continuó–. Su padre era pescador, un viejo curioso con fama de loco, que murió en la inundación. Cuando le conté a mi compañera lo que me traía entre manos, se puso tan blanca que creía que iba a desmayarse...

Nicolás hizo un silencio dramático.

Quizá pensaba que yo iba a añadir algún dato escabroso sobre mi propia experiencia del día en que el mar se lo tragó todo.

Era lo que menos me apetecía, la verdad.

Los terrestres no entienden nada de nosotros.

–La cosa es que me ha pedido un favor –se animó, haciéndome sospechar que por fin llegaba al punto de la conversación que le interesaba–. No sé si será posible... pero quería que visitase su casa, que le dijese cómo está.

–¿Tienes las señas?

–Sí... ¡claro! –se emocionó, levantándose para acceder a su pequeña carpeta plastificada y leerme la dirección.

–Podemos ir si quieres –asentí–, pero ese tipo de trabajos suelen cobrarse.

–¡Lo que quieras! –exclamó enseguida, como si temiese que pudiese echarme atrás.

–No, esta vez no... Pero entiende que aquí tenemos nuestras reglas. Te estoy haciendo un favor.

Creo que fue el tono en el que lo dije, porque Nicolás Garrido intentó comprar mis servicios ofreciéndome infinidad de tonterías. Hay gente que no sabe vivir en deuda. Si el documentalista era uno de esos tipos, me convenía más disfrutar de la posición que me ofrecía el que me debiese algo. Así que no cedí.

Llegamos al sitio indicado y comprobé que el equipo de buceo de Nicolás estaba completo. Después me atavié con el que habían traído para mí y me sumergí esperando que las prácticas que el documentalista decía haber hecho en una escuela de verano siguiesen frescas.

La chica nos esperó en el barco, leyendo una novela con las pastas forradas de papel de periódico.

Teníamos que descender bastante, y la luz llegaba tan matizada que Nicolás tuvo que encender el foco de la cámara. Hizo algunas tomas mientras buceábamos y también me grabó a mí moviéndome entre las casas.

No era un experto en comunicación bajo el agua, y perdíamos más tiempo intentando entendernos que recorriendo las calles que quería mostrarle.

Cuando terminamos, lo llevé a la dirección que su compañera le había dado. Señalé la puerta y vi cómo, tras sus gafas de buceo, sus ojos centelleaban nerviosos.

Nunca había acompañado a ningún terrestre a realizar una excursión submarina y no sabía qué tipo de impresión podría causarle todo aquello. Me pregunté si estaría asustado con la idea de toparse con el espíritu de algún muerto dentro de la casa, y tuve que confesarme a mí mismo que me hubiese encantado verle la cara en esa situación.

No siempre soy virtuoso, y aunque Nicolás Garrido aparentaba ser un tipo de lo más normal, no me caía demasiado bien. Quizá porque no era un superviviente. Quizá porque quería hacer dinero a costa de nuestras historias.

Sea como fuere, me quedé sin ver su cara de espanto, porque la casa estaba vacía, como era de esperar.

Filmó algunas tomas también allí y recorrió las habitaciones casi con urgencia.

Entonces se acercó nadando pesadamente a un aparador que tenía las puertas cerradas y pretendió abrirlas.

Me crucé en su camino y presioné la madera hinchada para que no cediera.

Nicolás Garrido me miró con asombro al principio; después, antes de que pudiese ocultarlo, vi una huella de frustración y enfado tras el cristal de sus gafas. Negué con la cabeza.

Aquello era tarea de los cazadores de tesoros. Una cosa era llevarlo a la casa y otra, bien distinta, consentir que husmeara entre las posesiones del pescador o que incluso pretendiese llevarse algo de recuerdo para su compañera. Hasta las empresas que ofrecían turismo de aventura en nuestros tejados conocían esa regla. Se podía mirar, pero no se podía tocar.

Por fin, el documentalista asintió y subimos a la superficie.

–¡Te han llamado! –saludó la chica de la lancha en cuanto nos vio aparecer–. Los demás ya han terminado de grabar.

Me sentí agradecido porque eso significaba que podíamos volver al tejado de Marcos.

Nicolás Garrido no me preguntó nada sobre lo ocurrido dentro de la casa del pescador. De hecho, durante todo el viaje de vuelta mantuvo una actitud bastante taciturna.

Esa mañana comprendí algo nuevo sobre mí mismo. Algo que podía estar relacionado con mi negativa a convertirme en un cazador profesional.

Depender de las órdenes de otro complicaba mi humor.

51

Natalia daba muy bien en cámara.

Eso fue lo que comentó uno de los compañeros de Nicolás Garrido mientras la grababan. Sheila y los niños observaban la escena encandilados.

Le hicieron algunas preguntas, como si fuese una entrevista, y Natalia respondió con naturalidad. Después comentaron que regresarían en una o dos semanas, con las ideas más claras, y trabajarían en las escenas bajo el agua. Decían que debían volver a la cadena para visualizar las imágenes, que necesitaban tiempo para decidir el tipo de planos que utilizarían.

Nicolás Garrido continuaba concentrado. Intentaba mostrarse animado y comunicativo, pero yo veía que no era el mismo que se había montado en la lancha por la mañana.

Me daba igual.

No me preocupaba lo más mínimo que se hubiese sentido ofendido porque no lo hubiese dejado abrir el aparador de la dichosa casa.

–Nos veremos pronto –dijeron llevando su equipo a la lancha, acariciando el pelo de los niños y saludando con la mano mientras se marchaban.

Bien, no tardé mucho en descubrir que entre lo que decían y lo que hacían había un abismo difícil de salvar. Ni tampoco en dejar de pensar en ellos.

52

La tormenta llegó y paralizó nuestro mundo.

Días después, el cielo comenzó a encapotarse con violencia, convirtiendo el mar en un espejo gris que se ennegrecía al tiempo que las olas rugían nerviosas. Mi preocupación por la piedra rosa, por Lana, por Bruno y Lolo, por las expectativas de Marcos e incluso por los sentimientos de Nicolás Garrido, pasó a un plano totalmente secundario.

Estaba en el bar de Toni compartiendo las últimas anécdotas con Rafa. Habíamos pedido dos cafés y Angelina nos había regalado galletas con mermelada, usándonos como conejillos de Indias para aquella receta.

Rafa me ponía al día de los progresos de los ingenieros, que llevaban semanas trabajando en una nueva canalización de agua, cuando sentimos que una sombra se cernía sobre nosotros. Habíamos estado tan concentrados en nuestra conversación que ni siquiera nos habíamos percatado del cambio del tiempo.

–Huy, esta es de las que nos dejan aislados –comentó Angelina lo suficientemente alto como para que todos los clientes la escucháramos.

Las nubes se cerraban sobre nosotros bastante rápido.

Rafa y yo nos miramos unos segundos y supimos enseguida que teníamos que salir pitando de aquel tejado antes de que comenzase la tormenta.

–Ven a nuestra terraza –me dijo mi amigo restregándose con nerviosismo una de sus prominentes orejas–. Es más segura que la tuya.

No mentía: el tejado de los ingenieros era uno de los más seguros de la zona, el suyo y el de las Medusas.

–No puedo –me encogí de hombros, preocupado–. Tengo que recoger mis cosas si no quiero llevarme una sorpresa como la última vez.

–¿Tienes bien atado el frigorífico?

–Eso creo, pero tendré que asegurar a *Ariel* de alguna manera.

–Deja tu barco aquí –me indicó Toni, que se había acercado a escucharnos.

La terraza se iba vaciando al mismo ritmo que Angelina apilaba sillas y recogía mesas.

Miré a Toni, sopesando su propuesta poco convencido. A la velocidad que se estaba encapotando el cielo y con la cruel fuerza del viento, sería mucho más rápido llegar a casa nadando.

–Entre los tres subimos a *Ariel* y después me largo –anunció Rafa mirando cómo las olas comenzaban a encabritarse.

No era mala idea. Miré a Toni y a mi amigo, sintiendo que los estaba reteniendo en un momento en el que sería mejor que se dedicasen a solucionar sus propios problemas.

Angelina empezó a gritarnos que estábamos locos cuando comenzamos a maniobrar con mi barco, intentando tirar de la cuerda con la que solía atarlo a los embarcaderos.

Ariel no pesa mucho, pero tardamos más de lo que habíamos pensado y, cuando terminamos bañados en sudor y Rafa se subió a su propia barca, las olas ya rompían con fuerza contra las paredes del edificio.

–Quédate –me rogó Toni, agarrándome por el brazo en el momento justo en que iba a saltar al mar–. Si te pasa algo, Gabriel se nos aparecerá para castigarnos...

–Lo siento, Toni –contesté zafándome y tirándome al agua.

No pude oír los gritos de Angelina en los que me juraba que, si conseguía salir de esta, ella misma se encargaría de darme una paliza que me ayudase a no olvidar el mal rato que le estaba dando. Pero no podía complacerla, tenía que poner a salvo mis pocas pertenencias.

53

Si el mar lucha con más fuerza que tú, lo mejor es bucear hacia el fondo.

Ese era un truco básico de supervivencia que cualquier habitante de los tejados conocía.

Las corrientes superficiales rugían furiosas por la fuerza del viento, pero las más profundas solían tener el ánimo más templado. Así que exprimí todo el aire que llevaba en los pulmones y me guie utilizando la sombra de los edificios sumergidos.

La primera vez que ascendí para tomar aire, calculé muy bien y emergí lejos de las paredes de los bloques de pisos. No había comenzado a llover y algunos rayos de sol aún se perfilaban en la distancia.

La segunda vez, una ola estuvo a punto de vencerme, rompiendo sobre mí justo cuando sacaba la cabeza y haciéndome perder la referencia de lo que era arriba y lo que era abajo. Conseguí recuperarme y calculé mejor a la hora de tomar aire. Ese pequeño inconveniente me dio una idea.

Mi cuerpo era fibroso, pero demasiado delgado como para oponer resistencia al envite de las olas. Necesitaba pesar más.

Pesar más sin perder la agilidad.

Me detuve, moviendo piernas y brazos con energía, y tanteé en la cremallera de mi bolsillo para recuperar la piedra rosa. Esperaba que la piedra no fuese demasiado tiquismiquis y cumpliese mi deseo a pesar de no poder formularlo con palabras.

Pensé en Luke. El cazador de los Tiburones era el hombre más completo que conocía en cuanto a resistencia física. Era pesado y fibroso, sus músculos respondían enérgicos a sus órdenes y nadaba bastante rápido.

No tenía demasiado tiempo para evaluar mi decisión, así que, siendo consciente de que tendría la oportunidad de retractarme, deseé con todas mis fuerzas:

–Ojalá fuese Luke.

Apenas noté el pellizco en el estómago porque estaba demasiado concentrado en luchar con la corriente, pero sí que vi que mis brazos y mis piernas se cubrían con un traje de neopreno completo, de color negro. Agradecido, guardé la piedra rosa en un pequeño bolsillo con cremallera que había en el pecho.

Experimenté cómo aquel cuerpo fornido respondía mejor a las olas y me propulsé hacia lo alto para tomar aire.

Esa era la tercera vez.

La luz casi había desaparecido y el sonido profundo de un trueno me puso la piel de gallina. Intenté mirar a mi alrededor para descubrir si el mar había subido mucho.

Entonces la vi. O me pareció verla.

Lo cierto es que no estoy demasiado seguro.

Entiende que la espuma del mar salpicaba mis ojos, que las olas trazaban ante mí un paisaje cambiante que hacía aparecer y desaparecer los edificios. Entiende que no podía parar de luchar para detenerme a mirar.

Pero me pareció ver a una niña flaca, de pelo negro, corto y despeinado, irguiéndose sobre el mar embravecido, andando sobre las aguas.

Fue solo un instante. Tuve que sumergirme enseguida. Mi frigorífico podía estar esparciendo sus tesoros por el mar. Mi colchón iba a empaparse en cuanto comenzase a diluviar. No podía ponerme a pensar en esa chiquilla.

El primer rayo iluminó también las profundidades, como si todas las farolas sumergidas hubiesen decidido desafiarme encendiéndose a la vez.

Tuve que tomar aire dos veces más.

Entonces localicé el edificio donde estaba mi casa y me dispuse a recibir una paliza mientras trepaba.

No era la primera tormenta de mi vida, y había aprendido tiempo atrás que era aconsejable mantener algunas cuerdas atadas a las barandillas de los balcones de los pisos inferiores, por si tenía que trepar con el mar en mi contra.

Desaté una de las cuerdas y me la pasé por la cintura. Di gracias por las manos fuertes de Luke y también por la protección extra que suponía el neopreno.

Agarrándome a otra de las cuerdas, comencé a subir.

Fue más fácil de lo que esperaba.

Eso me asustó.

Cuando el mar te da una tregua en una situación así, es que pretende cobrártela.

El agua había subido y cubría por completo la nevera, que se bamboleaba algo suelta, por culpa de la marea.

Sin preocuparme del aspecto que podía ofrecer a cualquier vecino que se asomara a su terraza, y bastante convencido de que con una tormenta así nadie estaría espiando los tejados cercanos, me aproveché del cuerpo de Luke para realizar mejor mis tareas.

Primero aseguré la nevera con una cadena y un candado que guardaba para ocasiones semejantes. Después saqué unos plásticos y, atándolos a unas argollas que el bueno de Gabriel y Rafa me habían ayudado a instalar cuando me independicé, creé un sistema de toldos inclinados que evitaría que mi colchón, mi sillón y mis pocas pertenencias acabasen pasadas por agua.

Un nuevo rayo dio el pistoletazo de salida. Entonces la tormenta se desató triunfal sobre nosotros.

–Gracias –grité levantando los brazos debajo de mi carpa, dirigiéndome al mar y a las nubes, poniendo en práctica una de las cosas que había aprendido de Gabriel: ser siempre educado con la naturaleza.

La voz que salió de mi garganta me recordó que ya no tenía motivos para seguir manteniendo el aspecto de Luke, así que saqué mi bendita piedra del bolsillo del neopreno y la besé encantado:

–Quiero volver a ser yo –dije–. Por favor –recordé–, quiero volver a ser yo.

Esta vez, el cambio en mi estómago estuvo acompañado de un profundo trueno.

Estaba empapado y la temperatura había bajado significativamente.

Busqué una toalla grande y me lie en ella. Iba a sentarme en mi sillón a contemplar la tormenta por un hueco entre las lonas, contento porque mi barco estaba a salvo, porque mi nevera seguramente soportaría las embestidas del mar y porque había llegado a tiempo, cuando recordé mis cuadros.

¡Seguían en la antena, fuera de la protección de mis toldos!

Sé que son de plástico y, aunque sentí la tentación de dejarlos ahí porque estaba congelado, soy un romántico.

Solté la toalla sobre mi sillón y salí con los dientes castañeteando. Descolgué el del portal y lo metí bajo mi brazo, levanté el del viejo puerto y entonces... volví a verla.

Allí estaba: la niña que había visto cuando había salido a respirar. De pie sobre las olas. Andando, o eso me pareció, en la violencia de la tormenta.

Me quedé de piedra.

Pero entonces recuperé el control: fuese como fuese, esa criatura estaba en peligro a la intemperie. Algunas olas se alzaban más altas que ella cuando rompían, negras, contra las terrazas vecinas.

–¡Eh! –grité sintiendo que la tormenta se tragaba mi voz–. ¡Eh! ¡Cuidado, niña! ¡Súbete a un tejado! ¡Eh!

Pensaba que era incapaz de oírme, que el mar a su alrededor debía atronarla. Pero entonces giró la cabeza hacia mí, sonriente.

Cuando levantaba una mano para saludarme, una ola apareció sobre ella y se la tragó.

54

Hay momentos en los que ni siquiera transcurre un segundo entre la idea y el acto.

De hecho, las dos cosas están tan juntas que no sabes si pensaste antes o después de actuar.

Fui consciente de ello cuando me vi de nuevo sumergido, nadando hacia esa niña con la mayor urgencia que había sentido desde que el mar se lo tragó todo.

Supongo que en mi cabeza se incendió con crueldad algún tipo de recordatorio. No sé. Tampoco quiero hablar demasiado de ello. Pero vi a mi madre bajo el mar, con su pelo ondeante. Y vi a mi padre, o lo escuché, quizá gritando algún nombre... el mío... o el de mi hermano, como un disparo, mientras desaparecía sin más, arrastrado por la corriente, escapando de los dedos húmedos de alguien.

La niña.

Tenía que concentrarme en la niña del pelo corto y moreno. En la domadora de olas.

Brazada tras brazada, buscaba en las profundidades por si veía su cuerpo cayendo. No debía estar muy lejos; el mar estaba furioso, pero yo no le había dado tiempo a engañarme, no había dudado ni un momento.

¡Allí estaba!

Agarrada a un balcón, a un metro escaso por debajo de donde rompían las olas, mirándome fijamente, con unos ojos tan abiertos como la propia boca del infierno. Al verme, dejó escapar una bocanada de aire y las burbujas bailaron a su alrededor, explotando al chocar contra ella.

Parpadeó.

Le hice señas para indicarle que iba a ayudarla, que nadase hacia mí.

Negó con la cabeza. Asustada, agarrándose más fuerte al balcón.

Dije una palabrota en mi cabeza y buceé hasta ella.

En cuanto estuve a su alcance, la condenada se aferró a mi cuello con tanta fuerza que pensé que nos ahogaría a los dos.

Desasí sus brazos y la hice pasar a mi espalda, para que me agarrase por los hombros.

Noté sus brazos tensos clavarse en mí. Su miedo y su nerviosismo intentaban adherírseme como un manto.

Estaba acostumbrado a portar peso debajo del agua, y a eso la reduje: a un peso. Por eso conseguí salvarnos. Por eso conseguí que tomase aire cuando yo sacaba la cabeza y, justo por eso, logré alzarla hasta mi terraza.

Si la hubiese considerado un ser humano...

Si la hubiese considerado una vida que dependía de mí...

Quizá los dos nos hubiésemos ahogado.

55

–Me llamo Carmen y este chocolate está buenísimo. ¿De dónde lo has sacado?

Carmen.

Aquel piojo de pelo desgreñado, cortado de tal manera que tenía cierto aire de seta, se sentaba en mi colchón, abrazada a mi nórdico, mientras bebía a sorbitos una humeante taza de chocolate.

Los dientes habían dejado de castañetearme en cuanto me había secado, aunque todavía me arropaba con la toalla.

–¿Cómo has hecho para andar sobre el mar? –le pregunté cuando vi que se encontraba más relajada y comenzaba a confiar en mí.

Me había costado bastante conseguir que se desasiese de mí para secarla y prestarle ropa seca. La pobre niña se me había abrazado entre temblores nada más encontrarse fuera del agua.

–¿Andar? –se rio divertida–. ¡Iba sobre mi tabla!

Me explicó que flotaba de pie sobre una tabla parecida a las de surf, pero más ancha, y que se impulsaba con la ayuda de un remo. Al parecer la tormenta la había pillado fuera de casa, como a mí, pero ella no había logrado llegar a tiempo.

–¿Dónde vives? –la interrogué, pensando que sus padres estarían frenéticos.

–¡Con Claudia y Fran! –exclamó como si me hablase de sus héroes.

–¿Con Claudia y Fran? –me extrañé.

No tenía ni idea de que hubiese niños tan pequeños en su pandilla. Cuando yo me había marchado, el menor tenía doce años, y esa niña no debía alcanzar los diez. ¿Había llegado nueva hacía poco? ¿De dónde se había escapado?

Las preguntas no parecieron hacerle mucha gracia. Su gesto se entristeció y sus ojos se hicieron aún más profundos.

–Mis padres... –comenzó, pero algo debió interrumpirla, porque enseguida se ocultó tras un trago de su taza de chocolate y yo supe que debía callarme.

Más tarde, Claudia me contaría que Carmen era hija de los Locos. Los Locos habían sido dos habitantes de nuestra comunidad que se habían ido lejos de toda civilización y habían decidido vivir en un barco que mantenían atado a un edificio sumergido. Los conocíamos por ese nombre porque eran bastante excéntricos.

Sé que no es un apodo demasiado cariñoso.

Pero nos entendíamos así para hablar de ellos cuando los veíamos haciendo bailes desnudos en algún tejado abandonado o cuando querían hacer trueques con trozos de ladrillo porque decían que eran valiosos.

Al parecer, la niña había llegado una mañana a la terraza de la pandilla de Fran y Claudia. Se había despertado allí, hecha un ovillo de huesos. La versión que se había extendido, aunque ella no había dado muchas explicaciones, era que sus padres se habían ahogado durante una caza sin botella de oxígeno y que ella se había valido por sí misma, esperándolos día tras día, hasta que la realidad la había llevado a la zona poblada de los tejados.

Sentí pena por Carmen. Por su pérdida.

–Te vi cuando venía nadando hacia aquí –le dije para cambiar de tema.

Quería que se olvidara del mal rato.

Carmen levantó la cabeza, con sus ojos brillantes, y me miró con extrañeza.

–Pues yo a ti no –contestó frunciendo el ceño–. Vi a ese otro, al grande... el rubio de los Tiburones, ¿cómo se llama?

–Luke... –respondí sintiendo que me faltaba el aire.

56

La tormenta cesó de madrugada, y cuando desperté, con los rayos del sol entrando por un huequito de los toldos azules, la niña ya no estaba.

Habría vuelto a su tejado para anunciar a la pandilla de Claudia y Fran que estaba viva, así que me olvidé de ella.

En nuestro pueblo las cosas suceden, no hace falta darles muchas vueltas.

Aunque con el sol sentí resurgir mis múltiples preocupaciones.

Me concentré en la que más me urgía: recuperar mi barca.

Cuando me acerqué a recoger a *Ariel*, me encontré con Luke en el tejado de Toni y Angelina. Me sentí terriblemente avergonzado al verlo, como si de pronto me topase con la víctima de mi robo más ridículo. Al fin y al cabo, me había servido de él para sobrevivir, le había robado su identidad con facilidad pasmosa.

Pero él ni siquiera me saludó.

Ni siquiera reparó en mí.

Así que mi respeto se enfrió al instante.

Mucha gente se había acercado al bar para dar señales de vida y también para enterarse de si la tormenta había causado daños considerables.

–Coge un delantal –me indicó Angelina sin darme tiempo a defenderme–. No he dormido en toda la noche pensando que te habías ahogado. ¡Me lo debes, muchacho!

A eso no le podía rechistar.

No era la primera vez que pagaba mis deudas echando una mano en el bar, por lo que sabía exactamente qué tenía que hacer. Además, sabía que Angelina me recompensaría con un buen plato de comida.

Judit, la hermana de Lana, apareció a media mañana para enterarse de si había habido algún problema en la comunidad por culpa de la tormenta y para informar de que las Medusas se encontraban perfectamente. En cuanto me vio, se puso roja como la grana –algo que resultaba bastante llamativo porque era muy pálida–, pero consiguió saludarme.

Lo hizo de manera tan formal que supe en el acto que su hermana le había hablado de mí.

La imagen de las dos cotilleando a mi costa me puso nervioso, la verdad. Intenté imaginar qué se habrían dicho o qué habrían opinado de mí, cómo me verían... Esos pensamientos consiguieron que me moviese por el bar de Toni más recto que una vara.

–¿Qué demonios te pasa? –me preguntó Rafa, sorprendido al ver mi postura–. ¿Te ha dado un tirón en la espalda?

Fue como si me desinflaran.

Miré a mi amigo con resignación.

–¿Y tú de dónde has salido? –le increpé, algo molesto por su poco tacto para apreciar mis esfuerzos por parecer un buen partido.

–Acabo de llegar –comentó mirando al resto de vecinos que ya se encontraban allí, disfrutando de un reparador desayuno o alguna cerveza temprana–. Nos hemos repartido para revisar las construcciones. Aparentemente no hay muchos daños, pero vamos a tener unas semanas moviditas reparando pasarelas y embarcaderos...

Cuando Rafa se pone a hablar como un ingeniero, se le contagia el tono cansado de sus superiores e imita el ritmo de un viejo agotado. Es de traca.

Creo que él no es consciente de lo tonto que suena.

–¿Y las canalizaciones? –pregunté porque sabía que había sido lo último en lo que habían estado trabajando.

–Bien, han resistido como unas campeonas –contestó frunciendo el ceño.

–Y entonces, ¿por qué pones esa cara?

–Nos estamos quedando sin material y las tormentas así nos pueden dejar vendidos, ya sabes...

Sí, sabía.

Hacía dos años, habíamos tenido serios problemas con el agua potable por culpa de una noche como aquella.

–Por cierto –me dijo cambiando de tema–, deberías pasar luego a ver a Marcos. Me lo he cruzado y está preocupado.

Mandé a uno de los chicos de la pandilla de Fran y Claudia al tejado de Marcos para que avisara de que me encontraba bien. Angelina no me perdonaría que me largara justo en el momento en que más gente se acercaba al bar.

Toni escuchaba con atención las historias de todos, demorándose cada vez que servía una comanda solo para saber si sus amigos estaban a salvo o si alguna loca aventura había acontecido al ritmo frenético de los rayos de aquella noche.

Había una importante representación de nuestra comunidad en el bar de la terraza. Los chicos de Gino habían acudido sin su jefe; Judit se entretenía interesada en las novedades; Arancha había aparecido también en su pequeña moto acuática y bromeaba con Rafa bajo la atenta mirada de Luke y Claudia, que se habían acercado en busca de noticias más frescas. La capitana de la pandilla de rapiñadores más jóvenes me había puesto al día sobre el caso de Carmen y sus padres. Incluso Greg, que solía permanecer aislado en su tejado, se sentaba en una de las mesas junto a tres anticuarios más, comentando el mal estado en que habían quedado los embarcaderos que rodeaban su terraza.

Aunque la tormenta era la principal protagonista, pronto las conversaciones fueron relajándose conforme la mañana avanzaba. Todos parecíamos imbuidos por una alegría especial, como si fuésemos niños después de descubrir que el monstruo bajo nuestra cama era solo una ilusión.

Observándonos allí, me pregunté cómo diantres me las había apañado para embrollarme en tantas cosas. Metí la mano en el bolsillo de mi pantalón y tanteé la piedra rosa, caliente y rugosa. Parecía el menor de mis problemas. Parecía incluso la solución a todos ellos. Podría ayudarme con Lana, con los chicos de Gino y quién sabe con cuántas cosas más. Abría ante mí posibilidades que nunca habría imaginado. Sería tan fácil que me fiaran un equipo de buceo en las Medusas si acudía bajo el aspecto de alguien de su confianza... Pensé de nuevo en Carmen, que me había visto bajo la forma de Luke. Era imposible que se le ocurriese que era yo transformado en otra persona. Nadie se daría cuenta. El disfraz era perfecto.

De pronto, Bruno y Lolo prorrumpieron en carcajadas, protagonistas de la mesa en la que se sentaban todos los matones de

Gino. Reparé en la cantidad de tiempo que nos estaban haciendo perder, en cómo habían conseguido retrasar el plan de Marcos para convertirse en cazador profesional, y sentí que se me cruzaban un poco los cables.

Acariciando la piedra rosa en mi bolsillo, mientras permanecía de pie entre las mesas, bajo el cielo azul de la mañana, caí en la cuenta de que ya no era tan difícil mejorar nuestra situación. Contaba con la magia para darles esquinazo. Si utilizaba bien la pequeña piedra, podría conseguir para mis amigos una ventaja que los alejase de los chicos de Gino.

Entonces Lolo me miró con sus dientes relucientes, a mitad de una carcajada, y sonreí.

Sonreí con alegría sincera.

Eso lo descolocó.

57

–Tenemos que encontrar una ferretería grande o una tienda de bricolaje.

Después de hablar con Rafa sobre los problemas de los ingenieros, se me había ocurrido que debíamos concentrarnos en encontrarles material, adelantándonos a un negocio que surgiría en poco tiempo, puesto que mi amigo había confesado que comenzaban a estar faltos de recursos.

Las papelerías nos estaban procurando un entretenimiento interesante y lográbamos alguna caza decente con las librerías, pero, al fin y al cabo, no podíamos mantenernos con eso eternamente. Los trueques que conseguíamos eran bastante penosos.

–Gino estará pisándonos los talones e intentará quedarse con todo el material que encontremos. Tiene más recursos que nosotros y nos tomará la delantera –expuso Natalia mientras se entretenía haciendo una coleta a una de sus sobrinas.

–A mí me parece un buen plan –confesó Marcos con el ceño fruncido, rascándose su media barba.

–A ti te parece un buen plan porque estás harto de las papelerías.

–Quiero quitármelos de encima para poder cazar en condiciones, sin tener más sombras que la mía.

–¿Crees que con una ferretería te los quitarás? –se burló Natalia–. Van a estar más pendientes de nosotros que nunca.

La hija de Marcos le dio unos toquecitos a su padre en el brazo, como si intentase consolarlo, y después se fue dando saltos al rincón de la terraza donde jugaban sus hermanos.

–Quizá si conseguimos hacer unos buenos trueques, Gino se dará cuenta de que no le compensa tener a dos cazadores haciendo de espías, perdiendo el tiempo en persecuciones...

–A lo mejor puedo despistarlos, no sé –comenté, comenzando a exponer mi plan con cuidado de no dar detalles sospechosos.

Lo primero había sido deslumbrar a mi amigo con un posible negocio basado en la necesidad de material de los ingenieros; lo siguiente sería describirle, parcialmente, la idea que había tenido:

–Fingiré que estoy enfermo –les dije–, que he pillado la gripe por culpa de la tormenta. Todos saben que nadé bastante rato y que salvé a esa niña.

–Pobrecilla… –suspiró Natalia clavando los ojos en sus sobrinos–. No imagino lo que habrá sido criarse con los Locos y después perderlo todo…

Nos quedamos los tres en silencio, supongo que paladeando al mismo tiempo la imagen de los excéntricos padres de Carmen realizando sus ridículos bailes en el tejado más alejado de nuestro pueblo. Pensé en que no se parecía demasiado a ellos: no había heredado su pelo rubio ni imitaba sus extrañas maneras de hablar y de moverse.

–Concentrémonos –atajó Marcos apretando con cariño la rodilla de su hermana–. ¿Qué conseguiríamos contigo fuera del mapa?

Cuando me preguntó aquello, en su mirada pude ver de pronto los años que habían pasado desde que nos conocimos. Esquivé el vértigo que el recuerdo trae a veces consigo y me centré:

–No creo que Bruno y Lolo se queden cuidando de mí, si finjo estar en cama. Os seguirán a vosotros dos. Y entonces yo podré salir y buscar la localización de una ferretería que cumpla con nuestras expectativas.

–¿Peinando el mapa por nosotros? –se enorgulleció Marcos adoptando una posición más erguida.

–Y mientras, continuaríamos con la papelería de dos plantas con la que estábamos liados antes de la tormenta –asintió Natalia entrecerrando los ojos–. ¿Cuánto tardarías?

–Ni idea –confesé porque era la parte del plan menos calculada–. Depende de lo que encontremos en las guías, supongo, de cuántos sitios deba visitar y todo eso…

–Necesitarás un equipo –pensó Marcos en voz alta–. Pero nadie puede saber que hemos alquilado botellas de oxígeno para ti.

–Podemos ocultarlo en el primer piso inundado bajo mi tejado –asentí porque en eso sí había pensado antes–. Creo que puedo conseguir todo lo necesario en secreto.

Natalia me miró levantando las cejas, mientras su hermano sopesaba lo que estábamos planeando.

–¿Vas a pedírselo a Lana? –inquirió por fin Natalia, incapaz de aguantarse.

Creo que aunque intenté no parecer culpable, fui incapaz de controlar el color rojo que comenzó a teñir mi piel.

–¿Lana te hace favores? –se rio Marcos mirándome con picardía–. ¿Te guarda secretitos? –se burló–. Ya decía yo que venía mucho por casa últimamente. ¿Y qué: al final te has envalentonado para la conquista, o es que se cansó de verte pasar con tu barca por delante de su balcón?

–¡Marcos! –se quejó Natalia controlando la risa.

Después de tantos años babeando por Lana delante de mis amigos, no podía culparlos por intentar tomarme el pelo. Me encogí de hombros y torcí la cabeza pretendiendo que mi gesto fuese impenetrable.

–Sabe que existo... –dije como si no fuera gran cosa.

–Menudo donjuán eres... –se burló Marcos de nuevo, haciendo evidente en su mirada que pensaba que no tenía remedio.

–¿Volvemos al plan? –intenté.

–Creo que es un plan bastante tonto –confesó Natalia–, por simple... no sé... Pero quizá por eso funcione.

Sabía que Marcos estaba encantado con mi idea y que su hermana se mostraba más seria simplemente porque era más reflexiva. Pero ninguno de los dos podía negar que no perdíamos nada intentándolo. Además, ellos no conocían la clave que haría que todo funcionase.

–Tendrás que ser muy precavido: nadie puede sospechar que no estás enfermo.

–¡Disfrutaré muchísimo de la sopa de Angelina! –sonreí con picardía pensando en que la mujer de Toni tenía la buena costumbre de enviar cazuelas de su mejor sopa a los que se ponían enfermos.

–Nadie puede ir a visitarte y encontrarse con la cama vacía –añadió Marcos.

–No va mucha gente a mi tejado...

–Por si acaso.

–Podrías mandar a José para que diga a quien se acerque que Rob está descansando –improvisó Natalia mirando de nuevo a sus sobrinos.

–Se lo preguntaré a Sheila a ver qué le parece.

Fruncí el ceño.

José podría suponerme un problema.

Había contado con estar solo en mi terraza para llevar a cabo la mejor parte del plan: convertirme en otra persona y salir nadando como si tal cosa. Disfrutaba de la secreta ventaja de la piedra rosa, que me ayudaría a adoptar cualquier personalidad a ojos de mis vecinos, de modo que si me cruzaba con otro cazador, nadie sospecharía.

De hecho pensaba hacerme pasar por Bruno, porque todos sabían ya que los chicos de Gino andaban siempre metidos en asuntos turbios y no se interpondrían en su camino.

Natalia me observaba concentrada y pude leer en sus ojos que sabía que les estaba ocultando algo, pero que no pensaba decirle nada a su hermano.

–Nadie puede verte buceando –amenazó señalándome con un dedo.

–Descuida, nadie me verá.

58

Cada cosa a su tiempo.

No podía transformarme sin más delante de José, tampoco podía confiar en que Lana me dejase el equipo por mi cara bonita, aunque esperaba que mi cara bonita hiciese algo al respecto. Por otro lado, ella estaría esperando noticias sobre la relación entre su madre y Gino, y yo no tenía aún nada que contarle.

¿Por qué tenía tantos frentes abiertos?

¿Mi vida había sido siempre así de complicada?

Marcos, Natalia, Sheila y yo habíamos estado estudiando los mapas y las guías del pueblo hasta el punto de que cuando cerraba los ojos podía ver el plano en mi cabeza. Tras unos días, habíamos cerrado el círculo y habíamos decidido que solo debía investigar tres posibles localizaciones.

Una de ellas era una pequeña ferretería de barrio. No era muy ambicioso acercarse a comprobarla, pero podíamos confiar en que hubiese pasado inadvertida porque la calle en la que se encontraba no era muy céntrica y porque era un negocio bastante humilde. Otra de las ferreterías era todo lo contrario: una nave industrial con secciones dedicadas a cada pamplina que se pudiese imaginar. Natalia estaba convencida de que ya la habrían expoliado, pero teníamos que comprobarlo. La última, por su parte, era un término medio entre las otras dos: un almacén humilde de repuestos y herramientas que servía a algunos negocios locales y que no parecía haber tenido demasiado éxito.

Confiábamos en que alguno de los tres sitios hubiese permanecido alejado de las garras de los cazadores profesionales, más interesados en joyas y artículos de valor.

Así que los lugares que debía visitar ya no me preocupaban.

Ese problema estaba solucionado.

Debía centrarme en Lana.

Lana y el equipo.

Después ya lidiaría con José y mi transformación.

–¡Rob, ya estás fisgando! –me gritó Mamá Medusa, reparando en mí desde uno de los balcones, en el que acompañaba a Tobías repasando unas cuentas.

Noté que los dos se me quedaban mirando mientras giraba mi barco para acercarme al edificio desde otro ángulo en el que no pudiesen verme atracar. Las Medusas tenían todo el edificio rodeado de embarcaderos para que sus clientes no perdiesen tiempo recorriendo las habitaciones o saltando de balcón a balcón. Me parecía que tardaba una eternidad en salir de su campo de mira.

–¡Hola, Mamá Medusa! –saludé con la mano, haciéndome el tonto–. ¡Cualquiera diría que hemos pasado una tormenta!

La madre de Lana negó con la cabeza como si pensase que yo no tenía remedio y Tobías entrecerró los ojos, sopesándome.

De pronto, vi moverse a alguien en el balcón que tenían sobre sus cabezas. Me fijé mejor y descubrí a Judit haciéndome señas.

Parecía indicarme que rodease el edificio.

Me dieron ganas de gritarle: «¡Ya lo había pensado, gracias!». Pero disimulé, obedeciéndola.

Bueno, mi intento de acercarme discretamente había fracasado y ya toda la familia de las Medusas sabía que estaba allí.

Lana, de hecho, me esperaba en uno de los embarcaderos.

Su piel brillaba pálida bajo el sol, como si refulgiese, oculta solo por la parte de arriba de un biquini y unos short de color verde. Me pregunté si ella era consciente de su belleza.

O de que me gustaba a rabiar.

–¡Ey, Rob! –saludó contenta, recibiendo la cuerda que le lanzaba para atar a *Ariel* al embarcadero–. Todo el mundo habla de que fuiste un héroe salvando a esa chiquilla –sonrió recibiéndome.

Me encantó.

No voy a negarlo.

Escuchar eso fue como disfrutar de mi postre preferido.

–No fue para tanto –le quité hierro para hacerme el interesante.

Lana se rio y se apoyó en el balcón.

–¿Qué te trae por aquí? –preguntó divertida–. ¿Me echabas de menos?

–Yo... eh...

Me descoloca.

Tengo que admitirlo.

Lana me descoloca aunque haya planeado perfectamente lo que voy a decirle y haya ensayado mil veces la conversación en mi cabeza.

Siempre había querido gritarle: «¡Hola, soy Rob, existo!». Pero últimamente quería más bien preguntarle desde cuándo sabía de mi existencia. Increparle: «¿Por qué nunca me habías hablado antes?».

Supongo que albergaba cierta rabia en mi interior, quizá basada en lo pardillo que me había sentido todos aquellos años yendo a observarla a escondidas o mirándola durante los almuerzos de los domingos en el tejado de Gabriel, como si fuese una diosa venida a la tierra.

Que de pronto fuese tan humana, que de pronto me dedicase su atención y, además, tuviese la cara de bromear conmigo como si fuésemos amigos de toda la vida, despertaba en mí sentimientos encontrados. Quería besarla y gritarle.

Más besarla que otra cosa, la verdad.

Se rio de mí otra vez y se apartó un mechón pelirrojo que había escapado de su trenza y le caía en la cara.

–Necesito un equipo –confesé sacando de mi bolsillo la última pulsera que nos quedaba de la caza en la casa del joyero–. Pero no puede saberlo nadie.

–Uh... Suena a secreto –sonrió Lana acercándose para mirar la pulsera–. ¿Me lo vas a contar?

–Si sale bien –respondí tendiéndosela, pero ella negó con la cabeza.

–No hace falta que me pagues... Si tiene que ser un secreto, mejor que mi madre no sepa que nos han traído una pulsera.

Era la segunda vez que Lana me dejaba un equipo sin cobrarme.

–Todavía no he podido devolverte el primer favor y ya tengo una segunda deuda... –me quejé, mirándola asombrado.

Entonces nos quedamos así. Yo qué sé... mirándonos. Yo asombrado, ella transparente. Y seguro que fueron solo unos segundos, quizá ni siquiera fue un segundo entero, pero allí estábamos, sonriendo en una plataforma de madera que se movía con las pequeñas corrientes.

Sentí el impulso de alargar la mano y de recoger ese mechón rebelde que había vuelto a escaparse de su oreja.

Era un simple gesto.

–Entonces me deberás dos favores –dijo Lana sacándome de mi ensimismamiento, impidiendo el movimiento de mi mano justo antes de que se iniciase–. Y un día me deberás tres y más tarde cuatro...

–¿Quieres convertirme en tu esclavo? –bromeé tratando de recordar quiénes éramos y dónde estábamos.

–Es parte de mi plan.

59

El equipo estaba ya en el piso sumergido bajo mi terraza y yo había conseguido enfriar algo mis ideas.

Monotemático.

Me sentía monotemático.

Intentaba que mi obsesión no escapase de mis pensamientos, pero llegaba incluso a aburrirme a mí mismo de tanto fantasear con Lana. La conversación que habíamos tenido en casa de las Medusas acudía a mi cabeza una y otra vez para que la repasase al detalle.

Además, el hecho de estar acostado en la cama fingiendo que tenía una gripe insoportable no ayudaba.

José tampoco me daba demasiada conversación porque estaba enfrascado en la lectura de un libro de piratas y, aunque yo también tenía entre las manos una novela que me hubiese hecho evadirme del mundo en cualquier otro momento, era incapaz de dejar de repasar una y otra vez ese segundo en que Lana y yo nos habíamos mirado.

A veces lo repetía varias veces seguidas en mi cabeza, a mucha velocidad.

A veces lo dejaba fijo, como una fotografía, e intentaba explicarme qué diantres estaba pasando con Lana.

El hijo de Marcos había recibido el caldo de las manos de Angelina, sin dejarla subir a la parte alta de mi tejado, insistiendo en que estaba dormido y tenía una fiebre muy alta.

En cuanto había corrido la voz, algunos amigos más se hicieron presentes con mantas, pastillas, infusiones o consejos.

Rafa fue el más pesado de todos porque se negó a largarse sin verme y comprobar cómo tenía la fiebre.

Creo que se llevó un pequeño chasco al tocarme la frente y notar que estaba fría como una piedra del fondo del mar.

–¿Rob? –preguntó al ver mi cara de culpable.

Es mi mejor amigo, no es fácil engañarlo.

–¿Te lo contaré más adelante? –probé hundiéndome en la almohada, algo molesto por haber sido descubierto.

–Mi padre te va a matar –renegó José desde detrás de su libro, acomodado en mi sillón con los pies colgando.

–¿Es cosa de Marcos? –inquirió Rafa sentándose a mi lado y haciéndome sentir estúpido, tumbado allí.

–Ni una palabra –lo avisé con seriedad–. Esto es parte de un plan secreto que ya sabe demasiada gente.

–¿Un plan secreto? ¿Cuánta gente?

–¡Rob! –se desesperó José, que aparentemente había heredado el sentido de la justicia de su tía Natalia.

–Los obvios, Lana y tú –confesé rogándole con la mirada.

–¿Lana?

–¡Por favor, no digas una palabra! –susurré mientras José chascaba la lengua y pasaba una página.

Mi amigo Rafa me miró como si no tuviese remedio.

–¿Es peligroso?

–Para nada...

Pareció tranquilizarse.

–¿Lana? –volvió a repetir, pero con un tono diferente.

Así es mi amigo Rafa. No habla de chicas a la primera, eso le supondría tener que hablar de sentimientos.

–¿Vas a guardar el secreto? –me negué a entrar en ese tema–. Te aseguro que en unos días te lo cuento, y no te arrepentirás.

Así que el equipo estaba en la planta de abajo, y mi secreto repartido, cuando Rafa se largó aquella tarde. Yo me quedé tumbado mirando el toldo azul que tenía sobre mi cabeza. José había intentado sermonearme, pero no le había funcionado, así que volvía a leer.

Sopesé las posibilidades de que alguien más se acercase.

Quizá Greg.

Quizá Claudia o Fran.

–Voy a cerrar el toldo, José –anuncié incorporándome–. Para que parezca que estoy descansando.

El hijo de Marcos y Sheila asintió con la cabeza, algo enfadado. Creo que dejé de ser su héroe en el momento en que le llevé la contraria.

Me encogí de hombros y me senté en la semioscuridad de mi humilde morada.

Tenía que practicar con la piedra rosa si quería que mi plan funcionase.

Miré a mi alrededor buscando por dónde podría salir sin ser visto. Las estanterías torcidas y las maderas me rodeaban; también había cajas de plástico apiladas con mis pocas pertenencias. Probé a moverlas y vi que, detrás de una de ellas, la lona que hacía las veces de carpa podría dejarme salir si la soltaba un poco.

Se lo diría más tarde a José, cuando se le hubiese pasado el enfado.

Ahora debía concentrarme en mi pequeño tesoro mágico.

Aunque desear ser Bruno no me convencía demasiado.

60

Me estiré y comprobé el largo de mis brazos.

Ya había tanteado mi cara, evidenciando los cambios, y había descubierto en mis manos los nudos gordos que Bruno tenía en los dedos.

No estaba mal. El cuerpo era más pesado que el mío y mucho menos atlético que el de Luke, así que nadar no sería tan agradable. Pero, por lo demás, estaba bien.

Cogí aire y aguanté la respiración contando los segundos.

Ridículo.

Bruno tenía muy poco entrenados los pulmones. Agradecí el equipo que Lana me había prestado, porque si no habría tenido serios problemas.

Moví los hombros, me agaché flexionando las rodillas, giré los tobillos comprobando su rigidez... La ropa que vestía no era la más adecuada para esos estiramientos.

Debía haber pillado a Bruno buceando, y el neopreno me apretaba en la barriga y las caderas cuando me doblaba. Bueno, eso no tenía por qué ser mayor problema: si al día siguiente volvía a llevar aquella ropa, lo tendría bastante fácil en mi tarea.

Me convertí de nuevo en mí, abrazando la piedra rosa.

Después probé varias veces más, para cerciorarme.

Bruno.

Yo.

Bruno.

Yo.

Bruno.

–¡Ey, Rob! –escuché a José llamarme, acercándose para entrar bajo el toldo.

¡Yo!

–Dime... –invité, agradecido al descubrir que mi voz era mi voz y que yo era yo.

–Ya ha venido mi padre, nos vemos mañana –me informó el pequeño, entrando con su libro cerrado bajo el brazo.

–No le cuentes lo de Rafa, ¿vale? –rogué intentando sonar cómplice.

José se encogió de hombros y dio media vuelta.

Definitivamente, se parecía mucho a su tía Natalia.

61

El plan salió a la perfección.

Adopté la forma de Bruno en el piso de debajo de mi terraza y después me puse la botella de oxígeno. José había vuelto a sentarse con su libro entre las manos sin hacerme caso, así que no tenía que preocuparme de que se asomase a fisgar lo que yo hacía. Parecía que no le interesaba. Mucho mejor.

Pude dedicarme a investigar las localizaciones que me habían encomendado. No disponer de una barca que me llevase a las inmediaciones de las ferreterías me limitaba bastante, especialmente porque tenía que llegar hasta las afueras de la ciudad para comprobar si la nave que habíamos visto en las páginas amarillas seguía allí, sin expoliar.

Tuve que dividir mi tarea en dos días y, la verdad, fue todo un éxito. No me crucé con nadie que se extrañase de ver a Bruno buceando por aquellas calles, no tuve problemas con el oxígeno –eso es lo bueno de confiar en las Medusas–, y los chicos de Gino solo asomaron por mi terraza una de las mañanas y se creyeron toda la historia de mi enfermedad con pasmosa facilidad. Además, nadie volvió a pasar por mi tejado a preguntar por mi salud, porque Marcos se había encargado de asegurar que mi enfermedad era muy contagiosa. La piedra rosa no solo me brindaba su poder para cambiar mi cuerpo por el de otros, sino que además parecía traerme buena suerte.

La ferretería de barrio que habíamos señalado en el mapa fue fácil de encontrar. El único problema que presentaba era que tenía el cierre de metal echado, y eso dificultaba las cosas. Podíamos intentar entrar de otra manera, o incluso cabía la posibilidad de pedir ayuda a los ingenieros, que disponían de más herramientas que nosotros; pero en principio no podíamos contar con ella. Dar con el gran almacén de bricolaje tampoco me supuso ninguna dificultad, pero, tal y como habíamos previsto, ya había sido limpiado por el resto de cazadores. Aun así, no me preocupaba: la primera ferretería podía ser forzada y la tercera opción era la que me daba mejores vibraciones.

No me equivocaba.

Lo que esperaba que fuese una pequeña cochera convertida en humilde taller de reparaciones, era en realidad una nave industrial, sin publicidad, repleta hasta los topes de materiales y herramientas.

La joya de la corona.

Pude recorrerla tras colarme por la estrecha ventana del aseo de caballeros. Contaba hasta con dos grúas de carga que, por supuesto, no nos servían para nada, pero las pesadas cajas de plástico llenas de clavos, tornillos y tuercas, las colecciones de martillos, destornilladores y llaves inglesas, las latas de pintura, los potentes pegamentos para cualquier superficie, las sierras y seguetas... ¡Aquello era el paraíso de los ingenieros!

Por supuesto, el óxido y la humedad habían hecho su trabajo: había cantidad de maderos inservibles e hinchados, colecciones de clavos naranjas que despedían un polvo brillante cuando los tocabas, anchos cartones que se deshacían en tus manos... Pero mucho se podría salvar y utilizar.

Marcos conseguiría su sueño de hacerse cazador profesional con un botín como ese.

Si Gino no se enteraba...

62

–Vuélvemelo a contar, Rob –me dijo Marcos, ahora espachurrado en su tumbona, con los pies en alto, mirando al cielo estrellado con una sonrisa enorme en los labios.

Me había recuperado milagrosamente de mi enfermedad. Eso era lo que se contaba ahora por los tejados. Tan milagrosamente que Angelina se pasó a por su cacerola antes de que me diese tiempo a lavarla, solo para demostrar que su sopa tenía propiedades curativas.

José ya no tendría que vigilar mis siestas, y Marcos y Natalia podrían trazar conmigo los siguientes movimientos de un proyecto que ya no parecía tan descabellado.

Les había descrito tres veces todo lo que había visto en mis inmersiones, pero mi amigo Marcos quería escucharlo una y otra vez.

Sabía que Marcos veía en mis noticias la línea que separaba el antes del después.

–No lo cuentes más –se quejó Natalia bostezando–. Lo que tenemos que hacer es inventarnos algo para espantar a los chicos de Gino de nuestro lado. ¡Son peor que las pulgas!

–¿Hoy también os han seguido? –preguntó Sheila, que se había unido a nuestro debate ahora que todos sus hijos dormían.

–Es imposible darles esquinazo –confesó Marcos.

–Bruno y Lolo reman hacia donde remamos, bucean hacia donde buceamos, cazan donde cazamos –explicó Natalia con cantinela.

–Entonces tenéis que engañarlos, como Rob –asumió Sheila como si plantease lo más obvio y sencillo–. Mandadles un señuelo... No sé, hacedlos ir hacia otro lugar y entonces podréis ir vosotros a la nave que habéis encontrado.

–¡Solo somos tres! –se quejó Marcos–. ¿Cómo vamos a dividirnos? ¡Además, necesitaríamos días de trabajo antes de vaciar ese almacén!

Natalia se había quedado callada y observaba la barandilla de la terraza. Conocía ese gesto de concentración. Ella ya estaba trazando un plan en su cabeza, estaba atando cabos.

–¿Nos lo cuentas? –le pregunté dándole con mi pie descalzo en la rodilla para reclamar su atención.

–¿Que nos cuente qué? –se quejó Marcos volviéndose hacia su hermana. Entonces le vio la cara–. Tienes la solución –afirmó sonriendo ampliamente–. Tienes cara de haber encontrado una solución.

Sheila comenzó a reírse y estrechó la mano de su marido.

Natalia se incorporó y se sentó en el borde de su tumbona.

Entonces empezó a hablar.

63

Solo necesitábamos un poco de ayuda extra.

Los principales beneficiarios de nuestra caza, después de Marcos y Natalia, eran los ingenieros. Así que teníamos que contar con ellos. Nosotros podíamos acordar trueques con los que saliesen ganando, si se ponían a nuestra disposición y nos echaban una mano vaciando el almacén.

No podrían negarse. El acuerdo los favorecía y, además, se estaban quedando sin material. Rafa me había dado la clave y Rafa convencería al resto de ingenieros de que les merecía la pena trabajar con nosotros, dedicarnos alguna noche en vela.

Después estaba la pandilla de Fran y Claudia. Con ellos no habría ningún problema porque siempre necesitaban conseguir algún trabajo extra, lograr trueques convenientes. Podrían quedarse con parte del botín para cambiarlo por comida y botellas de oxígeno. Natalia estaba convencida de que Fran sería capaz de ver las ventajas de trabajar con ellos.

Sería un golpe en equipo, una caza en manada.

Pero también necesitábamos a las Medusas para que nos proveyesen de oxígeno. Podíamos hacer una cadena humana que subiese el material a las barcas de la superficie, y solo los que trabajasen a más profundidad precisarían el pack completo de botellas y trajes. Aun así éramos muchos.

Y Mamá Medusa tenía una extraña relación con Gino. ¿Sería capaz de contarle nuestro plan?

Cabía dentro de lo posible.

–Ahí es donde entras tú y hablas con tu querida Lana –me había atacado Natalia–. Quizá pueda echarnos una mano a espaldas de su madre.

Yo fruncí el ceño, molesto. No creía que poner a Lana en esa situación fuese agradable. Una cosa era que me prestase una botella a mí. Otra diferente era que vaciase las reservas de su familia sin conseguir nada a cambio.

–Vamos, seguro que hay algo que podemos ofrecerle... –se había animado Marcos–. No estamos diciendo que le digas a Lana que le robe a su propia madre.

–¿Entonces qué estáis diciendo? –había terciado Sheila, que tenía tan mala cara como yo.

–¡Pues que es un plan en equipo! –se defendió Marcos, un poco avergonzado–. Que las Medusas son parte de la comunidad y también deben sacar tajada de esto...

–Habla con Lana, Rob –me rogó Natalia–. Hazlo por nosotros... Quizá te dé alguna pista que nos ayude a decidir –clavó en mí su mirada estrella, esa mezcla entre acusación y súplica, como cuando me hablaba de las expectativas de su hermano–. Por favor...

–Nosotros convenceremos a los demás –prometió Marcos sonriendo con inocencia–. Tú solo te tienes que ocupar de eso...

Solo.

Tendría que volver a hablar con Lana.

Con Lana, que esperaba de mí que descubriese qué tramaba su madre con Gino.

¿Cuántos favores más iba a deberle?

64

Le pedí dos días a Marcos para cumplir mi cometido.

Además, tampoco es que tuviésemos mucha prisa. El Pulpo de Tres Patas todavía estaba a medias con su papelería.

Era incapaz de volver a ponerme delante de Lana sin haber intentado, por lo menos, pagar parte del favor que le debía. Pensar que tenía que pedirle más botellas, y no solo para mí, sin darle nada a cambio, me hacía tensar todos los músculos de mi cuerpo.

Imposible.

Antes tenía que hablar con Gino.

Directamente.

Es decir, no directamente como yo. Estaba claro que Gino no estaría dispuesto a prestarme ninguna atención.

Pero si me plantaba ante él... de otra manera...

Ya lo había pensado antes, y había dejado mi plan aparcado por culpa de Nicolás Garrido y su documental.

Ahora, nada me interrumpiría.

Me miré en el espejo de mi habitación.

Tenía la piedra rosa en mi mano y la luz del atardecer recortaba mi oronda silueta a contraluz.

Allí estaba yo; quiero decir, allí estaba ella: Mamá Medusa.

Llevaba un vestido rojo embutiendo sus michelines, pero al contrario de lo esperado, no parecía ridícula, sino portentosa. Cada vez que le pedía a la piedra rosa convertirme en Mamá Medusa, me sentía lleno de poder. ¿Quién iba a negarle nada a la mujer más importante de nuestra comunidad?

Sabía que era arriesgado, pero no se me ocurría nada mejor.

Siendo Mamá podría hablar con Gino unos minutos, sonsacarle. Tanteando, poco a poco, descubriría algo que llevar a Lana. Quizá no podría contarle absolutamente todo lo que se traían entre manos, pero conseguiría alguna pista que nos diese oportunidad de seguir indagando.

Lana estaría contenta conmigo.

Quizá incluso me besase para celebrarlo.

No sé.

A mí me encantaría que Lana me diese un beso largo de gratitud.

–Dame suerte, piedrecita –le dije a mi talismán arreándole un beso sonoro.

Después deseé ser yo mismo.

Tenía que nadar hasta casa de Gino y colarme cuando cayese la noche. No era lógico que Mamá Medusa llegase buceando hasta allí. Si alguna vez se dignaba a pisar aquella terraza de maleantes, cosa que yo desconocía, seguro que iría en su moto acuática.

Pero yo no tenía moto de la que presumir. Así que tendría que llegar buceando. Esconderme en uno de los pisos inferiores, secarme, transformarme y aparecer con dignidad, como si acabase de atar mi moto fucsia al embarcadero de Gino en mitad de la noche.

El camino más sencillo siempre es el mejor.

65

Es increíble lo que uno consigue gracias a su nombre.

En cuanto me transformé en Mamá Medusa y me acerqué hasta las escaleras que llevaban al tejado de Gino –una exageración, por cierto: había oído que era un cazador ostentoso de mal gusto, pero no había imaginado que tuviese unas escaleras doradas de caracol que condujesen al embarcadero, ni que adornase el tejado con alfombras persas y lámparas de araña que ni siquiera funcionaban–, uno de sus chicos se dobló por la mitad haciéndome una reverencia.

–¡Mamá Medusa! –murmuró como si estuviese nombrando a un santo–. No la esperábamos hoy...

–Pero aquí estoy –dije intentando parecer poderoso, aunque notaba que el corazón iba a salírseme del pecho–. ¡Llama a Gino!

La orden me salió un poco exagerada, con una voz de pito impropia de Mamá Medusa, pero el chico ni se coscó.

Al escuchar mi grito, Bruno asomó la cabeza por una de las balaustradas de piedra que habían instalado en una parte algo más elevada de la terraza.

–¡Patán! –le gritó a su compañero, haciéndome dar un respingo porque creía que se refería a mí–. Sabes que tienes que llevar inmediatamente a Mamá Medusa ante Gino cuando viene... ¿A qué estás esperando?

El muchacho miró horrorizado a Bruno, que me sonreía meloso, y asintió repetidas veces para después, rascándose la cabeza, acompañarme al fondo de la terraza, donde habían instalado una carpa de telas de colores vistosos, aunque algo roída, que tenía dos antorchas en la puerta.

Otro chiquillo esperaba allí, masticando un mondadientes con aire despistado.

–¡Billi! –lo amonestó mi guía–. ¿Cómo te presentas así ante Mamá Medusa?

Billi se levantó de un salto y me dedicó una reverencia, a la que yo respondí elevando la barbilla como si algo oliese muy mal. Mamá Medusa siempre hacía ese gesto cuando hablaba conmigo.

–Adelante, Mamá Medusa –me indicó mi acompañante abriendo una de las cortinas que cubrían la entrada a la carpa para cederme el paso–. Gino te recibirá encantado.

–La recibirá encantado, melón –lo corrigió Billi dándole una colleja.

El otro dio un respingo y se le encaró, rascándose el cogote.

–¡Eso he dicho! –se quejó.

–No, no le has hablado de usted –puntualizó el primero, elevando un dedo categórico.

Estaba claro que querían ganar puntos ante mí. Decidí entrar en la carpa sin hacer ningún comentario y los dejé hablando en voz baja sobre protocolo y gramática.

Me temblaban tanto las manos que tenía que agarrármelas para que no se notase.

El interior estaba iluminado con una luz eléctrica naranja y algo temblorosa, que surgía de una lámpara forrada de tela de aspecto clásico. Había más alfombras, un sofá, mesas bajas de distintos estilos, todas algo ajadas y clásicas, nuevos cortinajes que parecían separar la estancia en otros apartados, un aparador dorado, un escritorio de madera alto con algunas cartas marinas, un arcón enorme cerrado con llave, una mesa de comedor con dos sillas, sobre la que habían servido una cena, y un espejo en el que me miré dando un nuevo respingo.

No lograba acostumbrarme.

Y Gino no estaba por ninguna parte.

Un ruido como de agua corriente venía de algún lugar entre los cortinajes.

Carraspeé para hacerme notar.

Primero, bajito.

Después, más alto.

Y más alto.

¿Cómo podía sentirme tan ridículo?

Me acerqué a la cortina de la que parecía surgir el ruido y volví a carraspear con intensidad.

Antes de que me diese tiempo a apartarme, medio cuerpo de Gino apareció con el pelo chorreando, el torso desnudo, todo adornado por abundante vello corporal, y una gran sonrisa.

–¡Qué sorpresa, caramelito! –me dijo feliz, con una voz que jamás le había oído– ¿Estás resfriada?

Caramelito.

Sin apenas darme tiempo a asimilar lo que acababa de oír, Gino había desaparecido y me hablaba a voces desde detrás de la cortina, con un tono cantarín bastante ridículo.

–¡No te esperaba hoy, caramelito! ¡Creí que vendrías mañana! –gritaba.

Yo miraba a los lados, intentando encontrar una frase que decir.

–¡He venido hoy! –respondí encogiéndome de hombros y mirando mi figura en el espejo.

¿Dónde me había metido? ¿Ese era el secreto de Mamá Medusa y Gino? ¿Que estaban enamorados?

–Me alegra mucho que hayas venido hoy, flor de mis noches –celebró Gino, abotonándose una camisa elegante de color burdeos, a juego con mi vestido–. ¡Así puedo entregarte ya mi sorpresa!

Miré horrorizado cómo Gino se acercaba a mí y me daba un abrazo romántico que intentaba terminar con un bailecito.

Me sentía de cartón piedra.

–¡Tienes el corazón a mil por hora! –se rio, dándome una sonora cachetada en el trasero.

Creo que me puse más rojo que el vestido.

Gino me había tocado el culo. Ponte en mi lugar.

–Cuando tú estás cerca... caramelito... mi corazón... ¿se desboca? –respondí desencajado, sin pensarlo mucho.

Gino se rio dando palmadas y me ofreció una de las sillas que había junto a la mesa de comedor.

–¡Billi! –gritó con el tono de voz que le conocía, grave y rajado, como de pirata viejo y tramposo–. ¡Trae cena para la señorita!

–¡Enseguida, jefe! –se escuchó tras las cortinas.

Gino se quedó mirándome arrobado, como si nunca antes hubiese visto algo tan magnífico. Yo no podía dejar de sudar, pero era un sudor frío, como el que debe experimentar alguien que anda entre caimanes.

Intenté sonreír con naturalidad.

–Rita, pareces cansada –se alarmó él, acercándose y cogiéndome por los hombros–. ¡Pero yo lo voy a arreglar, ya verás! ¡Te va a encantar mi sorpresa!

El aliento de Gino olía a menta, y supe que había masticado un caramelo antes de ponerse la camisa.

Solo podía pensar una cosa: «Por favor, por favor, por favor, que mi primer beso no sea con Gino».

66

Por algo no me gustan las sorpresas.

Nunca sé qué cara poner.

Y allí estaba Gino, sosteniendo un ramo de doce rosas rojas espectaculares y brillantes. Jamás había visto unas flores así, porque son un auténtico lujo en nuestra comunidad.

Gino comenzó a reírse.

–Pareces una niña, caramelito –se regodeó, pellizcándome el moflete antes de tenderme el ramo–. Huélelas, son tuyas. ¿Te gustan?

Obedecí con verdadera curiosidad y me sorprendió el aroma a la vez denso y fresco de las flores.

–¡Te habrán costado una pasta! –solté.

Me salió del alma.

Rápidamente me mordí la lengua como autocastigo. Afortunadamente, Gino encontró el comentario halagador y se hinchó como un pavo.

–Todo es poco para mi reina de los mares –confesó acercándose de nuevo a mí con picardía.

Puse las flores delante de mi cara con velocidad, como si fuese a olerlas, y grité:

–¡Son fantásticas! –de nuevo con esa voz aguda que no sabía de dónde salía.

En ese momento entró Billi con una bandeja, y Gino se incorporó y se dirigió hacia el baúl, mientras ordenaba a su chico cómo tenía que colocar los cubiertos.

Después de sacar una llave de su bolsillo y hacerla girar en la cerradura hasta cinco veces, Gino me mostró encantado una botella de vino tinto que brillaba bajo la luz eléctrica.

–¿Enciendo unas velas, jefe? –preguntó Billi para empeorar las cosas.

–Claro que sí, chico –respondió él con enfado–. ¿Cuántas veces tengo que explicar las cosas?

Billi no respondió, sino que sacó dos velas de un aparador y las puso sobre la mesa. Las prendió con un mechero mientras Gino descorchaba la botella y yo empezaba a mover la pierna sin parar.

De verdad, aquello no podía estar pasándome.

Cuando nos quedamos de nuevo solos, Gino me sirvió vino y elevó su copa con torpeza:

–Por nosotros –brindó henchido– y por los planes que empiezan a salir bien.

–Por nosotros –respondí improvisando– y por las flores que me has regalado.

Eso le encantó.

Bebió un gran trago y se me quedó mirando expectante.

«Felicidades, Rob», me dije. «Tu primera cena romántica es con el patán de los mares». Y bebí para no resultar descortés.

El vino tenía un sabor agrio que me raspó la garganta, haciéndome guiñar los ojos.

–¿Es muy fuerte, caramelito? ¿Está picado? ¿Cojo otro?

Negué con la cabeza e intenté sonreír. Nunca había probado el vino. La cerveza sí, con Rafa, el día que consiguió su primer trabajo serio con los ingenieros. Y algunas veces con Marcos y Natalia.

¿Qué dirían mis amigos si me viesen en esa tesitura? Seguro que se estarían burlando de mí hasta que me saliesen canas.

Exhalé para relajarme y miré la cena.

Tenía muy buena pinta. Hacía siglos que no probaba un filete en condiciones, y el olor me pareció mucho mejor que el de las flores. Decidí que podría seguir descubriendo cosas sobre los planes de Gino y, ya de paso, darme un merecido banquete por el mal rato que estaba pasando.

–¿Qué tal? –pregunté con la boca llena, elevando los ojos al cielo al primer bocado.

Aquello estaba buenísimo, se deshacía en una explosión de sabores...

–¡Fantástico, fantástico! –sonrió Gino, contento al verme disfrutar de la comida–. El trato con Nicolás Garrido no podría ir mejor.

–¿El trato con Nicolás? –tosí atragantándome.

¿Qué hacía Gino tratando con el documentalista? Creía que solo tenía un acuerdo con Natalia y Marcos. Noté que se me tensaba la espalda.

–¡Qué memoria tienes, caramelito! –negó con la cabeza Gino, elevando un poco las cejas con cara de curiosidad.

Tenía que esforzarme más o me descubriría.

–Ya sabes que he tenido la cabeza en muchas cosas últimamente... –improvisé, consciente de que Mamá Medusa siempre estaba hasta arriba, y di un trago de vino para poder engullir el trozo de filete que se me había quedado en la boca.

–¡Es verdad! –repuso Gino–. Perdóname, reina mía, se me ha olvidado preguntarte cómo van las cosas con Tobías.

¿Tobías?

–¿Has conseguido ya que le proponga a Lana el compromiso? –preguntó muy interesado.

¿El compromiso?

¿A Lana?

Me quedé petrificado.

Alargué mi mano temblorosa hacia la copa y me la llevé a la boca intentando que no se me derramase encima.

Negué con la cabeza como pude.

–Bueno, no sufras, sirenita –se compadeció Gino, poniendo una de sus manos regordetas sobre la mía–. El matrimonio es algo muy serio y es mejor que se lo piense bien...

Espurreé el vino.

Como un aspersor, en serio.

Apagué una de las velas, pero no le di a Gino.

Aquello iba de mal en peor.

–¿Estás bien, caramelito? –se levantó él, alarmado, y se puso detrás de mí a masajearme los hombros–. Estás muy rara esta noche... Serán los nervios, las novias siempre están nerviosas cuando ya se ha fijado una fecha para la boda... ¡Sé que te hacía mucha ilusión una boda doble, pero Lana es muy joven!

El sudor frío de antes se había convertido en caliente. Muy caliente.

¿Una boda doble? ¿Mamá Medusa y Gino pensaban casarse?

¡Eso pondría en peligro al resto de cazadores de tesoros! ¡Sería un acuerdo tremendo! Con los suministros de las Medusas, los chicos de Gino se harían con todo el territorio...

¡Lana y Tobías! ¿Casarse?

–Lana es muy joven... –comencé a decir sin pensarlo demasiado–. Y Tobías...

–¡Tobías tendrá que decidir también! –intentó tranquilizarme Gino acercándose a mi oreja, lo que hizo que me tensase de nuevo–. Seguro que te está muy agradecido.

Comer. Lo mejor era volver al filete.

Así Gino quitaría sus manos de mis hombros.

Funcionó.

Mi cabeza trabajaba a mil por hora. Pero no manejaba demasiadas ideas: se centraba en Lana.

Lana.

Lana.

Lana.

¡Tenía que hablar de otra cosa!

–¡Nicolás Garrido! –exclamé como si hubiese descubierto un nuevo ejemplar de cangrejo rarísimo.

El mismo nombre hizo que Gino hinchase el pecho de nuevo, orgulloso. Parecía que estaba deseando hablar del tema. Lo animé con un gesto de cabeza y él rellenó las copas de vino.

¿Ya me había bebido una entera? No podía ser.

–¡Qué bribón! –confesó con una carcajada–. Estuvo peleando para pillarme, te lo aseguro, Mamá. ¡Pero sabes que soy duro de roer! No iba a cederle todos mis hombres por una paguilla ridícula... Si los quiere, necesita dinero contante y sonante.

–¿Dinero? –me extrañé.

A nadie le interesa el dinero en los tejados.

–Caramelito, sabes que un buen barco vale dinero y quiero darte lo mejor –respondió cariñoso–. Sé que no está muy bien visto en la comunidad, pero a todos les gustará cuando lo tengamos.

Así que Nicolás iba a pagarle el precio de un barco por ayudarlo. Pero ¿ayudarlo a qué?

–¿Cuánto tiempo estarán trabajando tus chicos? –le pregunté.

–Dos días esta semana y, después, todo el tiempo que tarde en grabar a Natalia –confesó concentrado, abandonando un poco el tono romántico–. ¡Ojalá pudiese convencer a esa muchacha de unirse a nosotros! ¡Qué injusto que Gabriel les dejase el catamarán! ¡Qué injusto! Pero no conseguirán nada... Tengo a Lolo y Bruno pegados a su barco. No van a robarme la caza.

–Pobrecitos, Gino –intenté mediar–. También tienen que encontrar su sitio...

Gino se me quedó mirando, petrificado.

Quizá Mamá Medusa no era tan considerada.

–¡Aunque tu sitio tiene que ser el mejor! –corregí rápidamente, volviendo a beber de mi copa para ocultar mi gesto de incomodidad.

–¡Nuestro sitio será el mejor, pichoncito! –exclamó él, brindando de nuevo conmigo–. Sobre todo si encuentro la dichosa piedra rosa que trae a Nicolás de cabeza... ¡Si soy capaz de ofrecérsela, me pagará una millonada!

¿Piedra rosa?

–¿Piedra rosa? –solté en voz alta también.

–Ya sabes que es su obsesión... Es enfermizo... –confesó él, negando con la cabeza como si le pareciese ridículo–. Pero a mí me da igual. El adelanto ha sido cuantioso y tengo todos los papeles firmados.

¿Había firmado un acuerdo escrito? ¡Eso eran palabras mayores!

¿Quería Nicolás Garrido una piedra rosa como la que yo poseía? ¿Sabía de su existencia? ¿Por eso había preguntado por la magia del mar? Quizá el documentalista conocía al dueño de las piedras, quizá sabía para lo que servían, quizá todo el plan de grabar a Natalia era solo una tapadera para...

–Caramelito... –me interrumpió Gino, y me giré para mirarlo.

Entonces me encontré con sus morros pegados en los míos.

Húmedos y asquerosos.

La noche no podía ir a peor.

Abrí tanto los ojos que luego me costó volver a cerrarlos.

Fui consciente de toda la extensión de mi columna vertebral. Lo juro.

De cada vértebra.

Nunca había estado tan tenso.

Me separé de un brinco y me tragué toda la copa de vino solo para quitarme el sabor.

–¡Riquísimo! –dije con un gallo–. ¿Me sirves más?

–¡Tienes ganas de fiesta hoy! –sonrió enamorado–. Seguro que después del postre te apetece bailar.

Bailar.

¿Es que había caído dentro de una pesadilla?

Intenté reírme como respuesta, pero sé que soné desquiciado.

–Tengo que irme temprano –sentencié–. Las chicas, ya sabes...

Estaba improvisando. Toda la noche había estado improvisando. ¿Qué diantres iba a hacer? Tenía que largarme de allí como fuera antes de que ese asqueroso volviese a atacarme con su boca mentolada.

De pronto noté algo raro en mis pies.

Mis zapatos habían desaparecido.

Tanteé debajo de la mesa para encontrarlos, pero no los hallé.

–¡Billi, el postre! –gritó Gino, pero, al no obtener respuesta, se levantó pidiéndome disculpas y se acercó a la cortina criticando a sus muchachos.

Los zapatos no estaban.

De pronto sentí que el traje embutido me apretaba menos, como si se hubiese hecho más ancho.

Me tanteé la espalda y noté que la cremallera se estaba bajando. Intenté subirla.

Mamá Medusa, en su tejado, debía estar desnudándose para meterse en la cama.

¡No podía quedarme desnuda delante de Gino!

¡No quería quedarme desnudo siendo Mamá Medusa!

Sentí un pudor inaudito que me hizo levantarme de un salto.

Nada más ponerme en pie, las tres copas de vino que me había bebido aparecieron para saludarme.

Perfecto.

Toda la habitación se movía.

Tenía que escaparme. Tenía que escaparme cuanto antes.

–Gino –llamé acercándome a la salida de la carpa, con pasos tambaleantes–. Me encuentro mal, tengo que irme...

Me agarré a él y reparé en la que se iba a liar cuando fuese a ver a Mamá Medusa al día siguiente y descubriese que no tenía las flores.

–Llévame las flores mañana –le pedí con voz pastosa, clavándole un dedo en el pecho–. Y si no me acuerdo de nada, no me recuerdes la cena...

–Pero, cariñito –intentó Gino tratando de arrastrarme al sofá–, no puedes conducir tu moto así...

–Gino –dije soltándome y poniéndome recto, o eso creo–, te quiero, pero soy la reina de los mares.

Y me largué.

67

Juro que no recuerdo cómo llegué al edificio de las Medusas.

No sé cómo conseguí convertirme en mí mismo y nadar hasta allí, porque está bastante lejos.

Esa parte de mi memoria se ha borrado mágicamente.

Ojalá se hubiese borrado lo que vino después.

Todavía me avergüenza.

68

Encaramado a uno de los balcones, comencé a gritar.

–¡Lana! ¡Lana! –en mitad de la noche, agarrándome como buenamente podía, escurriéndome por las olas que habían subido y me mecían empeorando mi sensación de mareo–. ¡Lana, sal! ¡Lana, tengo que hablar contigo! –vociferaba como un pobre diablo, incapaz de quitarme de la cabeza la imagen de Tobías y el amor de mi vida casándose como en las novelas.

Patético.

Lo sé.

–¡Rob! –exclamó la voz sorprendida de Judit–. ¡Baja la voz!

Me di cuenta de que ella estaba susurrando muy alto. Había aparecido en el balcón que había justo encima de mí y me miraba sin dar crédito.

Bien, ella me escucharía.

–Llama a Lana –le dije con seriedad mientras mis piernas flotaban en el agua intentando darme la vuelta–. Quiero hablar con Lana.

–Pero baja la voz, Rob –se quejó negando con la cabeza–. Vas a despertar a mi madre.

–¿Tu madre? –bufé a punto de convertirme en Mamá Medusa de nuevo para darle una lección.

Pero Judit salió corriendo del balcón y me dejó solo, rumiando la traición de Lana y sintiendo ganas de cantarle a la luna una balada desesperada de desamor.

Al tiempo, Lana, con el pelo revuelto y la mirada cargada, apareció por la misma terraza donde antes había asomado su hermana, liada en una bata blanca que brillaba bajo las estrellas.

–¿Por qué eres tan guapa? –le dije soltándome de una mano para señalarla acusador.

–Rob, ¿estás borracho? –se extrañó asomando medio cuerpo para observarme mejor, mientras yo intentaba volver a sujetarme con todas mis fuerzas a la barandilla.

–¡Por tu culpa! –exclamé.

–¿Por mi culpa?

–¡Tú querías que investigase a Gino!

–¿Has hablado con Gino?

–¡Gino me ha invitado a vino! ¡Y me ha regalado rosas! ¡Y me ha dado un b...!

–¿Pero qué dices, Rob? –me interrumpió justo a tiempo.

–Que Gino y Mamá Medusa son amantes –solté abriendo mucho los ojos, como si yo tampoco me lo creyese.

–¡Rob, estás borracho!

–¡Y tú vas a casarte con Tobías! –gemí acusador, soltándome de los dos brazos para señalarla otra vez.

Pero mi gesto dramático perdió toda su fuerza cuando comencé a hundirme en el mar.

Respiré agua y comencé a toser dando brazadas inútiles que no me sacaban a la superficie porque no sabía dónde era arriba y dónde abajo.

Patético, sí, de acuerdo.

Noté que alguien se zambullía a mi lado y tiraba de mí para sacarme del agua.

Lana me llevó a la superficie y me metió en un balcón donde el agua solo nos llegaba hasta las rodillas.

–Me has salvado –le dije, pensando que era la mujer más maravillosa del mundo.

Entonces recordé que iba a casarse con Tobías y me dejé caer para sentarme en el suelo.

Lana parecía realmente enfadada.

–¿Qué pretendes, ahogarte? –me acusó mirándome, con su bata empapada y el pelo cayéndole en mechones sobre la cara.

Se lo apartó de un manotazo y me dio un puntapié un poco fuerte como para ser cariñoso.

–¡Dime! –amenazó.

–Tu madre se va a casar con Gino y tú te vas a casar con Tobías –lloriqueé enterrando la cara entre mis rodillas.

No dejo de repertirlo. El alcohol es cruel hasta el extremo.

–¡Yo no me voy a casar con nadie, Rob! –exclamó Lana, vencida, sentándose a mi lado.

Levanté la cabeza como un perro chico, feliz.

–¿No te vas a casar con Tobías? –inquirí para cerciorarme y dejar que la sonrisa se extendiese por mi cara como una explosión de calor.

Lana negó con la cabeza y miró al techo, dejando la coronilla apoyada en la barandilla de obra.

–¿No estás enamorada de Tobías? –pregunté porque no tenía ningún filtro.

–Eres un poco imbécil, Rob –suspiró dejando caer su cabeza sobre mi hombro–. Y estás muy borracho.

Me reí y apoyé mi cabeza sobre la suya.

–Ha sido culpa de Gino –confesé como un niño inocente.

–Gino y mi madre van a casarse... –murmuró con tristeza–. Por eso mamá estaba tan pesada con lo de Tobías... Debe haber perdido la cabeza. ¿Estás seguro de lo que dices, Rob?

–Como si lo hubiese vivido en mis propias carnes –contesté con fiabilidad.

Lana se quedó callada un rato.

Yo me concentré en su pelo mojado sobre mi hombro. ¿Cómo había cambiado de ese modo mi suerte?

Hacía un rato, Gino me había besado, y ahora Lana se resguardaba en mí.

Me sentía el tío más afortunado sobre la tierra.

–Yo no creo en el amor, Rob –confesó entonces ella para fastidiarlo–. El amor es una mierda.

69

Mi dolor de cabeza era monumental.

Estaba sentado con Rafa y Claudia en la terraza de Marcos, esperando a que llegase Mateo como representante mayor de los ingenieros.

Había pasado la noche dormido en la terraza de las Medusas, acurrucado sobre Lana. Si no hubiese estado borracho como una cuba, ese recuerdo me daría una fuerza increíble; pero lo que me daba era vergüenza.

Me había quedado sopa a mitad de la conversación y Lana se había visto obligada a acompañarme en aquella postura toda la maldita noche, porque no lograba despertarme. Al amanecer, por fin había cedido a sus pellizcos y había entreabierto los ojos.

Había tardado un rato en enterarme de dónde estaba y qué había pasado.

–Estabas borracho, Rob –me había explicado Lana con el ceño fruncido y cara de cansancio. Parecía bastante enfadada–, y tengo un dolor de espalda increíble.

Me ahorré decirle que a mí me dolía la cabeza como si estuviesen golpeándomela con un martillo de acero. En cambio le pedí disculpas, torpemente, la verdad. Y me largué prometiéndole que la compensaría.

No parecía importarle un pimiento mi compensación.

La había fastidiado con ella, seguro.

Dando tiritonas y maldiciendo todo lo que se me pasaba por la mente, llegué nadando hasta mi tejado, donde me monté en *Ariel* al tiempo que el cielo comenzaba a teñirse de amarillo.

Aparecí en el tejado de Marcos cuando solo Sheila estaba despierta, tomándose un café y leyendo con los pies sobre la barandilla. Sheila es genial porque no necesita hacer preguntas para saber lo que ha pasado.

–Échate un café, Rob –me sonrió compasiva–. Voy a despertar a Marcos.

En cuanto les hube contado a mis amigos mis últimos descubrimientos –ahorrándome lo de Tobías y Lana porque era demasiado temprano para decirlo en voz alta–, todo empezó a acelerarse. Se escapó de mis manos.

Ni siquiera había podido ayudar a movilizar al personal.

Natalia creía que teníamos que actuar cuanto antes, que si los chicos de Gino tenían ese acuerdo con Nicolás Garrido, nosotros no podíamos quedarnos atrás, mucho menos si Gino y Mamá Medusa pensaban aliarse. Casarse, más concretamente. Era como una lluvia de malas noticias.

–Sabía yo que ese Nicolás Garrido no era trigo limpio... –renegó Marcos–. Ya nos podía haber ofrecido a nosotros dinero para comprar un barco.

–¡No nombres el dinero en esta casa! –lo amonestó Sheila, avergonzada.

Me dolía demasiado la cabeza.

José, Natalia y Marcos habían salido para recoger a algunos ingenieros y a alguien de la pandilla de Claudia y Fran, con los que también tendríamos que contar si queríamos hacernos con la caza de la ferretería.

Los planes debían ponerse en práctica cuanto antes, aprovechando los dos días que los chicos de Gino estarían trabajando esa semana peinando el fondo del mar en busca de la piedra rosa. De la piedra rosa, concretamente, no les hablé. Les dije que lo que quería el documentalista era una escultura de un tipo desnudo sujetando un reloj.

Fue lo primero que se me ocurrió.

Rafa y Claudia llegaron enseguida, en *Ariel*, porque se la había prestado a José para que se acercase al tejado de los cazadores más jóvenes. La jefa de la banda había insistido en pasar también a recoger a mi mejor amigo.

Si no hubiese tenido el dolor de cabeza que tenía, habría reparado en que el hecho de que Claudia quisiese pasar a por Rafa era esperanzador para su vida amorosa.

Pero no estaba para esos menesteres.

Entre los latidos intensos de mis sienes solo se colaba la cara de Lana.

Su posible boda con Tobías –no las tenía todas conmigo al respecto– y el hecho de que aún no le había pedido las botellas para toda la banda.

–No te preocupes por las botellas –intentó tranquilizarme Rafa cuando le hube contado más o menos toda la historia–. Si Gino y Mamá Medusa planean una boda, no es aconsejable mezclarlas en esto.

–Puedes decir que no le comentaste nada a Lana justo porque pensaste que era arriesgado –apostilló Claudia para animarme.

–Dice que no cree en el amor –solté cerrando los ojos, porque me molestaba la luz del sol que empezaba a elevarse poco a poco en el cielo.

Claudia se rio sin compasión, aunque paró en cuanto le dediqué una mirada asesina.

–No tiene gracia –me defendió Rafa, que aunque odiaba que hablásemos de cosas del corazón, sabía cuándo tenía que ponerse de mi parte–. El amor es una cosa seria.

Creo que esa frase no mejoró las cosas, porque Claudia se rio aún más.

–Vaya dos románticos –sonrió, haciendo que Rafa frunciese el ceño, confundido–. Lana no cree en el amor porque lleva mucho tiempo enamorada sin que le hagan caso –soltó categórica–. Así cualquiera dejaría de confiar en sentimientos tan elevados.

Yo iba a cámara lenta, me costaba filtrar. Por eso no pude hacer la pregunta que hizo Rafa:

–¿Lana lleva mucho tiempo enamorada? ¿De quién?

–De Tobías... –murmuré renegando y agarrándome la cabeza con las manos.

Mi vida era un desastre.

Gino me había besado. Lana amaba a otro.

–Eres un poco imbécil, Rob –se rio Claudia.

Era la segunda vez que escuchaba esa acusación en menos de veinticuatro horas. Si volvía a escucharla antes de que acabase el día, significaría que era cierta.

–Lana no está enamorada de Tobías –explicó mi amiga cuando vio que ni Rafa ni yo reaccionábamos.

–Entonces, ¿de quién? –preguntó él, confundido.

Claudia lo miró a los ojos con una intensidad que hasta me sacó de mi letargo.

Me dieron ganas de dar un codazo a Rafa. Así, en plan «espabila, tío», Claudia trata de decirte algo con la mirada.

Pero me corté porque daba un poco de pudor ser testigo de algo así.

–No os enteráis de nada vosotros dos, ¿verdad? –se burló por fin mi amiga, levantándose de un salto porque acababa de llegar el catamarán de Marcos.

10

Afortunadamente, Marcos no me hizo hablar demasiado.

Antes de que el sol estuviese sobre nuestras cabezas, expuso el plan a la representación de los ingenieros y de la banda de los cazadores más jóvenes.

Habló del prometedor almacén, de sus planes para el Pulpo de Tres Patas, de la alianza entre los chicos de Gino y las Medusas –aquí se armó un poco de revuelo, porque Mateo no daba crédito y aseguraba que era imposible–, de la urgencia del negocio... Vamos, que habló de todo.

Yo me bebí dos cafés y un litro de agua.

Sentado a la sombra como un pobre diablo.

Natalia me miraba cada dos por tres, concentrada.

Cuando empezaron los debates para decidir quién facilitaría el oxígeno, cómo se harían las cadenas de trabajo, a qué hora empezarían las inmersiones y demás, se acercó y se sentó a mi lado.

–A ti te preocupa otra cosa –me acusó, consciente de que mi triste fachada nada tenía que ver con el próximo golpe ni con la boda de Mamá Medusa.

La miré sopesándola.

Era Natalia, no se estaría riendo de mí durante tres semanas.

–Es Lana, ¿verdad? –insistió al verme dudar.

–Ayer me enteré de que Tobías va a proponerle matrimonio –solté, porque no podía callármelo más o me iba a volver loco.

Seguro que Natalia le quitaría hierro al asunto.

Pero no fue así.

–¿Que dices que qué? –inquirió con voz aguda y enrojeciendo por momentos.

Me sentí como si me la hubiese cargado, pero con gravedad.

–Bueno, es algo que escuché ayer, cuando espiaba a Gino... –intenté defenderme, porque Natalia clavaba sus manos en mis hombros para que la mirase a los ojos–. No tiene por qué ser verdad...

–¡Claro que no es verdad! –soltó una carcajada cargada de veneno y me liberó. Después se quedó mirando al infinito y repitió mis palabras con un murmullo–. No tiene por qué ser verdad...

En ese momento apareció una cabeza más allá de la barandilla.

Era Carmen, con su cara morena y un gesto de auténtica curiosidad.

–Seguro que es un cuento –tranquilicé a Natalia señalándole a la chiquilla, que ya se encaramaba con torpeza para subir a la terraza, para que se distrajese de sus extraños pensamientos.

Vi en la cara de Marcos que iba a quejarse porque cada vez éramos más en el tejado e íbamos a llamar la atención de los chicos de Gino, pero entonces Carmen se adelantó, saludando con la mano a todos los que la miraban.

–¡Noticias importantes! –exclamó saltando de un pie a otro–. ¡Todos los Gino están sumergidos!

–¿Todos los Gino están sumergidos? –inquirió Claudia para intentar traducir a la chiquilla.

–Menos el propio Gino, que está en el tejado de las Medusas –asintió ella con nueva confianza–. Se oyen gritos, pero no se entienden bien –aclaró–. ¡Pero los demás están cazando! Me dijiste que los vigilase, Claudia, y los he vigilado muy bien –se enorgulleció dándose un golpecito en el pecho–. Tienen equipos buenos.

Natalia me miró al mismo tiempo que Marcos y Rafa.

Eso significaba que estaban trabajando con Mamá Medusa.

Eso significaba que habían comenzado a peinar el mar en busca de la piedra rosa que yo llevaba en el bolsillo.

Eso significaba que necesitábamos otro proveedor de botellas de oxígeno.

Lo que no imaginé entonces es que fuésemos a contar con la ayuda de Ocean's Way.

11

Nos organizamos durante todo el día.

Marcos, empeñado en ser el responsable primero de la operación, y en que le debiesen algunos favores, llevó las últimas pulseras que le quedaban de la casa del joyero a la zona donde los barcos de turistas solían atracar para hacer un descanso y tomar fotografías. Allí cambió nuestro tesoro por asqueroso dinero para poder alquilar equipo a Ocean's Way.

Rafa y Mateo se encargaron de movilizar a los ingenieros y a sus familias para que estuviesen listos en cuanto cayese la noche, para sacar del fondo del mar todo el material que ansiábamos. Consiguieron tres barcos, lo que no estaba nada mal si se les añadían las pequeñas balsas de los ingenieros como remolques.

Claudia y Fran cancelaron todas las cazas del día y se apostaron para vigilar a los chicos de Gino, aunque también le echaron un ojo al resto de cazadores profesionales y confirmaron que los hermanos Pomar estaban demasiado ocupados con el encargo de una familia de tierra firme. Los Tiburones, por su parte, tenían una reunión con un comprador de arte y habían invitado a Greg para que los ayudase con lo que no comprendían.

Natalia y Sheila se encargaron de copiar las cartas de navegación para que todos supiesen llegar al punto indicado.

¿Que qué hice yo?

A mí me mandaron a acostarme.

No contaban conmigo hasta las diez de la noche.

Genial.

72

El rugido de mis tripas me despertó a media tarde.

El dolor de cabeza había remitido y me sentía mucho mejor.

Alguien debía haber pasado por mi terraza, porque tenía un sándwich liado en papel de plata encima de mi sillón. Seguro que había sido Sheila, ella siempre se acordaba de cosas así.

Me lo comí en tres bocados y me bebí cuatro vasos de agua.

Cuando me miré en el espejo daba pena. Tenía las ojeras más grandes de mi vida y una cara de vencido sin parangón.

–¡Qué asco! –murmuré.

Por puro impulso, palpé la piedra rosa en el bolsillo de mi bañador y deseé ser Tobías.

Sí.

Deja de preguntártelo.

Estaba descubriendo a mi yo más patético.

Me miré en el espejo.

Llevaba el uniforme de las Medusas y el pelo despeinado cayéndome sobre la frente, desenfadado. Era alto y, aunque no parecía muy fornido, sí que me sentía fuerte y enérgico.

La verdad es que en ese momento lo preferí a mi propio cuerpo.

Pero eso me dio más rabia aún y volví a ser yo.

Observé el cielo y pensé que debían ser las ocho de la tarde aproximadamente, por la altura del sol.

Todavía tenía tiempo de acercarme a ver a Lana, no sabía muy bien para qué, si no iba a pedirle botellas de oxígeno y ella me odiaba. Pero necesitaba verla.

Sentí la fidelidad de *Ariel* en cuanto la desaté. Eso me reconfortó, me hizo recordar quién era y por qué vivía así.

Era un lobo de mar.

Las chicas no importaban tanto.

¿Verdad?

No tardé mucho en llegar porque tenía la marea favorable. Esta vez me cuidé de no ser visto por Mamá Medusa, aunque sabía que a aquella hora ya habría cerrado el negocio.

Tenía que ser rápido para volver al tejado de Marcos.

Un saludo y poco más.

Amarré a *Ariel* en uno de los embarcaderos más alejados de la zona del tejado donde vivían las Medusas y me bajé, pensando cómo iba a conseguir llamar a Lana sin despertar la atención de nadie más.

Me acerqué al balcón más cercano y, cuando estaba a punto de encaramarme a la escalerilla de cuerda, escuché que me chistaban.

Lana asomaba por el balcón contiguo, con un libro entre las manos y el pelo recogido en una trenza larga.

–Sabía que vendrías –dijo sin más, con total naturalidad.

Me la quedé mirando como petrificado. ¿Estaba enfadada o no?

–Hola... –saludé incómodo.

De pronto no sabía qué decir ni qué hacer.

–¿Te encuentras mejor? Ya sabes... el alcohol y eso –intentó bromear señalándome con el libro.

–Bueno... yo... lo siento, Lana... de verdad... siento el espectáculo.

Ahí estaba, eso era lo que tenía que decir.

Enhorabuena, Rob, puedes ser un caballero.

Quería aplaudirme a mí mismo.

–Yo siento lo de esta mañana, me has dado una noche horrible –se disculpó ella también–. Todavía me duele la espalda. Estuve horas rumiando lo de la boda de mi madre.

Al decir «boda», puso cara de asco.

–Estaba enfadada... –confesó.

Lana se había disculpado conmigo.

Me quedé pasmado.

–¡Pero te tengo que dar las gracias! –se rio, hablando un poco más bajo y señalando al tejado–. No sé lo que le dijiste a Gino, pero esta mañana ha venido, y mi madre y él han discutido a gritos... –no pudo evitar dejar escapar una carcajada alegre–. Al final le ha dejado los equipos de buceo que necesitaba, pero está hecha un basilisco desde que él se fue... ¿Crees que a lo mejor se lo pensará y cancelará la boda?

Tardé un poco en filtrar la información. Pero era fácil suponer que Mamá Medusa se hubiese inquietado bastante si Gino le había referido la cena del día anterior... Habría sido un jaleo tremendo.

Gino, ¿por qué no me hiciste caso y te quedaste con la boca cerrada? ¡Te di un buen consejo antes de irme!

–Sí, a lo mejor se lo piensa mejor... –mentí, porque la verdad es que tenía la sensación de que una simple discusión no estropearía el gran amor entre aquellos dos caramelitos.

–¡Lana, mamá te está buscando! –gritó Judit desde el tejado.

Cuando levanté la mirada, me saludó con la mano e hizo el gesto de que guardase silencio.

–¡Dile que subo por las escaleras de dentro! –respondió Lana con prisa, y se volvió hacia mí–. Mejor que no te vea.

–Sí, mejor me largo –contesté un poco nervioso. No quería empeorarlo más con Mamá Medusa–. Oye, pásate mañana a desayunar al tejado de Sheila –le dije sin pensármelo.

–¿A desayunar? –se extrañó, aunque noté que le gustaba la idea.

–Sí, es una sorpresa –asentí como un idiota.

Y como un idiota llegué al tejado de mi amigo aquella noche.

73

La operación almacén olvidado fue un éxito.

Tardamos dos noches en llevarnos las cosas de más valor, y algunos días más para conseguir el material que habíamos dejado. Los chicos de Gino estaban tan ocupados en su propia tarea que no nos hicieron caso. De hecho, creo que no se enteraron hasta cuatro o cinco días después, porque aprovechábamos sus horas de descanso para trabajar. Supongo que el que todos estuviésemos durmiendo durante el día los hizo sospechar.

El domingo, en el almuerzo comunitario, Gino nos acusó de traidores y de trabajar a escondidas como ladrones, aunque nadie se lo tomó en serio y él no puso demasiado interés en la discusión. Se le veía cabizbajo y Mamá Medusa no apareció.

El almacén había resultado un sueño hecho realidad.

Los ingenieros no daban crédito. Cantidades ingentes de material estaban perfectamente empaquetadas y el mar no había logrado corroer más que las etiquetas exteriores.

–Eso va a ser un problema –insistía Rafa, que quería hacer constar que, aunque contento, no dejaba de preocuparse por cosas serias–, porque podemos equivocarnos con los productos químicos.

Era genial oírlo decir cosas así: «productos químicos».

Mi amigo sonaba muy profesional.

Marcos estaba pletórico. Creo que nunca lo había visto tan contento. Parecía que iba a ponerse a cantar en cualquier momento. Daba gusto mirarlo.

No paraba de agradecerle a Natalia su labor de coordinación de la operación, de dar palmaditas en la espalda de Mateo el ingeniero, su principal cliente, de bendecir a Claudia y Fran por su participación.

A mí, simplemente, me adoraba.

–¡Gracias a tu enfermedad! –me decía abrazándome con enormes sonrisas–. ¡Tú descubriste el almacén!

–Gracias a los minutos que Natalia aguanta bajo el agua –le recordaba yo, porque Nicolás Garrido había sido el que nos había conseguido los planos.

La verdad es que daba igual, porque Marcos tenía motivos para dar las gracias a todo el mundo. Hasta estuvo especialmente amable con Ocean's Way, tanto que nos hicieron rebaja en los equipos que nos alquilaron.

Habíamos sido una cadena humana perfecta, usando las linternas acuáticas de los ingenieros para marcar las zonas de interés y para vernos bajo el agua, compartiendo oxígeno y turnándonos cuando era necesario. La dulce gravedad estaba de nuestra parte, y su levedad en el mar, junto con una pequeña grúa casera instalada en el barco más grande, nos ayudó a izar los paneles más pesados o la maquinaria que creíamos podría tener salvación.

Fue un trabajo lento, pero seguro.

Todos los chicos de Claudia y Fran participaron, demostrando que podían ser de gran utilidad a la comunidad si les daban una oportunidad. Buceaban como fieras y conseguían meterse por los recovecos más insospechados. Era una alegría ver a Carmen trabajando, haciendo que su apariencia frágil perdiese consistencia.

Ahora pienso en esa sensación absurda que tuve cuando, al girarme para comprobar si se las apañaba bien llevando a la superficie cajas de plástico llenas de clavos, la vi rodeada de peces, como si los pequeños animales estuviesen ayudándola a cargar con su parte. Era increíble verla rodeada de bancos rápidos de peces que se cruzaban en su camino, casi elevándola.

Si Nicolás Garrido hubiese estado allí con su cámara, la pequeña Carmen habría hecho las delicias del documentalista.

Pero Nicolás Garrido debía estar durmiendo en tierra firme mientras nosotros nos rompíamos las costillas buceando.

Nicolás Garrido debía estar soñando con la piedra rosa que tanto ansiaba.

¿Habrían encontrado algo los chicos de Gino? Dentro de mí sabía que la piedra rosa no se dejaría encontrar por ellos. Aunque me inquietaba que se hubiese dejado encontrar por mí.

En las madrugadas, cuando volvíamos hacia el tejado de Marcos con los barcos cargados y el cansancio de toda la noche, veíamos cómo el cielo se preñaba de estrellas que buscaban su réplica en las aguas. Era tan impresionante que guardábamos silencio y solo se escuchaban las olas lentas contra las embarcaciones.

Entonces se me olvidaba Nicolás Garrido y se me olvidaba la piedra rosa.

Entonces pensaba en Lana, en que me gustaría que estuviese allí con nosotros, sintiéndose realizada después del trabajo, viendo el cielo inmenso cargado de promesas. Y me reconfortaba saber que la encontraría en la terraza de Sheila, escapándose para acompañarnos en el desayuno.

A Marcos no le hizo mucha gracia verla allí la primera mañana, cuando acudió a la cita que le había propuesto la tarde anterior; pero le prometí que Lana no diría nada y ya no volvió a quejarse. Si soy sincero, creo que Sheila también le echó un discursito para que no fuese tan cazurro.

Sheila siempre está en todo, es su especialidad.

–Y esto es lo que os traíais entre manos –había dicho Lana después de escuchar mi historia, señalando el material que habíamos descargado de los barcos y sobre el que discutían Natalia y Marcos con los ingenieros–. Este era el plan de tu amigo para conseguir un empujón y hacerse cazador profesional.

–Espero que funcione –le había contestado, porque aún necesitaba algo más que material para lanzar su carrera: necesitaba contactos y la confianza de la gente–. Por ahora se ha ganado a los ingenieros.

–Y a los cazadores más pequeños... –comentó ella.

–Bueno, a esos nadie los toma en serio –me quejé mirando a Carmen, que se comía un trozo de pan con chocolate mientras presumía ante los hijos de mis amigos.

–Pues mal hecho –Lana me miró convencida–. Son los cazadores de mañana. Todos deberíamos hacerles más caso y educarlos bien, para que sean los mejores y nuestro pueblo prospere.

Me había dejado anonadado.

¿Sabes ese momento en que te gusta una chica y solo con verla parece que se detiene el mundo?

Perfecto.

Pero ¿sabes ese momento en que la chica que detiene el mundo comienza a hablar y te demuestra que puede enseñarte millones de cosas?

Pues yo estaba viviendo justo ese momento. ¡Lana me parecía tan lista...!

Le hubiese dado una placa, puesto una calle, erigido una biblioteca, comprado una fuente, dedicado un gol...

–¿Ha gritado más Mamá Medusa? –había preguntado Carmen, interrumpiendo mi ensimismamiento.

Lana se había reído, y su cara de salvadora de la humanidad y protectora del futuro había desaparecido para ser la de una temible conspiradora.

–¿La escuchaste ayer, Carmen? –le preguntó a la niña, que había decidido que quería sentarse entre nosotros.

–Claro –confesó sin más–, os estaba vigilando. Gino se puso rojo. ¿Iba a explotar?

Lana no se aguantaba las carcajadas.

De pronto se me quitaron un poco las ganas de esculpir una estatua con su cara.

Lo confieso: me daba pena Mamá Medusa.

Y me daba pena Gino.

¡Y no tenía nada que ver con que me hubiese besado!

–Eso espero: que exploten los dos y se les quite la idea de casarse y casar a los demás –respondió Lana después de reírse alegremente.

Fruncí el ceño pensando en Tobías y mi compasión por Mamá Medusa se esfumó.

–Las bodas hacen feliz a la gente –sentenció Carmen apoyándose en mí y dándome golpecitos significativos en la pierna–. Es bonito ser feliz –continuó, mirándome con un pestañeo inconfundible.

–¡Vaya, Carmen! –se sorprendió Lana entre carcajadas, mientras yo intentaba entender si una niña de siete años me estaba tirando los trastos–. Se ve que estás enamorada.

–¡Sí! No ibas a ser tú la única –la cortó desafiante la pequeña.

¿Cómo había cambiado así mi suerte?

De no comerme una rosca, pasaba a tener una cena romántica con Gino y a ser el príncipe azul de una mocosa.

Definitivamente, mi vida iba a mejor.

74

Como he dicho antes, Gino se mostró algo ofendido en el almuerzo del domingo.

Está claro que nadie le hizo verdadero caso, porque no tenía de qué quejarse. Él era el primero que mandaba a sus chicos a fastidiarnos la caza.

Así se lo dijo Marcos:

–Para que aprendas a no tener a Lolo y Bruno colgados de mi espalda –le espetó cuando el otro se quejaba ofendido.

–¿Cómo no los voy a tener encima de ti, eh? –se sorprendió Gino indignado–. ¡Mira lo que me haces en cuanto te libero!

–Vamos, Gino –lo calmó Angelina llevándole un cuenco con pasta a la boloñesa para que cerrase la boca mientras masticaba–, ya sabes que los domingos no se habla de negocios.

Era una regla de Gabriel que aún respetábamos. Los domingos solo se podía hablar de la familia y de la comunidad. Si no, habría sido imposible mantener la cita.

Pobre Gino. Se lo veía destrozado.

Cada vez que se escuchaba una moto de agua, él levantaba la cabeza con esperanza, como un chiquillo que espera que su madre le levante un castigo.

Pero la primera en llegar en moto fue Arancha, con un guisado de ternera con verduras que hizo las delicias de todos los presentes. En representación de los Tiburones, les dio la enhorabuena a Marcos y Natalia, felicitándolos por su buen golpe. Sé que les estuvo regalando algunos consejos sobre cómo hacerse profesionales y los hizo prometer que no le dirían nada a Luke ni a Rayan de aquella conversación.

Así es Arancha, una persona coherente donde las haya, a la que no se le ha subido el éxito a la cabeza.

La segunda moto fue la de Lana y Judit, que traían pastel, pero no a Mamá Medusa.

Imagina la cara de Gino.

Hasta se acercó a preguntarles por su madre.

–¿Y a ti qué, Gino? –soltó Lana, avergonzándome un poco.

–Mujer, por la comunidad, por la comunidad... –respondió el pobre diablo encogiéndose de hombros.

Judit se acercó a él mientras su hermana ponía el pastel en la mesa. La escuché perfectamente decirle:

–Las rosas son preciosas, Gino –y la vi darle un golpecito cariñoso en el brazo antes de alejarse para que no la pillase su hermana.

Lana me sonrió mientras conversaba con Sheila y Greg de vete tú a saber qué cosa.

Estaba a punto de levantarme para ir con ella cuando Carmen se me colgó del cuello.

–¿Sabes, Rob? –empezó, encaramándose a mí como un monillo–. Las personas malas como Lana no tienen pena cuando se rompe un corazón como el de Gino.

Alucinaba con la niña.

¿Tenía un radar o un sexto sentido?

–Lana no es mala, Carmen –la corregí soltándola de mi cuello y dejándola en el suelo.

–Tú eres bueno, Rob –me dijo poniéndome ojitos de nuevo–. Seguro que tú harías lo correcto.

Y se largó sin más a por una patata frita.

En serio, esa niña me dejó de piedra.

Volví a mirar a Gino, cabizbajo, sentado en un rincón acompañado por Billi, que parecía contarle chistes que solo le hacían gracia a él.

Lana volvió a sonreírme con complicidad desde su conversación con mis amigos.

Maldita Carmen. Tenía que hacer algo.

75

–Arancha, ¿me dejas tu moto un segundo? Tengo que ir a mi tejado –la interrumpí mientras hablaba con Marcos y Natalia–. Creo que me he dejado el fuego encendido.

–Tú no tienes fuego, Rob –se extrañó Marcos frunciendo el ceño–. Siéntate y escucha todo esto, que también te afecta a ti.

–Tengo un hornillo –corregí insistente.

–¿Te has dejado el hornillo encendido y no te has dado cuenta? –se metió también Natalia, dándome caña como siempre que dejaba a su hermano colgado.

Pero entonces se escuchó otra moto, y la observé levantar la cabeza con la misma ansiedad que Gino. Se había olvidado de mí.

Era Tobías, que llegaba con unas cervezas.

–Ahora vengo –Natalia se levantó de un salto.

–¿Me dejas entonces la moto? –volví a preguntar a Arancha, aprovechando la interrupción.

Si Tobías estaba allí, no quería perderme detalle.

Tenía que irme y volver cuanto antes.

–Claro, Rob –sonrió ella antes de que Marcos tuviese tiempo de replicar–. Sabes que haría cualquier cosa por ti, bombón.

–Nuestro amor es imposible –sonreí cogiendo las llaves con cierta chulería.

Ella se rio tan alto que Lana se giró hacia nosotros justo cuando me palmeaba el trasero para que me largara.

¿Es que mi culo tenía un imán últimamente?

Puse gesto de sorpresa y culpabilidad para que Lana entendiese que no me había gustado nada esa cachetada, e intenté enseñarle las llaves y hacer un gesto de «te veo luego», pero Lana se dio la vuelta como una centella, aún más roja que yo.

¡Demasiados problemas que solucionar!

Salté al embarcadero, donde Natalia miraba al infinito mientras Tobías aparcaba su moto.

–Hasta ahora –saludé incómodo, y arranqué la moto de Arancha.

No tenía tiempo que perder.

Carmen tenía razón: debía hacer lo correcto.

Aunque Lana estuviese con Tobías mientras yo me largaba.

Aunque Marcos quisiera que me quedase.

La había fastidiado entre Gino y Mamá Medusa y tenía que arreglarlo.

En cuanto me acerqué al edificio de las Medusas, paré un poco la moto y cogí la piedra rosa de mi bolsillo.

Miré a los lados para asegurarme de que nadie me había seguido.

–Deseo ser Gino –dije en un susurro, y en el acto noté cómo mi barriga se ampliaba, mis manos se llenaban de pelos y mi cuerpo se hacía más pesado y sudoroso bajo el traje de chaqueta de rigor.

Perfecto, tenía exactamente la misma ropa que el gran seductor de las mareas.

¡Por favor, que aquella locura saliese bien! ¡Que no la fastidiase más!

16

–¿Caramelito? –inquirí intentando imitar el tono de Gino cuando me había recibido en su tejado.

El simple hecho de escucharme me produjo un escalofrío.

Estaba plantado al lado de la escalera de cuerda en el tejado de las Medusas, bañado en sudor después de ascender con esa barriga tan incómoda y el dichoso traje.

Me limpié la frente con la corbata y repetí mi llamada un poco más alto:

–¿Caramelito?

No había moros en la costa.

Lana y Judit estaban en el tejado de Gabriel; hasta Tobías me había despejado el camino. Tenía que ser rápido, suplicarle a Mamá Medusa su perdón y largarme.

Ya me inventaría cómo convencer a Gino de que las cosas iban mejor.

Hablaría con Lolo y Bruno si hacía falta.

Sí, yo también creo que me estaba volviendo loco.

–¿Qué haces ahí parado? –me sorprendió la voz grave de Mamá Medusa.

Había aparecido detrás de unos muebles apilados y me miraba como si yo fuese el mayor patán de la zona. Que lo era, supongo.

–Caramelito, tenemos que hablar –susurré, algo acobardado.

La verdad es que no me atrevía ni a dar un paso.

Juro que esa mujer impone una barbaridad.

–¿Hablar contigo? –se pavoneó Mamá Medusa–. ¡Ni hablar!

¡Socorro!

–Pero tengo que disculparme, caramelito –contraataqué dando un paso tembloroso al frente–. Todo es un error, culpa mía... ¡Soy un miserable! ¡Un pobre diablo! ¡No te merezco! ¡Debes perdonarme!

Me salió todo del tirón, no sé dónde lo habría leído.

–¡Claro que eres un miserable! –se jactó ella.

Era dura de roer.

Piensa, Rob, piensa rápido.

Me hinqué de rodillas.

–*Si de nuestros agravios* –comencé a recitar como si me fuese la vida en ello– *en un libro se escribiese la historia* –continué, elevando un brazo hacia ella y posando el otro en mi corazón, maldiciéndome por estar recitándole aquel poema de Bécquer a esa mujer en vez de a mi novia– *y se borrase en nuestras almas cuanto se borrase en sus hojas...* –confesé con honda y fingida melancolía–. *¡Te quiero tanto aún!* –grité levantándome y yendo hacia Mamá Medusa, que me miraba petrificada–. *¡Dejó en mi pecho tu amor huellas tan hondas... que solo con que tú borrases una, las borraba yo todas!*

Para darle más emoción al momento, le cogí una mano y la miré a los ojos con intensidad.

Reparé en que Lana tenía los ojos de su madre.

Reparé también en que Mamá Medusa tenía un corazón enorme, y me pregunté por qué lo escondería de todos con sus gritos y su prepotencia.

–Oh, Gino... –dijo de pronto, derritiéndose, como si no pudiese hacer nada contra mi poesía.

Vale, el trabajo ya estaba hecho.

Si no quería volver a recibir un beso asqueroso, tenía que largarme.

–Cena conmigo el miércoles –ataqué besándole la mano y retirándome hacia la escalerilla–. Lo arreglaremos todo, pichón mío. Dame una oportunidad.

Mamá Medusa asintió, llevándose la mano que le había besado al corazón.

¿Por qué no tenía el mismo éxito con la chica que me gustaba?

77

Quizá porque con Lana era un auténtico cobarde.

78

Un auténtico y patético cobarde.

79

De vuelta en el tejado de Gabriel, le devolví las llaves a Arancha, que charlaba con Luke. Le di las gracias y me quité de en medio mientras él le preguntaba con malas pulgas qué demonios hacía yo con su moto.

Me acerqué a Lana y Sheila, que seguían hablando juntas.

Noté que Lana se tensaba.

–Bueno, Rob –se alegró Sheila, acercándome una banqueta vacía–, ¿vienes a premiarnos con tu presencia?

Me aparté el pelo de la cara sonriendo agradecid[illegible]

–He tenido que ir a mi casa por una urgencia –[illegible]a-mente.

Lana no dijo ni mu.

Miré a la gente congregada y reparé en que Tobías había desaparecido.

Estaba de suerte: si Lana había estado con Sheila, no habrían hablado nada de nada.

Aunque no sé por qué me importaba eso, cuando estaban juntos todo el santo día. Supongo que el éxito con Mamá Medusa me hacía sentirme poderoso.

Un *latin lover*.

O algo así.

–¿Y Tobías? –inquirí con desenfado–. No lo veo por aquí.

–¿Y Arancha? ¿Te presta mucho la moto? –se interesó Lana, acerada.

–¡Huy, José, no le hagas eso a tu hermana! –chilló Sheila, levantándose de un salto y acercándose a sus hijos, que coloreaban tranquilos en un rincón.

Eso se llama escapar antes de que la bomba explote.

Lana y yo nos quedamos callados.

La estúpida idea de que aquello era más incómodo que ser Gino me asaltó en el acto.

–¿Terminaste el libro de Jane Austen? –inquirí con mi tono más inocente, intentando romper el hielo con otro tema–. Por si me lo prestas.

Lana pareció dudar unos segundos.

Después clavó en mí su mirada transparente.

Los mismos ojos de su madre.

Y pensé si debía recitarle otro poema.

–Lo he terminado, Rob –confesó vencida, y amagó una sonrisa–. Quizá deberías leerlo poniéndote en la piel de Elizabeht.

–Puedo pasar a recogerlo, casi he acabado *Los Miserables* –contesté con alegría. La conversación se estaba salvando.

Todo podía ser un éxito.

El Pulpo de Tres Patas para Marcos.

La boda de Mamá Medusa y Gino.

Lana enamorada de mí.

–¡Rob! ¿Dónde estabas? –Carmen nos interrumpió de nuevo.

¡Qué chiquilla más metomentodo!

–Te he buscado por arriba y por abajo –continuó apartando un poco a Lana y sentándose en mis rodillas con desenfado–. Greg me ha contado una historia alucinante de magia marina... ¿Te la cuento?

Claudia se acercó con cara de mala y abrazó a Lana con camaradería.

–Este Rob está hecho un rompecorazones, ¿eh, Lana? –bromeó haciendo que Lana enrojeciese y le diese un codazo.

Carmen se las quedó mirando unos segundos, como si fuesen tontas.

Así de simple, así de claro.

Después hizo un ruidito con la lengua y se giró hacia mí:

–¿Te lo cuento o no?

No pude evitar reírme con las chicas.

80

Los días siguientes lo tuve muy difícil para escaparme de Carmen.

La maldita chiquilla se había convertido en mi sombra, y siempre que intentaba acercarme a ver a Lana o, lo que era peor, transformarme en Bruno o Lolo para ir a hablar con Gino y avisarlo de la cena del miércoles, allí estaba ella, tan fresca.

Surgía de la nada, lo juro.

Llegué a pensar que tenía un radar mágico o algún sexto sentido para localizarme. Daba igual si navegaba en *Ariel* o si intentaba acercarme nadando a cualquier sitio. Cuando menos me lo esperaba, aparecían su cabeza morena y su mirada caprichosa.

Me daba unos sustos de muerte.

Estuve a punto de transformarme en sus mismas narices.

Bruno y Lolo habían vuelto a perseguir a Marcos y Natalia, hasta los acompañaban cuando no estaban buceando. Los seguían a los tratos con los turistas, a sus visitas a los ingenieros y a los encuentros con los anticuarios.

Yo intentaba aprovechar esos momentos para escaparme, transformarme en uno de ellos y contarle a Gino que Mamá Medusa quería cenar con él, pero no había manera. ¡Hasta cuando intentaba largarme de mi tejado en plena noche, aparecía la santa mocosa con un recado absurdo!

–Dice Claudia que gracias por ayudarlos siempre –soltaba.

O:

–¿Qué tal, Rob? Estoy nadando.

Al final no tuve más remedio que acercarme de verdad a Bruno mientras Marcos y Natalia negociaban una caza con un turista que decía haberse criado en el pueblo inundado. Creo que quería recuperar una caja con juguetes antiguos.

Lolo me miró como si estuviese saltándome todas las reglas que rigen el maldito universo.

–Eh –le dije a Bruno haciéndole una señal para que se acercase.

No sé por qué lo elegí a él en lugar de a Lolo. Supongo que porque tenía cara de ser un poco más avispado.

Bruno acercó el patín y yo me pegué a ellos con *Ariel*, por su lado.

–Tengo un plan para que Mamá Medusa y Gino hagan las paces –solté de sopetón.

–¿Qué narices sabes tú de Gino, comepapas? –me espetó Lolo con su voz nasal e incómoda.

–Cállate, Lolo –lo detuvo Bruno dándole un golpe en el pecho–. La felicidad del jefe es lo primero.

Me sorprendió tanto su frase que sentí verdadera compasión por esos pobres diablos.

–¿Qué sabes tú de Gino y Mamá Medusa? –preguntó Bruno, interesado.

Le conté una trola.

Vamos, una trola fantástica.

Le dije que Lana era mi novia y que me había contado que Gino y Mamá Medusa se habían peleado, que estaba preocupada y habíamos estado calentándonos la cabeza para trazar un plan que los reconciliase.

Sí, lo mejor de mi mentira era lo de ser novio de Lana.

Cuando lo dije en voz alta, pensé que sonaba increíblemente bien.

Y se lo tragaron.

Bueno, casi.

–¿Pero Lana no va a casarse con Tobías? –volvió a meterse Lolo, y esta vez me dieron ganas de arrearle el golpe yo.

–¿Y cuál es el plan? –insistió Bruno sin hacer caso de su compañero.

–Tenéis que decirle a Gino que Mamá Medusa quiere ir a cenar el miércoles, que es una cena de reconciliación, pero que va a hacerse la dura –puntualicé improvisando sobre la marcha–. Que Mamá Medusa cree que la idea ha sido de Gino y que debe aprenderse unos cuantos poemas de amor para recitárselos.

–¿Poemas de amor? –se burló Lolo con una risita estúpida.

–¡Eres un insensible, Lolo! –lo atacó Bruno–. Tienes el corazón más duro que una langosta.

Lolo seguía riéndose, pero Bruno estaba concentrado en el plan.

–¿De dónde sacamos poemas de amor? –inquirió preocupado.

–Sheila tiene millones de libros. Se los pedís a ella...

–No nos los va a dejar, porque no dejamos a su marido en paz –asumió Bruno con sinceridad.

–¡Son unos traidores! –lo corrigió Lolo esta vez, como si se avergonzase de la bondad de su compañero–. ¡Y son órdenes de Gino!

–Pero es más importante la felicidad de Gino... –insistió Bruno–. Le diremos lo de los poemas –afirmó volviéndose hacia mí–. Gracias, Rob, eres un buen tío.

–¡Ni se te ocurra decir nada de Lana o de mí! –amenacé, intentando no enternecerme con aquel mamotreto que me había hecho la vida imposible en más de una ocasión.

–Y podemos intentar daros más cancha... –continuó Bruno enrojeciendo un poco–. No sé... aparecer un poco más tarde para que os dé tiempo a despistarnos un rato.

Aquel hombre se había propuesto llegarme al corazón.

Diantres.

–Tú también eres un buen tío, Bruno –tuve que decir, absolutamente vencido.

Lolo puso los ojos en blanco.

–Mi madre me enseñó bien antes de que el mar se lo tragase todo –explicó orgulloso.

Sonreí.

¿Quién iba a contenerse?

Bueno, Lolo se contuvo.

Solo miró a otro lado y espetó:

–Bah, tonterías...

81

José apareció en mi tejado la mañana del miércoles, bien temprano.

Lo mandaba Marcos y había venido nadando, con la muñeca atada a un pequeño trozo de corcho por si se cansaba.

–Estoy entrenando –me dijo cuando lo ayudé a subir al tejado y le ofrecí desayunar–. Quiero ser un cazador de tesoros tan bueno como mi padre –aseguró convencido–, o como mi tía Nat.

Miré su cuerpo delgado, de niño, y pensé que yo debía tener el mismo aspecto de pajarillo mojado cuando hacía mis primeras incursiones. Nunca me habría imaginado que José, que siempre estaba encerrado en algún libro o recorriendo las faldas de su madre, sintiese algún interés especial por la caza de tesoros. Habría apostado por que acababa con los ingenieros o siendo el relevo de Sheila como maestro de nuestros tejados.

Nos quedamos callados un rato mientras nos comíamos una ración de plátanos y naranjas que había conseguido con mi parte de los beneficios del golpe en la ferretería.

La verdad es que no tendría que preocuparme por la comida en bastante tiempo. Tenía en mi tejado una buena cantidad de chismes para intercambiar con mis vecinos: cosas simples que cualquiera puede necesitar en cualquier momento, como cables de plástico, cadenetas inoxidables, martillos, hule de colores alegres que serviría genial para construir una carpa y algunos plásticos aislantes. No necesitaba más.

Aunque eso a Marcos lo pusiese de los nervios.

–¿Crees que mi padre me dejará ser un pulpo? –inquirió José interrumpiendo mis pensamientos.

–¿Un pulpo?

–Ya sabes... –se frotó el pelo con nerviosismo–, del Pulpo de Tres Patas...

Seguramente Marcos ni se lo había planteado. Su hijo le parecería aún muy pequeño para enredarse en cacerías profesionales, quizá para enredarse en cualquier tipo de cacería. Sabía que mi amigo era muy protector con sus descendientes y que, aunque deseaba crear un negocio del que ellos pudiesen participar, aún no tenía en mente reclutarlos.

–A lo mejor podrías asociarte primero con Claudia y Fran –le respondí, pensando que sería bueno que cogiese práctica con cazadores de su talla–. Para soltarte un poco... ya sabes...

Se quedó callado con el ceño fruncido.

A saber lo que estaba pasando por su cabeza.

–Puede ser... –entonces me miró con una gran sonrisa, la sonrisa de un niño victorioso–. ¡Gracias por el desayuno! ¡Te veo a la hora de comer!

Y casi sin darme tiempo a más, se lanzó al agua como un kamikaze.

Esperaba que Marcos no me matase por dar ideas a su hijo.

82

–¿Qué te parecen?

Marcos levantaba ante mí una camiseta de color verde fosforito con el dibujo de un pulpo morado en el pecho, bajo el que se leía perfectamente: «El Pulpo de Tres Patas. Cazadores profesionales».

–¿Dónde las has conseguido? –me sorprendí tomando una de las que había dejado sobre la mesa para echarle un ojo.

–Las encargó antes de la operación «almacén olvidado» –explicó Natalia mirándome con curiosidad, como si intentase descubrir si aquellas camisetas me harían cambiar de opinión–. Las han traído esta mañana al bar de Toni y Angelina.

–¡Sabía que todo saldría bien! –se rio Marcos encantado, quitándose la camiseta blanca que llevaba puesta para calarse una de las nuevas–. ¿A que quedan genial? ¿Qué te parece, Rob?

–Son muy bonitas –contesté con sinceridad, porque me gustaban bastante.

–La idea es ponérnoslas durante el documental –explicó orgulloso–. Ya sabes, un poco de publicidad y eso...

Mi amigo se me quedó mirando con su mejor sonrisa y los pulgares levantados.

Sabía que tenía que decir algo.

Era como el ahora o nunca.

¿Por qué le costaba tanto trabajo aceptar que no me interesaba su empresa?

–Te la pondrás para el documental, ¿verdad, Rob? –atajó Natalia manteniendo un tono desenfadado y alegre–. Para echarnos una mano...

–¡Por supuesto! –dije agradeciendo el salvavidas–. ¡Claro que sí!

–¡Estupendo! –se alegró Marcos, abrazándome con camaradería–. Verás como nuestra vida cambia por completo a partir de ahora... ¡Ya verás!

Natalia me miraba como si tuviese cuchillos en las pupilas. Era tan consciente como yo de que un día tendría que dejar de ceder ante Marcos... Aunque ninguno de los dos sabía cuándo.

Para evitar seguir hablando del tema, aunque era difícil, porque Marcos estaba encantado, Sheila propuso empezar a comer, y los niños y yo la ayudamos a prepararlo todo.

Mientras iba y venía colocando servilletas y vasos en la mesa, escuchaba a Natalia susurrando un discurso a su hermano, que negaba una y otra vez con la cabeza, quitándole la razón.

Solo capté dos o tres frases de mi amiga:

–Tienes que dejarlo elegir su propia vida...

–Quizá quiera trabajar con Lana...

–Rob se conforma con poco...

Marcos era imposible, así que lo mejor era no hacerle demasiado caso.

José llegó cuando ya estábamos sentados en la mesa.

–¡Ya me estaba preocupando! –se quejó Sheila tendiéndole una toalla para que se secase un poco antes de sentarse.

Lucía pletórico. Todavía respiraba con dificultad después de nadar, y su pecho subía y bajaba como el de un pajarillo asustado. Su sonrisa era tan explosiva que nos la acabó contagiando.

–He nadado mucho hoy –explicó a todos, y después se giró para guiñarme un ojo.

Seguro que había ido a ver a Claudia y Fran. Por su cara se podía entender que lo habían aceptado en su banda. Aunque no dijo nada al respecto.

–¿Has visto a Carmen por ahí? –pregunté, porque me extrañaba no haberla tenido pegada toda la mañana. Me preocupaba un poco que le hubiese pasado algo.

José negó con la cabeza.

–¿Preocupado por tu novia? –se burló Lucía, la hija mediana de Marcos.

Le saqué la lengua por toda respuesta y me tiró del pelo para robarme un trozo de queso.

–¡Los modales en la mesa! –se quejó Sheila, corrigiéndola. Pero la risa de Marcos no la ayudó demasiado–. Por cierto, Rob, ¿sabes quién pasó ayer por aquí?

–¡Ah, es verdad! –se rio Natalia dándose un golpe en la frente–. ¡Se me ha olvidado contártelo!

Los miré sin comprender.

–¡Lolo y Bruno! –se carcajeó Marcos dando un golpe en la mesa.

–¿Y a que no sabes lo que querían?

–Poesía –contesté un poco azorado. Al fin y al cabo, había sido idea mía.

Todos se quedaron de piedra. Hasta que Sheila comenzó a reírse encantada.

–Solo podías haber sido tú –afirmó divertida–. Les he dejado a Salinas y a Sabines, ¿qué te parece?

–¿Para qué les dices que vengan a mi tejado a por poesía? –se extrañó Marcos, un poco molesto.

¿Cómo explicar aquello? ¿Cómo decir que había intercedido para que Gino y Mamá Medusa hiciesen las paces? La unión de esos dos ponía en peligro a todos los demás.

Esas cosas solo hay una manera de decirlas.

Con claridad.

Expuse mi idea de una cena de reconciliación entre los dos sin darle muchas vueltas.

–¡Estás loco! –se quejó Marcos tirándome un trozo de pan duro.

–Has hecho muy bien –sentenció Sheila poniéndome una mano tranquilizadora en la pierna–. Mi marido a veces se olvida de que es importante la felicidad...

–¡Pero si se van a comer nuestra felicidad con boquerones! –insistió mi amigo–. No me imagino una unión más peligrosa.

De pronto, Natalia rompió a carcajadas, llorando de risa.

–Tenías... tenías que haberlos visto... –intentaba explicar–, ahí de pie... como pas... como pasmarotes... ¡Por favor, un poco de poesía, señora! ¡Por... favor... un poco de poesía... señora! –estaba tan desatada que hasta golpeaba sus rodillas.

Soy un facilón.

La imagen que me describía era fantástica.

Me contagié enseguida de sus carcajadas.

Y pronto los hijos de Marcos y Sheila empezaron a repetir la petición de poesía.

Aquello no había manera humana de detenerlo.

No sé hasta cuándo nos estuvimos riendo.

83

Pasaba entre dos tejados, de vuelta a casa, cuando me pareció ver a Carmen.

El hecho de ver a Carmen no era lo inquietante: la tenía hasta en la sopa.

Lo inquietante era que estaba sentada con Greg en su tejado, cada uno en una tumbona, con los pies en alto, bebiendo un refresco y charlando animadamente.

Decidí cambiar un poco la trayectoria de *Ariel* para acercarme más y observarlos mejor, sin molestarlos.

Nunca los había visto juntos. Greg jamás había prestado atención a la chiquilla, y durante la comida del domingo no habían cruzado ni media palabra, que yo supiese. ¿Se había cansado ya Carmen de mí y había elegido una nueva víctima para sus persecuciones?

Cuando estuve más cerca escuché el tono de su conversación, aunque fui incapaz de desentrañar lo que decían por el ruido de las olas contra los edificios. Parecía un discurso cómodo, lento, de largas frases y silencios reflexivos.

Me llamó la atención, la verdad.

Pero no pude hacerle caso porque, mientras viraba para encarar el mejor camino hacia mi tejado, vi que había un pedal amarrado a mi embarcadero.

Eso significaba que alguno de los chicos de Gino andaba por allí, y también que quizá me estaban robando.

Ellos son así. Por mucho que les des consejos sobre conquistas románticas, no pueden evitar robarte.

–¿Quién hay ahí? –grité en cuanto estuve lo suficientemente cerca como para que me escuchasen–. ¡He dicho que quién hay ahí!

Me parecía que *Ariel* iba más lenta que nunca.

De pronto apareció la cabeza de Bruno, asomada desde la parte alta de mi tejado.

Me saludó con la mano estúpidamente, con una gran sonrisa.

Lolo surgió después, escupiendo con desenfado hacia la zona donde tenía atado el frigorífico.

¡Qué tío más asqueroso!

Bruno saltó la escalerilla para acudir a echarme una mano atando a *Ariel*.

–Hola, Rob –saludó, ya en persona–. Estábamos a punto de irnos, pero mejor que hayas llegado.

–¿Qué hacéis en mi tejado? –increpé molesto, saltando de mi barco para acercarme adonde estaba Lolo y ver si habían tocado algo.

Bruno corrió detrás de mí una vez que amarró a *Ariel*.

–Nos ha mandado Gino –explicó trepando a mi zaga–. Para darte las gracias.

Lolo se rio con desprecio y dio una patadilla a una pelusa invisible.

–Bonitos cuadros –dijo con sorna.

–¿Has tocado algo, Lolo? –inquirí amenazándolo con un dedo.

–¡No! –lo defendió Bruno–. ¡Gino nos ha prohibido tocar ni siquiera el polvo de tu tejado! Lo ha dicho así: «Ni siquiera toquéis el polvo de su tejado».

Lolo se sentó en mi sillón cruzando los brazos, aburrido ahora que yo ya estaba ahí para incomodarme con su camaradería.

–Bueno, pues le decís a Gino que gracias por sus gracias –dije, incapaz de entender por qué seguían allí después de todo.

–Pero tenemos que darte la cena –explicó Bruno emocionado.

–¿La cena?

–Sí, Rob, sí, la cena –respondió cansinamente Lolo–. Gino nos ha hecho cocinar el triple de comida para traerte la cena a ti también, por decirle lo de los poemas...

Me quedé de piedra.

¿Gino me mandaba la cena? ¿A mí?

–¡Pero si no me perdona que no me haya unido a vuestra banda! –solté en voz alta, sin pensarlo siquiera.

Así de sorprendido estaba.

–Rob, una cosa es una cosa, y otra cosa es otra cosa –sentenció Bruno tan categóricamente que no fui capaz de responderle nada, por lo que continuó–. Gino también sabe dar las gracias.

–A mí me parece una debilidad –murmuró Lolo para continuar cubriéndose de gloria.

–Ya aprenderás –lo acusó Bruno señalándolo con el dedo. Después tomó aire y se apartó para mostrarme una pequeña nevera azul de cámping, que habían dejado a cubierto bajo mi toldo–. Mañana nos la llevas, ¿vale?

Asentí con la cabeza. De pronto había recordado el fantástico filete que había cenado haciéndome pasar por Mamá Medusa.

Al final Marcos iba a tener razón con eso de que nuestras vidas iban a cambiar.

–Mañana os la acerco, os lo prometo –asentí agradecido, y Bruno sonrió porque se dio cuenta de que había hecho algo bien–. Gracias.

–¡Pues navegando! –saltó Lolo levantándose de mi sillón rojo–. Como no estemos allí antes que Mamá Medusa, Gino nos degüella.

Una cena a cuenta de Gino, el patán de los mares.

Intenté no lanzarme sobre la nevera hasta que hubieron desaparecido de la vista.

No quería parecer demasiado emocionado.

84

Nada más abrir la nevera, los olores del paraíso me asaltaron.

Aquello no podía estar pasándome.

Había una bolsita con rollos de pollo rellenos de brócoli y queso, un bote de cristal con lo que parecía una salsa para condimentarlos, una bolsa llena de fruta perfectamente cortada y limpia, una botella de vino y otra de refresco, una cuña de queso y un bote con nueces peladas.

Removía con mis manos dentro de la nevera para hallar el resto de tesoros.

¿Cómo diantres había conseguido Gino vivir con tanto lujo?

Avasallar a los demás y saltarse unas cuantas normas parecía dar un resultado magnífico. Increíble, ciertamente.

El ruido de una moto acuática me sacó de mi ensimismamiento.

Salí de entre mis toldos para descubrir quién era y vi a Lana acercándose a mi tejado mientras la noche comenzaba a alzarse implacable sobre el mar.

Dejó la moto atada en mi cutre embarcadero, junto a *Ariel*, y pensé que mi barco resultaba algo ridículo a su lado.

No era un pensamiento reconfortante.

–Hola, Rob –saludó con la mano mientras atravesaba el tejado inferior.

Traía un libro entre las manos y el pelo suelto, algo desgreñado por el viaje. Llevaba un pantalón corto vaquero y un jersey fino de manga larga, de rayas azules y blancas.

–¿Puedo subir? –preguntó al ver que yo no respondía.

¿Qué le voy a hacer?

Estaba demasiado concentrado en calcular cómo mi suerte se estaba conjurando para regalarme la mejor visita del día.

–Claro, espera, pásame el libro –le dije agachándome para tenderle una mano–. Así te resultará más fácil.

–Eres un caballero, Rob –se burló.

No fue aposta, pero nuestros dedos se tocaron sobre el lomo y una chispa eléctrica me recorrió hasta la punta del pelo.

–Qué agradable visita... –logré balbucear, castigándome mentalmente por seguir siendo tan inseguro con Lana, a pesar de haber hablado con ella en las últimas semanas más que en toda mi vida.

–Tenía que escaparme de mi tejado –comentó, sentándose en el borde del mío con las piernas colgando.

Dejé el libro sobre el sillón rojo y me senté a su lado.

–*Orgullo y prejuicio* –dije señalando con la cabeza–. Gracias.

Lana sonrió, pero solo con la boca; sus ojos parecían tristes. Se quedó mirando el mar.

–¿Crees que soy injusta, Rob? –inquirió por fin sin mirarme.

No entendí a qué se refería, así que me quedé callado.

–Con mi madre, quiero decir... –explicó, aún concentrada en el horizonte–. Ha ido a cenar con Gino... Creí que después de la discusión dejarían de verse para siempre, no sé, tenía esperanza... –se calló de nuevo, parecía estar buscando las palabras–. Hasta se había olvidado de la tontería esa de obligar a Tobías a casarse conmigo... ¡Como si me interesase lo más mínimo Tobías! ¡Pero si somos como hermanos! No lo sé... Por fin parecía de nuevo mi madre...

Yo no podía interrumpir. Estaba alucinando con esa nueva versión de Lana. Una Lana que era capaz de hablar de sus preocupaciones y esperanzas en voz alta, con absoluta sencillez. ¿Cuántas más habría? ¿Cuántas Lanas quedarían por descubrir dentro de ella?

–Judit dice que soy injusta –continuó por fin– y egoísta. Dice que debería alegrarme por mamá, por su felicidad. Y que Gino no es tan patán como parece.

Entonces me miró, como esperando que yo contestase que Gino era el peor hombre sobre los mares.

Dudé.

Gino acababa de regalarme la mejor cena de mi vida, y su reunión con Mamá Medusa tenía mi firma. Si le decía la verdad a Lana, quizá se largara hecha una furia.

–No conozco bien a Gino –comencé tanteándola–. Hemos tenido nuestros más y nuestros menos, pero no lo conozco como hombre.

–¿Como hombre? –se burló Lana casi escupiendo la palabra.

¿Y ahora cómo le explicaba...?

–¿Crees que las personas pueden cambiar? –intenté otro camino.

–¿Cambiar cómo?

–Mejorar... empeorar... transformarse...

Aparté la piedra rosa de mi pensamiento.

–Creo que somos como somos... que dentro de nosotros somos como somos y que nadie podrá cambiar eso –sentenció mirándome profundamente a los ojos.

–Yo creo que el amor puede transformar a las personas –contesté despacio, aunque rápidamente me corregí–. Aunque tú no crees en el amor.

–¡Ah! Se ve que el alcohol no borró esa parte de la conversación... –bromeó apartando la mirada de mí.

El corazón comenzó a latirme a mil por hora. A diez mil por hora.

Lana estaba tan cerca, tan cerca, que podía percibir su olor. Y cuando la brisa soplaba hacia nosotros, mechones pelirrojos se enredaban en mi hombro.

¡Por todas las fuerzas de los mares!

Me iba a dar un maldito infarto.

–Dale una oportunidad a Gino –solté suspirando– y a tu madre... y al amor.

–Nunca pensé que fueras un romántico, Rob –se rio por fin y, de pronto, hizo algo que jamás me habría esperado: entrelazó sus dedos con los míos.

Me quedé de piedra.

Era incapaz de mirarla.

Tenía la piel suave, no como mis manos rudas.

–No sé si soy romántico o no –confesé, demasiado atorado, con la cabeza funcionando a toda máquina, con todas mis neuronas de fiesta–. Me gusta pensar... Me gusta pensar caminos fáciles para la felicidad.

–¿Para la felicidad?

–A veces somos demasiado complicados, queremos cosas, queremos más... La felicidad es mucho más sencilla.

–¿Por ejemplo?

–¿Por ejemplo? –decidí arriesgarme más y más–. Por ejemplo, ahora.

Lana estrechó mi mano tiernamente y dejó su cabeza apoyada en mi hombro.

Era

el

hombre

más

afortunado

de

la

Tierra

(y del Mar).

–¿Sabes cómo sería feliz, Rob? –preguntó en un susurro que me puso la piel de gallina.

–¿Cómo, Lana?

Clavó sus ojos en mí y una sonrisa se fue extendiendo por sus labios poco a poco, hasta acabar en un gesto pícaro que sí le conocía:

–Cenando, Rob... Me muero de hambre.

Me reí a carcajadas.

Definitivamente, era mi día de suerte.

Iba a darle a Lana la mejor cena de mi vida.

85

El equipo de grabación volvió por fin.

La familia de Marcos vestía las camisetas con la publicidad y, como había prometido, yo también. Teníamos una buena fotografía.

Partiríamos de la terraza de Marcos hacia las diferentes localizaciones. Nosotros en el catamarán y Nicolás Garrido y su equipo en su propia lancha.

La mañana anterior me había hecho pasar por Lolo y había aparecido en el tejado de Gino, aprovechando que el auténtico Lolo pedaleaba junto a Bruno a la zaga de Marcos y Natalia. Yo me había librado de Carmen con dificultad, porque después del día de tregua que me había dado, había vuelto a pegarse a mi sombra con infinidad de excusas. Mi intención era sondear a Billi o cualquiera de los chicos sobre su tarea de peinar el fondo del mar en busca de la piedra rosa.

–Lolo, ya sabes que fue un desastre –se quejó Billi, preocupado por si mis preguntas eran una trampa–. Todavía me duelen los pulmones.

Así que, mientras esperaba la lancha del documentalista, me sentía victorioso. Nicolás Garrido no había conseguido aún lo que buscaba y yo podría aprovechar el jaleo que rodeaba las grabaciones para preguntarle a la chica rubia que conducía la embarcación. Me haría pasar por Nicolás y comentaría cualquier cosa al azar. A lo mejor podía sonsacarle algo sobre los verdaderos planes del documentalista.

¿Qué pasa?

¿Que no cuento nada de Lana?

Hay cosas que es mejor no contarlas...

Además, tampoco pasó mucho más. Cenamos, brindamos, hablamos de libros y de sueños de futuro, de anécdotas de la infancia y de amigos en común. Esa noche comencé a leer el libro que me había traído y, a partir de ahí, empezamos a tropezarnos todos los días, inventando más excusas que Carmen y convirtiendo el tejado de Sheila en un sitio genial para sorprendernos.

Pero esa mañana ella no estaba allí: trabajaba.

Y yo también tenía cosas que hacer.

–Tienes cara de concentrado, Rob –me acusó Natalia.

Aunque ella sería la protagonista de todas las grabaciones, no estaba en absoluto nerviosa.

–No me fío de Nicolás –confesé.

–Ni tú ni nadie... Y menos si negocia con los chicos de Gino.

–¿Qué crees que quiere en realidad?

–No tengo ni idea, la verdad –Natalia se encogió de hombros–. A los terrestres solo les interesa el dinero, así que estará buscando algo que pueda hacerlo rico. Habrá recibido un chivatazo.

Era de lo más normal que, cada cierto tiempo, apareciesen turistas en nuestros tejados ofreciendo intercambios interesantes por objetos que podrían enriquecerlos tierra adentro. Nicolás podría haber pasado por uno de ellos, pero yo sabía lo que buscaba: un objeto mágico.

Un objeto mágico que había robado yo.

De una casa mágica.

Era todo fantástico.

–Oye, Rob –dudó Natalia, de pronto algo azorada–, acabo de acordarme... ¿Quién decías que te comentó lo de la boda de Tobías y Lana?

–Ah... nada, falsa alarma –respondí negando con la cabeza–. Se lo escuché a Gino... pero creo que solo eran los planes de Mamá Medusa...

–Esos dos ya se han arreglado, ¿no? –Natalia arrugó la nariz como si estuviese oliendo algo apestoso–. Tú y tus poemas...

Eso parecía. Los poemas recomendados por Sheila habían funcionado, y Mamá Medusa y Gino cada vez eran menos prudentes a la hora de ocultar su idilio. En el último almuerzo en el tejado de Gabriel habían estado charlando todo el tiempo, entre risitas y pellizcos.

La verdad es que fue algo vergonzoso.

Era cuestión de tiempo que anunciasen la fecha de su enlace.

–Entonces lo de Tobías y Lana no te lo dijo Tobías, ¿no? –insistió Natalia–. Ni Lana...

–No, Lana ni lo nombra... –contesté–. Y nunca he hablado con Tobías.

Natalia sonrió ampliamente y me dio unos golpecitos en el hombro.

–Cómo la lías a veces, Rob –se burló, dejándome planchado.

Podía haber contestado, pero el motor de la lancha comenzó a sonar y vimos aparecer a todo el equipo de grabación.

Menudo espectáculo.

86

Primero querían grabar una toma completa de Natalia sumergiéndose, llegando al fondo del mar y dando algunos pasos.

Querían grabarlo con una sola cámara que la acompañase.

Necesitaron ocho intentos.

Al sexto, yo ya estaba aburridísimo. Y Marcos también, porque no conoce la paciencia.

Luego querían grabarla andando por el fondo con diferentes cámaras. Y por último querían algunas tomas de ella entrando sin botella dentro de los edificios, atravesando habitaciones, mirando en los muebles que se apilaban en las esquinas, seleccionando algo que pareciese de valor para después sacarlo a la superficie... Cosas así. Trajeron hasta un collar para dejarlo en uno de los pisos y que Natalia se hiciese la sorprendida al encontrarlo.

A mí me parecía una buena publicidad para el negocio de los cazadores. Si los terrestres se creían que encontrábamos collares con tanta facilidad, vendrían a hacer más trueques.

La camiseta verde fosforito con el pulpo se veía bien bajo el mar. La mayoría de las veces las letras no se leían, pero bueno, algo era algo.

Marcos se encargaba de dar oxígeno a Natalia para evitar que tuviese que subir a la superficie cada dos por tres. A veces aparecía José buceando con sus gafas y cara de curiosidad. Pero pronto se dio cuenta de que aquello era insufrible.

Hicimos un descanso para almorzar en un tejado cercano y Toni apareció con su barquita cargada de víveres. Angelina lo había mandado a ofrecer sus humildes servicios a nuestros visitantes.

Angelina tiene un ojo estupendo para los negocios.

El equipo de grabación había traído unos bocadillos horribles, así que los cambiaron encantados por los manjares que Toni les ofreció con una sonrisa y mil anécdotas.

Yo aprovechaba para observar a Nicolás, con sus gafas de sol de marca y su sonrisa imperecedera. No parecía tener una relación demasiado estrecha con la mayoría de sus compañeros; de hecho, habían discutido más de una vez a lo largo de la mañana porque eran incapaces de entenderse bajo el agua. En cambio, cuchicheaba mucho con la chica rubia que lo había traído todas las veces.

Era una mujer despampanante. Yo también la habría elegido para cuchichear.

Intenté fijarme en los gestos que Nicolás hacía cuando hablaba con ella, en el tono que utilizaba, para poderlo imitar. Iba a aprovechar el primer momento que encontrase durante la tarde.

Y no fue difícil.

Las tomas dentro de los edificios eran aún más trabajosas que las de los paseos bajo el mar. Así que dejé a Nicolás concentrado con sus compañeros, señalando ventanas por las que quería que apareciese Natalia, y subí a la superficie dando un rodeo para mantenerme oculto tras uno de los edificios.

Veía la sombra de la lancha sobre mi cabeza, recortada bajo los rayos del sol, que penetraban entre las ondas del mar como caminos de luz para estrellarse contra los edificios sumergidos y hacerlos parecer aún más mágicos.

Me transformé en Nicolás, usando la piedra rosa que siempre llevaba conmigo, cuando ya estaba fuera del alcance de las miradas.

La verdad es que el equipo del documentalista era de primera. Me sentía comodísimo con aquel neopreno ligero y flexible, aunque Nicolás no parecía tener un cuerpo demasiado entrenado para el fondo del mar. Me costó más sacar la cabeza del agua que todo el recorrido que había hecho siendo yo mismo.

Nada más aparecer, cuando la chica de la lancha se volvió hacia mí, me retiré el pelo de la cara con un gesto desenfadado y le tendí una mano para que me ayudase.

–Menudo desastre –dije, como si estuviese harto del día.

–¿No salen bien las tomas? –preguntó ella, ayudándome.

Tenía unos ojos bastante bonitos, de color azul. Pero su voz era dura, como la de Nicolás cuando no intentaba ser amable.

–Los cámaras son un desastre –respondí enfadado, descolgándome la botella de oxígeno dentro de la balsa y quitándome las gafas–. Y ese estúpido de Gino no me está dando nada.

–Te dije que el plan tenía lagunas –respondió ella chascando la lengua.

–¿Y qué íbamos a hacer si no? –repuse para ver si me decía algo interesante. Por ahora, la cosa marchaba.

–No creerías que Gabriel iba a dejar sus tesoros sin seguridad en el fondo del mar –pareció recordarle ella.

Pero el tono me pasó inadvertido, porque era la primera vez que se nombraba a mi viejo protector en boca de aquellos dos. ¿Qué demonios sabían Nicolás o su compañera de mi amigo? ¿Conocían a Gabriel? ¿Y de qué tesoros hablaban?

Como no respondí, ella continuó:

–Nos enteramos tarde de que había muerto –parecía que intentaba sonar menos dura, que quería tranquilizarlo. Puse cara de pena para animarla a seguir–. Era viejo, pero no tanto como para palmar tan pronto... Estábamos demasiado lejos... Quizá alguien se nos ha adelantado y ha cogido las piedras o lo que sea.

Las piedras y Gabriel estaban relacionados. La magia y Gabriel estaban relacionados.

Me estaba costando hilar toda aquella información.

–¿Y ahora? –pregunté señalando al mar con inquietud.

No me costó nada fingir el sentimiento.

Estaba muy desconcertado.

Notaba el peso de la piedra rosa dentro del neopreno, y parecía latir como un nuevo corazón a la luz de todo aquello.

–Ahora terminas con esta pantomima –se encogió ella de hombros, volviendo a endurecer su voz–, le vendes esta patraña a la televisión, esperas por si el maldito Gino encuentra algo entre hoy y mañana, y nos largamos al norte.

–¿Al norte? –pregunté, aún más confundido.

–¡Los rumores sobre los últimos magos señalan al norte, Nicolás! –se quejó la mujer, indignada–. Olvídate de tus remilgos con el frío y esas tonterías. ¿Acaso quieres vivir sin magia el resto de tu vida? ¿Eres feliz así? Di.

Vivir sin magia.

Magos.

El norte.

Negué con la cabeza, intentando ordenar todos esos datos. ¿Había sido Gabriel un mago?

–Vuelve ahí abajo y cumple con lo que toca –concluyó la compañera de Nicolás–. Cuanto antes terminemos con esto, mejor.

Asentí.

Le di la razón, me volví a calar el equipo y me sumergí, confundido.

Llevando conmigo todas las preguntas que parecían competir por abrumarme.

De todos modos, duró poco.

No había dado ni dos brazadas en el agua cuando me convertí en una estatua.

87

Estaba petrificado, metido dentro de una burbuja transparente más grande que mi cuerpo.

Bueno, que el cuerpo de Nicolás Garrido.

No podía mover ni uno solo de mis músculos. Bocabajo, en la misma posición que en el momento de quedarme congelado, con los brazos extendidos delante de mí, a punto de moverlos para impulsarme.

Era incapaz de entender qué me había pasado.

O por qué no me respondía aquel cuerpo.

Todavía estaba enredado en la sensación absurda de la parálisis cuando vi que, de la parte inferior de la esfera en la que me hallaba, surgía un hilo azul, como una cuerda de cometa, que se extendía hacia el fondo del mar, donde pude ver a la pequeña Carmen andando tan tranquila, llevándome como un globo, sin mostrar ninguna inquietud por estar sumergida sin equipo de buceo o por la fuerza del mar intentando elevarla a la superficie.

Carmen.

Carmen paseando por las calles sumergidas de nuestra vieja ciudad y llevándome como un maldito globo.

¿Qué narices estaba pasando?

88

No sé cuánto tiempo estuvo Carmen arrastrándome por el fondo del mar.

Pasamos por encima de la vieja plaza donde estaba el edificio del Ayuntamiento, por la plazoleta de la iglesia, sobre mi colegio, llegamos hasta el parque de las fuentes donde solía haber animales sueltos... Parecía que estuviésemos haciendo una ruta turística.

Al final abandonamos la zona del centro y nos fuimos acercando a los barrios de casitas de la periferia. Pero hasta eso lo dejamos atrás.

Me di cuenta de que nos acercábamos a las partes del mapa que habíamos estado peinando desde que Nicolás Garrido nos consiguiese buenos planos.

Carmen ni siquiera me miraba, solo tiraba de mí concienzudamente. ¿Cómo podía un cuerpo tan liviano enfrentarse así a las profundidades?

Además, ni siquiera llevaba oxígeno. ¡Ni siquiera parecía necesitarlo!

Era indudable: estaba ante un nuevo caso de magia.

De pronto se me ocurrió que podía usar la piedra rosa que llevaba conmigo para transformarme. Quizá así soltaría mis músculos y los liberaría de su agarrotamiento. No tenía la piedra en la mano, pero creía que podría funcionar.

Pero ¿en quién iba a transformarme?

Daba igual, la cosa era intentarlo:

«Quiero ser yo, quiero ser yo...», pensé con todas mis fuerzas, una y otra vez.

La sensación de vuelco en mi estómago comenzó, o eso me pareció, pero desapareció en un segundo.

Carmen se detuvo y miró hacia arriba.

Aunque estábamos lejos, podía ver sus ojos, tremendamente enfadados.

Me inquieté aún más, si cabía. Carmen siempre me había mirado con ternura, nunca la había visto así.

Bien, Rob, mejor que te estés quieto.

Irónico.

Llegamos a la cancela de un lujoso chalé con piscina. Los árboles del jardín ondeaban sin hojas y una de las paredes de la casa estaba cubierta por algas y coral. Carmen abrió la verja sin problema y pasamos. Entonces comenzó a tirar de la cuerda que nos mantenía separados y me fue acercando más y más a ella.

Tenía el ceño fruncido y los labios apretados. Cuando estuve casi a su altura, suplicándole con la mirada de loco que debía tener, ella se dirigió hacia la puerta principal y, elevando una mano, la abrió sin tocarla.

Todo estaba inundado. Peces grises salieron espantados por nuestra incursión. Carmen consiguió hacerme pasar por el marco y volvió a cerrar usando sus poderes.

Sí, sus poderes.

Aquello eran poderes.

Aquello era magia de primera calidad.

En cuanto la puerta se cerró, el ambiente cambió por completo.

El agua desapareció como si nunca hubiese estado dentro y las habitaciones que había intuido unos segundos antes se movieron hasta traer ante mí la mismísima visión de la casa sumergida de la que había robado la piedra rosa.

La luz era naranja y no azul, los peces había sido sustituidos por un mueble recibidor y un paragüero, la calidez de la chimenea se intuía a la derecha, y sabía que más allá estarían la habitación, la cocina y el aseo. Era exactamente la misma casa.

La misma casa mágica a la que Bruno y Lolo me siguieron para descubrir nada.

¡Y estaba allí!

Y Carmen también.

89

Fui arrastrado hasta el salón, delante de la chimenea y de la mesa plagada de papeles de la que salía el humo rosa que había llamado mi atención.

Carmen comenzó a moverse por la habitación murmurando entre dientes. No era capaz de escuchar lo que decía, pero cogía botes de las estanterías y apartaba los trastos de la mesa para dejarlos caer ahí. Tomó uno de los libros y lo abrió también, leyendo con el dedo hasta encontrar lo que buscaba.

Era absurdo verla moviéndose con tanta naturalidad por ese escenario tan extraño.

Entonces se volvió hacia mí y dio una palmada.

Yo, en cambio, me di un buen porrazo, porque la magia que me petrificaba dentro de la esfera desapareció y caí de morros al suelo, dando gracias por tener los brazos delante de la cara. Me costó un rato enderezarme y recuperar mi maltrecha dignidad.

–Pero ¿qué...? –comencé a decir, quejándome, en cuanto tuve un poco de control.

Carmen chasqueó los dedos y, aunque seguí moviendo la boca y sintiendo el aire subiendo desde mis pulmones para producir el sonido, no conseguí escuchar mi propia voz. Me había silenciado.

No te extrañes, pero entonces fue cuando comencé a asustarme.

–No te quiero oír, Vasan –me reprendió negando con la cabeza.

¿Vasan?

–¡Ah! ¿Te sorprendes? –se burló poniendo los brazos en jarras–. Me dabas por muerto, ¿verdad? Maldito y desagradecido traidor. ¡Ladrón, desgraciado!

Preocupado por si ese arrebato de insultos acababa conmigo convertido en rana, comencé a hacer gestos de negación con la cabeza y con las manos.

Bueno, en realidad, con todo el cuerpo. Yo era una negación absoluta.

–¿Cómo que no? –se ofendió Carmen dando un paso atrás–. ¿Que no me dabas por muerto o que no eres un traidor? –mientras lanzaba esa pregunta, su voz fue cambiando, haciéndose más grave, hasta parecer la de un poderoso y terrible viejo.

El cuerpo de Carmen comenzó también a modificarse lentamente, primero alargándose y después ensanchándose. La piel morena de la chiquilla se fue tornando pálida, su pelo encogió hasta dejarla prácticamente calva, al tiempo que alrededor de su boca surgía una barba blanca mal recortada. Su camiseta y pantaloncillos rosas fueron ensanchándose y cambiando de color hasta convertirse en unas bermudas de flores verdes y en una camisa de manga corta blanca, abrochada coja.

¡No podía creerlo!

Mis recuerdos infantiles comenzaron a moverse como un fuego avivado.

Aquel era...

Aquel era el viejo que me había encontrado en el tejado la mañana en que me escapé de tierra firme para unirme al pueblo del mar.

Aquel era el viejo que me había aconsejado refugiarme en la cocina porque alguien iría a buscarme.

¡Y después llegó Gabriel, sacándome del despensero!

¡Carmen era ese viejo!

–¡Ajaaaaaa! –se jactó señalándome con un dedo–. ¡Me reconoces!

Asentí emocionado, intentando explicarle con mi cara que por supuesto que me acordaba de él y que le daba las gracias.

–No parezcas tan contento, Vasan –se burló asqueado–. No vas a enternecer mi corazón con viejos recuerdos.

¿Podía leerme la mente?

¿Pero quién era Vasan?

Por supuesto, yo no.

–Y ahora estate quieto unos segundos –me ordenó el viejo rascándose la cabeza y perdiendo el interés en mí–. Hace años que no hago este conjuro y quiero que me salga bien... ¡Voy a descubrir todo lo que has estado haciendo!

Cogiendo un mortero de piedra negra, el viejo comenzó a mezclar en él polvos de diferentes colores, que iba machacando y removiendo. De pronto sonaba una explosión y de pronto surgían estrellitas de la mezcla.

En un momento dado, el viejo levantó una mano hacia mí, sin mirarme, y noté cómo la piedra rosa se movía dentro del neopreno, poco a poco, e iniciaba un recorrido hasta mi manga derecha, por la que salió flotando para atravesar la burbuja que me apresaba y quedarse sobre el mortero.

–Veamos, veamos... Si lo he hecho todo bien, tienes que ponerte verde, pequeña –le dijo el viejo, haciendo una señal con el dedo que consiguió que del mortero se alzase un humo azul que cubrió la piedra.

A otra señal del mago, el humo desapareció y quedó solo la piedra, que ya no era rosa, sino verde.

–¡Perfecto! –rio encantado–. Ni tan mal... ¡Y a la primera! Ahora veamos si funcionas como debes –comentó girándose hacia mí y volviendo a mirarme.

Entonces me apuntó con la piedra, como si fuese a tirármela, y movió el brazo sin soltarla.

Al primer movimiento, noté que mi cuerpo cambiaba radicalmente y volvía a ser yo.

Suspiré agradecido.

No me había lanzado un rayo ni me había convertido en morsa.

Ahora el viejo se daría cuenta de que yo no era ese tal Vasan y que podíamos hablar tranquilos.

–Interesante... –fue lo único que dijo.

Y entonces movió otra vez el brazo.

El vuelco en mi estómago me convirtió en Lolo, con un bañador rojo y la botella de oxígeno atada a la espalda de mala manera.

–Curioso...

El viejo movió otra vez la piedra. Me convertí en Gino.

–Esto es más lógico.

Otro movimiento y era Mamá Medusa.

–Muy obvio.

Otro movimiento y volvía a ser Bruno.

–Reincidente.

Otro y era Luke. Otro y era Rafa. Otro y era Marcos. Otro y volvía a ser Mamá Medusa.

Así un cambio tras otro, pasando por todos los cuerpos que había tomado prestados desde que robé la piedra, en orden inverso, a tal velocidad que comenzaron a darme ganas de vomitar.

Por fin me transformé en Arancha, con el uniforme de los Tiburones.

Ya solo quedaba un cambio para volver a ser yo.

Respiré aliviado cuando se produjo por fin.

–Demasiados Rob –comentó el viejo, confuso, y volvió a mover la piedra.

Pero esta vez no pasó nada.

Movió el brazo con más insistencia, y nada. Se acercó a mí más y volvió a hacer el movimiento, y nada.

–No has funcionado tan bien como creía –se quejó el viejo, y volvió a su mesa para repasar lo que ponía en el libro.

Yo le hacía señas con insistencia, asintiendo, dándome golpes en el pecho para hacerle entender que yo era yo.

No me hacía ningún caso.

Hasta dos veces leyó el maldito libro antes de envararse, sorprendido, observar la piedra verde, darle un lametón y después clavar sus ojos alarmados en mí.

–¡Diantres, Rob! –se asustó–. ¡La que has liado!

90

Tenía una taza de chocolate caliente entre las manos y estaba sentado en un sillón azul en la casa de un mago, bajo el mar.

En cuanto el viejo había comprendido que yo no era el tal Vasan, me había liberado de la burbuja que me apresaba y me había pedido perdón, casi al mismo tiempo que me regañaba.

–¿Quién... quién eres? –le había conseguido preguntar en uno de sus silencios.

–¿Que quién soy? –se había reído dándome unos golpecitos en la espalda–. Ojalá pudiese mostrarme como mejor me has conocido, pero eso ya no es posible.

–¿Carmen es un disfraz?

–Como tuve otros –había confesado con cariño–, como el de Gabriel... Pero ahora siéntate un momento y déjame traerte un chocolate.

Sabía que intentar poner mis pensamientos en orden era una batalla perdida, así que preferí esperarlo observando el fuego y la habitación, porque no pensaba marcharme de allí hasta que no me diese algunas respuestas.

–Mi verdadero nombre es Mul –me dijo ofreciéndome la taza humeante que traía de la cocina– y soy un mago viejo especializado, entre otras cosas, en las transformaciones. Como ya has comprobado después de robarme una de mis pequeñas chicas rosas.

–Mi piedra... –murmuré comprendiendo.

–Mi piedra –puntualizó Mul.

Me explicó que había residido durante varias generaciones en nuestro pueblo, mucho antes, por supuesto, de que el mar se lo tragase todo. Su magia transformadora le había permitido seguir formando parte de la comunidad aunque el tiempo pasase, cambiando siempre su cuerpo por el de otra persona que viviese lejos de allí.

–Verás, el único fallo de mi magia es que no puedes transformarte en alguien que haya muerto –comentó dando un traguito de la taza de té que se había servido–. Por eso no puedo presentarme como Gabriel, y por eso tuve que fingir mi propia muerte y buscarme otra persona en la que transformarme.

–Te dimos un funeral precioso –contesté un poco azorado.

–Lo sé... Participé como uno de los chicos de Gino, que tenía fiebre. Me emocioné muchísimo.

De pronto, tenía un nudo en la garganta.

¿De verdad aquel era mi viejo amigo? Si eso era cierto, la magia me estaba haciendo el mejor regalo de mi vida.

Gabriel había sido lo más parecido a un padre que había tenido desde que perdí al mío.

–Te he echado mucho de menos –confesé por fin, y Mul se adelantó en su sillón para darme unos toquecitos en la pierna.

–¡Y yo a ti, pequeño Rob! –me dijo compungido–. ¡Por eso tenía que volver de alguna manera! Cuando me enteré de que los pobres Locos partían hacia otra comunidad, en la que pretendían asentarse con más paz que en la nuestra, aproveché para hacerme pasar por su pequeña hija, Carmen. Nunca había sido una chiquilla durante tanto tiempo, y te juro que si hubiese sabido la de cosas que ven los niños, habría elegido ser siempre una criatura. ¡Los adultos somos tan condescendientes! ¡Me he enterado de todo siendo esa raspa morena de pelo corto! Cualquiera hablaba delante de mí de los asuntos más importantes sin preocuparse...

–¡Pues has sido pesadísimo las últimas semanas! –me quejé negando con la cabeza, todavía intentando asimilar las noticias.

–Ah, bribón... ¡Me hiciste sospechar! –confesó renegando–. Creí verte transformarte el día de la tormenta, cuando te hiciste pasar por Luke para nadar mejor, supongo.

Asentí, recordando que ese fue nuestro primer encuentro.

–Hasta entonces no te habías dado ni cuenta de mi existencia...

–No, ni siquiera sabía que los Locos tenían una hija.

–Hacía poco que me había incorporado a la comunidad y aprovechaba la tormenta para dar un paseíto de reconocimiento –continuó explicando–. Más tarde, Greg me contó que habías hablado con él sobre cierta cosa que habías robado del fondo del mar.

–¿Greg sabía quién eras tú?

–¡El único! –contestó Mul, sorprendido–. Descubrió que yo era mago hace muchísimo tiempo. Me sorprendió charlando con una sirena y tuve que contarle la verdad. O eso o borrarle la memoria, y pinta demasiado bien como para hacerle una canallada así. Él ha sido mis ojos hasta que pude convertirme en Carmen.

Así que Greg estaba enterado de todo. Mi vecino el restaurador sabía guardar bien un secreto. Ahora cobraba sentido aquel encuentro entre Carmen y él que había espiado desde *Ariel* unos días antes.

–Comencé a seguirte porque me daba miedo que alguien se hubiese apropiado de tu identidad y te hubiese suplantado –continuó con preocupación–. Estabas actuando muy raro, Rob. Siempre has sido un chico tranquilo, nunca te has complicado la vida demasiado: si te decían ven, ibas; si te pedían algo, lo dabas. Y últimamente estabas más en tus trece, negándote a unirte al proyecto de Marcos y Natalia, rechazando sus prometedoras ofertas una y otra vez... ¡Y para colmo te estabas animando a flirtear con Lana!

Enrojecí nada más oírlo. Escuchar la descripción de uno vista desde fuera, no siempre es un paseo agradable.

–No lo sé... –se disculpó mirándome con cariño– Me hiciste dudar mucho. Pero entonces te metiste en todo ese jaleo entre Mamá Medusa y Gino, con lo de los poemas y todo eso... Y pensé que arreglar algo así era muy propio de ti. Así que compartí mis dudas con Greg y...

–Os vi –interrumpí para frenar un poco su discurso; necesitaba digerirlo todo poco a poco–. Os vi hablando en su terraza, tú como Carmen, claro.

–Debía ser una imagen llamativa –se rio Mul negando con la cabeza–. Pero ¿sabes lo que me dijo Greg cuando llegué con todas mis preocupaciones?

Me encogí de hombros y clavé los ojos en el chocolate que quedaba en mi taza. No sabía si quería saber también lo que Greg pensaba de mí.

–Me dijo que habías madurado –exclamó orgulloso–. Que por fin te animabas a dar tu propia versión de los hechos, que apostabas por una vida tranquila y feliz, y pensabas defenderla delante de Marcos y Natalia, incluso delante de Lana. ¡Oh, no imaginas cómo me sentó aquella reflexión! ¡Mejor que un dulce de fresas con nata!

Me reí por el símil y, en ese momento, un plato con tarta apareció delante de nosotros.

–¿Te apetece? –me preguntó Mul clavando en mí una mirada plagada de ternura, confianza y orgullo. Era como ser arropado por mi madre, si es que lo recordaba bien.

Comimos un poco de pastel en silencio. Yo tenía que poner en orden el discurso del mago. De pronto todo se revestía de una lógica extraña que hacía que las piezas encajasen poco a poco. Pero, entonces...

–¿Quién es Vasan? –inquirí, por fin cómodo.

–Oh... Vasan es un pobre diablo... –renegó Mul dirigiéndose hacia la chimenea, parecía preocupado–. Vasan llegó a mi casa mucho antes de que el mar se lo tragase todo. Venía con su hermana pequeña, una mocosa rubia con la mirada más dura que he conocido. Confesaban ser hijos de magos y estar desamparados. Querían ser mis aprendices. En eso había parte de verdad y parte de mentira.

Mul me explicó que la magia se puede despertar en alguien de dos maneras: por herencia o por contacto con un objeto mágico. Todos teníamos magia en nuestro interior, pero en diferentes cantidades. Los hijos de los magos estaban cargados, pero en el resto de personas la magia estaba más o menos diluida. Había gente que, aunque tocase veinte objetos mágicos, jamás desarrollaba poderes, y gente que con solo rozar un lápiz sujetado por un mago conseguía despertar la llama de la magia en su interior.

Vasan y Alea –así se llamaba su hermana– dijeron ser hijos de magos, pero en realidad eran solo dos pillastres que habían robado a una maga de otra ciudad y habían huido, preocupados por su castigo. En su deambular habían oído hablar de Mul y se habían inventado aquella historia para conquistarlo.

–No eran malos del todo –intentó aclararme mi viejo amigo–. Tampoco buenos del todo. Verás, eran avariciosos y la avaricia no lleva a puertos seguros, es una amiga traicionera que nos hace perder de vista el valor real de las cosas... ¡y de las personas!

Mul los acogió en su casa y comenzó a enseñarles. Crecieron bajo su techo, desarrollaron sus poderes y parecían felices. Pero seguían fingiendo.

–A veces creo que eran felices de verdad... –comentó con pesadumbre–. Se reían mucho, eso me encantaba, eran rejuvenecedores. Ojalá no se hubiesen torcido tanto. Quizá yo hice algo mal.

Durante meses, Mul estuvo observándolos: se transformó en vecinos del barrio para verlos actuar cuando él no estaba delante. Eran arrogantes y malintencionados, cambiaban filtros de amor por filtros de odio solo para reírse, se vestían el cuerpo de otros para enemistarlos y conseguir beneficios... Amasaban una fortuna en secreto y planeaban deshacerse de Mul para ocupar su posición en el pueblo y, con el paso del tiempo, convertirse en sus amos y señores.

–Tuve una gran discusión con ellos... ¡Gravísima! –continuó diciendo el mago con el ceño fruncido–. Los desenmascaré el día anterior a que el mar se lo tragase todo. ¡Cómo se arrepintieron! Prometieron enmendarse. Te lo aseguro: partía el corazón ver las lágrimas de Alea. Hasta me llamaron padre... Y yo los creí. Me tuvieron tan ocupado que ni siquiera observé las mareas aquella noche, como solía hacer, para comprobar si la luna aprobaría o no mis experimentos.

Por eso Mul no vio llegar la crecida de los océanos. Por eso no pudo hacer nada para remediar lo que estaba pasando en nuestro pueblo y en el resto del mundo.

–Nos protegimos, eso fue lo primero de todo –dijo con la voz espesa–. Aislé la casa, los animé a salir conmigo para intentar hacer algo. ¡Pero poco puede hacer un mago contra el mar! Salvé a algunos, conseguí reforzar los edificios para que no se los llevasen las mareas causando catástrofes mayores, anclé coches y camiones al suelo, liberé puertas para que la gente pudiese salir nadando... Bah... Era demasiado para mí.

Concentrado en su trabajo, pronto dejó de prestar atención a sus aprendices y, cuando por la noche volvió a su casa, encontró que la habían desvalijado, llevándose los libros de magia más importantes y muchos de los ingredientes que atesoraba desde hacía años.

–Por supuesto, cualquier cosa parecida a una joya voló con ellos también –puntualizó riéndose con amargura–. Pero los encontré pronto.

Me explicó que casi todos los magos tenían hechizos de localización en sus posesiones más valiosas y que solo tardó tres días en dar con los dos ladrones. Decepcionado, y a pesar de las promesas que le hicieron, decidió castigarlos y les amarró los poderes.

–Es como hacer un nudo en la boca de una bolsa –explicó gráficamente mientras se rascaba la barba–. Los poderes siguen ahí, pero no puedes usarlos. La mayoría de las personas tienen sus poderes así.

Pero Vasan y Alea no estaban satisfechos, querían vengarse. Pronto descubrieron que Mul había tomado la identidad de Gabriel para vivir en los tejados. Le pusieron un espía al verdadero Gabriel para tener vigilado al mago, e iniciaron un viaje para encontrar otro mago que pudiese ayudarlos. El verdadero Gabriel sufrió una grave enfermedad que acabaría con su vida en unos años, y cuando Mul lo descubrió decidió poner fin a la pantomima y buscar otro disfraz, antes de consumirse como el enfermo.

Al ver que el Gabriel de los tejados había muerto, cuando el Gabriel terrestre seguía vivito y coleando, pensaron que por fin sus sueños se habían realizado y que Mul había desaparecido de la faz de la tierra por fin.

–Soy viejo, Rob, pero no para tanto –explicó el mago dejando claro que pensaba que sus dos aprendices eran unos ignorantes–. No tengo planeado morirme por ahora.

Pagaron a un mago, no para que liberase sus poderes, porque todos se habían negado a algo así, desconfiando de su historia, sino para que les diese otros cuerpos con los que poder presentarse aquí sin llamar la atención, por si acaso.

–Los magos nos escribimos –me contó Mul–. No muy a menudo, pero sí de vez en cuando, y desde que el mar se lo tragó todo intercambiamos más cartas. Yo ya había avisado a mis colegas del peligro de estos dos... ¡Pero siempre hay un alma caritativa que siente compasión y cede ante las promesas de los malvados! ¿Qué vamos a hacerle?

Desde que le robaron la piedra rosa, había estado temiendo que Vasan y Alea hubiesen regresado, que hubiesen sido ellos los causantes del expolio. Por eso se dio prisa en reincorporarse a la comunidad y nos estuvo observando. Al principio no dudó de Nicolás Garrido, porque era normal que las televisiones se interesasen por los tejados de vez en cuando; pero cuando supo que yo no era sospechoso y escuchó a Claudia comentar con Fran lo que yo había oído sobre el documentalista y los chicos de Gino peinando el fondo del mar, lo tuvo claro.

–Mi plan de hoy era capturar al verdadero Nicolás, usarlo como cebo y atraer a su hermana para despojarlos de la magia para siempre –concluyó, volviendo a sentarse pesadamente–. Pero te he pillado a ti, boqueroncillo.

Me reí porque era una expresión que Gabriel solía usar conmigo.

–Así que dime, Rob, ¿qué vamos a hacer ahora?

91

Menuda pregunta.

Como si mi cabeza no necesitase un tiempo para reflexionar sobre todo aquello.

Pero ese tiempo no existía.

Teníamos que cazar a Vasan y Alea antes de que ellos nos cazasen.

Y teníamos ventaja: al fin y al cabo, el mago estaba en nuestro bando.

Mul y yo estuvimos hablando largo y tendido. Repasamos lo que sabíamos y trazamos un plan, aunque también conversamos sobre nuestros amigos: sobre Marcos y Natalia, sobre Mamá Medusa y Gino, sobre los ingenieros y Rafa, sobre Claudia y Fran, sobre Arancha... ¡Teníamos tantas cosas que contarnos!

Por eso, cuando salimos de la casa sumergida, la noche caía ya sobre los tejados.

Mul había creado una burbuja de aire a nuestro alrededor y habíamos recorrido el camino de regreso entre la ciudad dormida. Los peces nos observaban con curiosidad y un pulpo se empeñó en pegarse a la esfera que nos rodeaba, mostrándonos todos sus tentáculos y sus ventosas.

Mul se convirtió otra vez en Carmen antes de comenzar a ascender.

–Es mucho más cómodo así –me explicó con complicidad–. Además, me encanta ser esta niña –y diciendo esto, se me abrazó a la cintura.

Ahora que sabía quién era, resultaba algo inquietante saber que me estaba abrazando Gabriel, que en realidad era Mul, un viejo mago. Intenté no pensarlo demasiado.

Emergimos junto a *Ariel*, que permanecía amarrada en mi embarcadero. Y recordé aquella vez que me había parecido ver una burbuja gigante saliendo del mar, sobre la casa mágica de la que robé la piedra. Estaba seguro de que había sido Mul, pero justo cuando iba a preguntárselo, lo escuché maldecir:

–¡Lo que nos faltaba! –Carmen tenía los ojos clavados en mi tejado, desde donde Lana nos observaba con la boca abierta.

¿Nos había visto salir de la burbuja? Era casi imposible que no nos hubiese visto.

–Vosotros... –comenzó a decir señalándonos–. Tú... –intentó continuar concentrándose solo en mí. Parecía que no encontraba las palabras.

–¡Y ahora tendré que contarlo todo otra vez! –se quejó Carmen hundiendo los hombros, agotada.

–Pero ¿qué...? –siguió probando Lana, sin éxito.

–¡Cuéntaselo tú, Rob! –suplicó Carmen poniendo cara de pena–. Yo me acerco a casa de Marcos a tranquilizarlo, que seguro que está preocupado por ti.

–¡Claro que está preocupado! –consiguió soltar Lana, que parecía encontrar aquel tema de conversación más sencillo–. ¡Todos estábamos preocupados! ¡Has desaparecido sin más!

Caí en la cuenta de que me había largado en mitad del documental a sonsacar a Alea, y que después, bajo secuestro, no había regresado. Seguro que Marcos pensaba que me había ahogado: podía ser bastante catastrofista cuando quería.

Carmen no respondió a la acusación. Dio unos pasos sobre el mar, andando perfectamente sobre las aguas, sin hundirse, y antes de largarse nos gritó:

–¡Deberíais besaros ya o haceros novios o algo! ¡Lo estáis alargando demasiado!

Gracias, Mul.

Como si no tuviese bastante con toda tu aventura.

92

¿Cómo le cuentas a alguien que una niña flaca y morena es un viejo mago que planea capturar a un documentalista que, en realidad, es un mago traidor que ha intentado engañarnos?

Quiero decir, ¿cómo se lo cuentas después de que te acusen de ser un lentorro y no meterle mano?

Son tesituras de la vida.

Puedes comportarte con naturalidad, como si no hubiese pasado nada; es decir, obviar el último comentario de Mul y tan contentos.

O puedes empezar por el último comentario, echarle valor y después ir remontando hasta el principio de la historia.

Greg le había dicho al mago que yo había madurado. Ja.

Bueno, no las tenía todas conmigo.

Tampoco las tenía todas contra mí.

Observé a Lana, de pie junto a mi sillón rojo, liada en una de mis mantas y recortada contra las estrellas. Lucía como una aparición.

Y ahí estaba yo, con los pies mojados porque la marea cubría ya la parte inferior de mi tejado, clavado al suelo, sin saber muy bien por dónde empezar.

–Me gustas, ¿sabes? –solté–. Mucho.

–Rob...

–Ya lo sé... –interrumpí antes de que Lana me soltase el discurso de somos muy buenos amigos y tal, que había visto a Fran comerse en más de una ocasión cuando estaba flirteando con alguna chica–. No digo que tenga que gustarte yo a ti ni nada, solo quería dejarlo claro.

–Rob, eres imbécil –se rio Lana mirándome con los ojos brillantes–. ¿Por qué te crees que vengo aquí cada dos por tres? ¿Y que te presto los equipos o...? ¡Te cogí de la mano!

–Pero...

–¿Pero qué?

–¡No me has hecho caso durante años! ¡Pasaba cada día por tu tejado!

–¡No me has hecho caso tú a mí durante años!

–¡Porque no crees en el amor!

–¡No creo en el amor por tu culpa!

Vale, la cabeza iba a estallarme y estábamos hablando a voces en mitad de la noche de...

¿De que nos amábamos en secreto como los protagonistas más cutres de las novelas de enredo?

Me empecé a reír, me empecé a reír mucho y me senté en el suelo para agarrarme la barriga. No sé si Lana me miraba como si me hubiese vuelto loco, pero no podía parar. Me reía y me reía.

Aquello era júbilo en estado puro.

¿Le gustaba a Lana?

¡Le gustaba a Lana!

Mis carcajadas se extendieron en la noche y yo me tumbé en mi tejado encharcado, dejando que el agua me trepase a los oídos y me refrescase la espalda.

La magia existía y Lana me quería.

No podía parar de reír. Ni siquiera me di cuenta de que ella había bajado la escalerilla de cuerda y se había sentado a mi lado. Solo detuve mis carcajadas cuando se adelantó sobre mí, dejando que su pelo pelirrojo me hiciese cosquillas en las mejillas, y repitió:

–Eres imbécil, Rob.

Antes de besarme lentamente.

Dulcemente.

Perfectamente.

Bajo las estrellas.

93

Después le conté todo el jaleo de Mul y tal.

También desde el principio.

Con la historia de Gino y Mamá Medusa. Con mis transformaciones.

Me escuchó atentamente. Me hizo infinidad de preguntas. Me detuvo en más de una ocasión para cerciorarse del sentido de lo que decía.

No se enfadó por lo de la cena y los poemas. No se enfadó porque hubiese suplantado a su madre o hubiese arreglado su historia de amor con Gino. Parecía que esa noche Lana era incapaz de enfadarse por nada.

Le gustó lo de la magia.

Le gustó lo de la piedra transformadora.

Le gustó que Gino me hubiese palmeado el culo y, entre risas, confesó que prefería eso a que fuese Arancha la que me pusiese la mano encima.

Le gustó lo de cazar a Nicolás Garrido y a su hermana. Le parecía genial poner un poco de orden en el mundo, impedir que aquellos mentirosos recuperasen sus poderes y nos pusieran en peligro a todos.

Se ofreció para participar y le prometí que lo hablaría con Mul.

Asintió y se quedó mirando al cielo, concentrada.

–Entonces, el mundo no es lo que parece –murmuró.

–Creía que después de que el mar se lo tragase todo, no iba a ser capaz de sorprenderme por nada –asentí acariciando sus dedos–. Pero hoy he estado metido en una burbuja mágica paseando con un mago por las profundidades...

–¿Vas a convertirte en aprendiz de Mul? –me preguntó de pronto–. ¿Vas a ser mago como él?

Yo ni siquiera lo había pensado.

Pero había tocado un objeto mágico, quizá algún tipo de poder había despertado en mí. Era demasiado pronto para pensarlo. Quedaban muchas cosas por hacer.

Sonreí a Lana y me di cuenta de que, por lo menos, esa noche había desarrollado un nuevo poder seductor superpotente.

Y era estupendo.

94

Cuando aparecí en el tejado de Marcos a la mañana siguiente, me llevé una bronca considerable.

Mi amigo estaba más que enfadado. Había estado buceando después de la grabación buscándome por todas partes. Había mandado a José a patearse los tejados en mi busca. Había alarmado tanto a Angelina que esta había encendido una vela en el bar para que, si estaba perdido, encontrase una luz.

Mul y yo habíamos decidido que lo mejor era no contar nada de nuestro plan a Marcos y Natalia. Necesitábamos que ese día participasen en las grabaciones con naturalidad, así que me ceñí a la excusa que Carmen les había dado: que ella había venido a buscarme con urgencia porque un chaval se había quedado atorado en uno de los pisos colindantes y que, después de rescatarlo, los había acompañado.

No sonaba muy convincente. Por lo menos, a Marcos no parecía convencerlo demasiado.

Pero era lo único que podía decirles por el momento.

Natalia, con su sexto sentido para las mentiras, me miraba con la ceja levantada, sin decir una sola palabra. Solo se decidió a hablar conmigo cuando la lancha de Nicolás Garrido se acercó, conducida por su hermana, con todo el equipo de grabación.

–Estás estúpidamente contento –acusó dándome un codazo en las costillas.

–Lana... –dije sin dar más detalles, pero poniéndome lo suficientemente rojo como para no necesitar hablar.

–¡Por fin! ¡Ya era hora! –se burló Natalia, entrelazando su brazo con el mío–. Así dejaréis de marear a los demás –señaló con voz de mando–. Y todo eso que te guardas, que no tiene nada que ver con tu novieta, ya me lo contarás al final del día.

Asentí con gesto concentrado, mientras Nicolás amarraba la lancha.

–Te prometo que al final del día te lo cuento –aseguré, y le estreché la mano como cerrando un trato.

Después de eso, la voz alegre de Nicolás Garrido nos asaltó, con los saludos de buenos días y los fantásticos proyectos de grabación que nos ocuparían durante toda la jornada.

Hoy tocarían más planos exteriores de Natalia: saltando al agua, comentando su trabajo, sonriendo con muchos dientes... Y después nos sumergiríamos para las tomas en la ciudad: nuevas imágenes de ella atravesando puertas y ventanas, asustando a los peces o paseando sin botella de oxígeno como si fuese una aparición fantasmagórica.

Estaba deseando llegar a esa parte.

Esa parte iba a ser mi preferida.

95

La idea era bien simple: ¿qué se necesita para pescar? Una caña y un cebo.

Y algo de fuerza para tirar.

La caña la teníamos: ya le habíamos hablado a Nicolás de la magia del mar y demás. Solo había que perfeccionar un poco el mensaje, dejárselo más claro. Y esa tarea me correspondía a mí.

Me senté a su lado mientras controlaba desde su ordenador portátil los planos que sus compañeros tomaban de Natalia, saltando desde el filo del tejado una y otra vez.

–Ejem... Nicolás... –comencé como si dudase de lo que iba a decir–. Tú preguntaste por cosas raras en el mar... ¿no?

Era increíble cómo de pronto me atendía con todo su ser y dejaba a un lado la pantalla.

–Sí, chico... –respondió con seriedad, sin querer decir nada que pudiese fastidiar lo que yo quisiese contarle.

Intenté no sonreír, tenía que parecer preocupado, incluso asustado... Pero su manera de correr hacia la caña que le estaba enseñando me parecía muy ridícula.

–Es que, verás... no se lo digas a nadie, por favor, no quiero que se rían de mí. Pero ayer, no sé si te diste cuenta... pero desaparecí –hice una pequeña pausa; sabía que Nicolás ni siquiera me había prestado atención.

–Claro, claro que me di cuenta, Mario estaba muy preocupado –alegó con los ojos muy abiertos.

–Marcos –corregí.

–Oh, claro, perdón, me lío. Marcos, Marcos estaba preocupado.

–Sé que te va a sonar idiota... Pero es que vi algo... ¿cómo explicarlo? –dudé para hacerme el interesante y disfrutar de su cara de hambre, como si fuese a saltar sobre mí si no terminaba pronto de hablar–. Vi a una mujer, ¿vale? Bueno... creo que vi una sirena... ¡No te rías de mí!

Pero Nicolás no se reía. Vasan no se reía, Vasan empezaba a aparecer en la mirada sedienta de su disfraz.

–Tenía que seguirla, ¿entiendes? –continué sin darle mucho tiempo a responderme–. ¡Eso no pasa todos los días! ¡Una sirena! Lo dejé todo y nadé detrás de ella, a una distancia prudencial... y entonces se adentró en uno de los edificios, que antes era una iglesia, entró por una de las vidrieras rotas. Me asomé unos segundos después, pero como no veía nada, ¡entré yo también!

–¿Y entonces? –preguntó él sin aguantar la intensidad de mi relato.

–¡Entonces no era una iglesia! –exclamé fingiéndome muy sorprendido–. Entonces era una casa, una casa llena de aire...

Nicolás me agarró por la pechera de la camiseta. Sus nudillos estaban blancos y me miraba desencajado.

«Te tengo justo donde quiero, Vasan», pensé.

–¿Qué había en esa casa? –preguntó con voz aguda, en un susurro que difícilmente controlaba–. ¿Qué había?

–Había una chimenea –continué como si lo que estaba relatando fuese tan fantástico como en realidad era– y un sillón y estanterías... y una mesa... ¡de la que salía humo rosa!

–¿Humo rosa? –se lanzó, ya totalmente en mis manos.

–¿Y sabes de dónde surgía el humo rosa?

–¿De dónde?

–De unas piedras.

–De unas piedras –repitió como un idiota.

–De unas piedras rosas.

Se hizo una pausa. Nicolás se dio cuenta de que me estaba sujetando por la pechera y me soltó. Miró el ordenador, miró a sus compañeros grabando a Natalia y miró a José, que se había quedado observándonos con extrañeza. Pero lo que buscaba no era eso, buscaba la cara de su hermana. Y la encontró.

Cruzaron una mirada cargada de significado: fría y acerada.

–Llévame –pidió en un tono más cercano a una orden.

–¡Pero he vuelto esta mañana y no había nada! –me quejé negando con la cabeza–. Ni sirena, ni casa, ni chimenea, ni humo, ni nada.

De pronto, uno de los cámaras nos interrumpió preguntando si Nicolás daba por buena la toma para pasar a lo siguiente. El documentalista lo miró como si le estuviese hablando en chino. Natalia me miró a mí, consciente de que tenía una cara de culpable que era difícil de ocultar para alguien que me conocía tan bien como ella.

–Sí, sí... –asintió por fin Nicolás, como saliendo de un trance–. Pasamos a las grabaciones en el agua. ¡Perfecto! ¡Perfecto, chicos, perfecto!

Dio unas palmadas y se levantó disimulando, cerrando su portátil y animando a su equipo a recoger. Cuando los tuvo de nuevo entretenidos preparándose, se giró hacia mí y aseguró:

–Has hecho algo grande por mí hoy, chico –me confesó con emoción–. Y si después del trabajo me llevases a esa iglesia, tendría una gran deuda contigo.

Sonreí haciéndome el tonto.

Vasan no sabía que no haría falta esperar hasta el final del día.

96

La sirena apareció al mismo tiempo que Natalia se adentraba en el portal de un edificio, donde la esperaban los cámaras para captar los cambios de luz.

Marcos estaba junto a la puerta, aguardando por si su hermana necesitaba oxígeno, y Nicolás estaba a mi lado, flotando algo más allá, sin quitarme ojo. Parecía pensar que yo tenía un radar para acontecimientos mágicos y no quería alejarse por si se perdía algo.

Justo cuando Natalia desaparecía de nuestra vista, una sirena pelirroja surgió desde el segundo piso y comenzó a nadar con rapidez hacia una de las calles que teníamos a nuestra izquierda.

Nicolás Garrido se agarró a mi brazo petrificado y yo lo miré desde detrás de mis gafas de bucear, con los ojos tan abiertos que sentí que se me secaban un poco. La verdad es que algo sorprendido sí que estaba.

El cebo había aparecido. El cebo era Lana.

Y de esa parte del plan yo no había tenido ni idea hasta entonces. Supuse que Mul había seguido moviendo hilos mientras yo daba vueltas en mi colchón, emocionado e inquieto durante toda la noche. Supuse que había decidido dejarla participar en el plan y la había recogido de su tejado aquella mañana, antes de que el sol nos despertase a todos, para convertirla en aquella espectacular e iridiscente sirena que nos guiaría hasta la iglesia.

En un principio, la sirena iba a ser una ilusión.

–Es más corpórea que mis ilusiones –me explicaría más tarde Mul, con la voz de Carmen.

En aquel momento, yo estaba casi tan fascinado como el falso Nicolás, así que debí resultar bastante creíble.

No hizo falta que nos hiciésemos demasiados signos. En cuanto Lana desapareció, nos olvidamos del documental y comenzamos a seguirla.

Nicolás era muy torpe nadando y me hacía ir despacio. Creo que también hacía que Lana fuese más despacio y, por la de veces que la vimos doblar una esquina o aparecer en alguna de las calles, supuse que nos esperaba un rato cuando se daba cuenta de que la habíamos perdido de vista.

Llegamos a la antigua plaza justo cuando un banco de peces sobrevolaba los tejados de la iglesia y Lana se colaba por una de las vidrieras. La historia estaba siendo perfecta.

Esperaba que Nicolás confundiese mi excitación por la trampa que le estábamos tendiendo con la magia del momento. De todos modos, él lucía tal urgencia, tal ansia, que difícilmente hubiese reparado en mí.

Nadamos hacia la ventana y le cedí el paso: él tenía que entrar el primero, eso también estaba calculado. No sospechaba en absoluto. La promesa de magia, la promesa de las piedras rosas, tiraba de él con tanta fuerza que resultaba imposible detenerlo.

Supe por su mirada que me habría atacado si hubiese intentado pararlo. Eso me alegró, porque no tenía ninguna intención de interponerme en su destino.

En cuanto cruzó la vidriera, Mul lo congeló.

Como me había congelado a mí el día anterior.

97

Ahora había que cazar a Alea.

Esa parte también dependía de mí. Me sentía el héroe del momento. Mul, con el cuerpecillo de Carmen, y Lana, sonriendo como sirena, me saludaron cuando seguí a Nicolás, que se había quedado petrificado con cara de espanto. Me imaginé que yo había resultado igual de ridículo metido en mi burbuja.

La iglesia, vacía de bancos de madera, pero llena de peces y criaturas marinas que la habían convertido en su casa, tenía una luz mágica por el efecto de las vidrieras que aún permanecían en pie. Era ciertamente hermosa y resultaba inquietante estar los cuatro allí, como si no pintásemos nada en el templo.

Carmen nos hizo gestos para que nos acercásemos y puso sus manos en la frente de Lana y en la mía.

–Lo habéis hecho genial –nos dijo, no con la voz de Carmen, sino con su propia voz, con la voz de Mul, en nuestras cabezas–. Con Alea será igual de fácil. A lo mejor ni siquiera te necesitamos, Lana, pero...

Lana puso cara de decepción y Mul se rio.

–Pero quédate como estás por si acaso –continuó sonriendo–. Además, eres la sirena más guapa que veo en mucho tiempo.

Miré a Lana pensando que Mul tenía razón y que, aunque yo no hubiese visto nunca una sirena, tenía más que suficiente con aquella.

–Rob, concentración –me amonestó el mago–. Toma la piedra rosa y transfórmate en Nicolás. Ya sabes lo que tienes que hacer. Alea te seguirá sin problemas.

Asentí y tomé la piedrecita que me tendía. No sabía si era la misma que le había robado o si era otra distinta, pero me pregunté si después de todo aquello me dejaría quedármela. Al fin y al cabo, él tenía piedras rosas de sobra.

Me transformé en Nicolás con facilidad y vi cómo Lana dejaba escapar una exclamación sorprendida, que sonó algo difusa bajo el agua. Me iba a costar la misma vida llegar a la superficie con aquel cuerpo perezoso, pero no me quería arriesgar.

Me despedí y comencé a nadar, pensando en que cuando Marcos se diese cuenta de que había vuelto a desaparecer, se lo llevarían los demonios.

Tenía que adelantarme y llegar a la lancha antes de que los cámaras del documental se extrañasen y subiesen a la superficie a preguntar por Nicolás o por mí.

La verdad es que la suerte estaba de nuestra parte.

Todos mis temores sobre el plan se esfumaron en cuanto Alea me vio aparecer y escuchó mis novedades.

–¡Lo sabía! ¡Lo sabía! –gritó emocionada sonriendo por primera vez, que yo recordara–. ¡Ese viejo estúpido tenía que haber dejado su guarida en alguna parte!

–Vamos, rápido –la increpé, temiendo que los demás apareciesen en cualquier momento–. No podemos perder esta oportunidad y no queremos compartirla con nadie –añadí señalando hacia abajo, donde se grababa a Natalia.

–Tienes razón, Vasan... –accedió volviendo a su seriedad habitual–. ¡No queremos que ningún estúpido se interponga! ¡Magia, Vasan, magia! –exclamó mientras se ponía torpemente unas botellas de oxígeno a la espalda y se colocaba las gafas.

–Viviremos como merecemos, Alea –sonreí, apartándome para que se dejase caer en el mar.

Pensé que mi frase era muy buena.

Tenía que recordarla para repetirla cuando contase todo aquello.

Podría terminar mi historia diciendo algo así como: «Y vivieron como merecieron».

Sonaba a magnífico final.

98

Pero todavía nos quedaba trabajo que hacer.

Guie a Alea hasta la iglesia, retrasado aún más por su torpe estilo de buceo, a punto de perder los nervios porque quería culminar con éxito el plan cuanto antes.

¡Tenía miedo de que algo saliese mal!

Es comprensible.

Nunca antes había lidiado con la magia, ni siquiera me había imaginado lidiando con ella.

Pero allí estábamos, a punto de entrar por la vidriera de una iglesia sumergida para encontrarnos con un mago, una sirena y un aprendiz congelado.

¡La vida era fantástica!

Y Alea cayó con la misma facilidad que Vasan. Su cara congelada mostraba, quizá, menos sorpresa y más frustración, como si una parte de ella hubiese supuesto que las cosas no podían ser perfectas.

Me dio pena mirarla.

Mul sacó de las esferas de oxígeno un cordel para arrastrarlas, como me había arrastrado a mí el día anterior, y nos guio hasta la antigua sacristía del templo. Allí, al cruzar la puerta, descubrimos que nos encontrábamos en su casa.

Lana se cayó al suelo en cuanto cruzó el umbral, con un sonoro porrazo.

–¡Ay! –gritó enfada y confundida, tratando de levantarse y comprobando que su cola de pez no la ayudaba para nada.

–¡Perdón! –se disculpó Carmen, que empujaba las esferas con los dos hermanos petrificados hasta el salón–. Quítate la peineta que te he dado, querida.

Me fijé en que Lana tenía una peineta de nácar enredada en el pelo, muy parecida al tesoro de Greg, y se la quité con cuidado. Entonces, su cola de pez se convirtió en sus fantásticas y largas piernas.

–Buf... –se quejó levantándose y alisando el vestido de tirantes que llevaba–. Bajo el mar es maravilloso, pero en tierra es una auténtica molestia ser una sirena.

De pronto se volvió hacia mí y se colgó de mi cuello con una sonrisa, mirándome a los ojos como una niña en el día de su cumpleaños.

–¿Te ha gustado? –inquirió con alegría.

–¿Verte como una sirena? –pregunté riéndome–. Me ha encantado.

Entonces Lana me besó como la noche anterior y mi estómago dio un vuelco emocionado, como cuando iba a transformarme con ayuda de la piedra rosa.

–Tortolitos, tenemos cosas que hacer –la voz de Mul nos sorprendió, no ya la de Carmen, puesto que el mago había retomado su aspecto real para mostrarse a sus viejos aprendices con todo su esplendor.

Supe que, en el caso de haber podido expresar alguna emoción, los pobres hermanos solo habrían transmitido asombro y terror.

Así somos los seres humanos.

99

–¿Qué vas a hacer con ellos, Mul? –preguntó Lana, que estaba sentada en el suelo dando golpecitos a las burbujas, que giraban un poco cada vez que las tocaba.

El mago levantó la cabeza de uno de los libros que estaba leyendo y refunfuñó. Llevaba un rato buscando entre sus escritos algo que lo tenía muy concentrado.

–Coge ese bote verde, Rob –me indicó Mul de pronto–. ¡Y ese otro más pequeño con un gorrión en la tapa!

Canturreaba por lo bajo las cosas que iba leyendo.

Lana me miró y me encogí de hombros. Ya había visto al mago ofuscarse de esa manera en la realización de un conjuro, y sabía que no se daba especial prisa en encontrar la solución que buscaba.

Obedecí cada una de las órdenes que me dio y, por fin, comenzó a mezclar diferentes mejunjes en un caldero sobre el fuego, removiendo siempre en sentido contrario a las agujas del reloj.

Cuando terminó, un humo amarillento con lunares azules que explotaban cada cierto tiempo, se fue derramando desde el cazo.

–¡Rápido, el humo! –nos ordenó nervioso, haciendo aparecer en nuestras manos dos abanicos para que moviésemos el aire de forma que el humo de colores se dirigiese a él, que sostenía una especie de aspirador con el que iba recogiéndolo–. Este conjuro es muy difícil de manipular. ¡Lana, se te escapa un poco por la derecha!

Lana corrió junto a la puerta del salón y comenzó a abanicar con más fuerza, mientras yo me agachaba para hacer salir lo que había debajo de uno de los sillones azules.

Por fin, Mul logró aspirar todo el humo mágico y nos miró satisfecho.

–Bien, bien, bien –dijo dándose unas palmaditas en la barriga–. Esto lo arreglará todo.

–¿Para qué sirve el hechizo? –volvió a preguntar Lana, aunque utilizando otras palabras.

–No puedo hacer desaparecer sus poderes, pero puedo atarlos mucho mejor –explicó Mul frunciendo el ceño–. Aunque la forma más segura de mantenerlos apartados de un poder que solo los empeora es hacer que lo olviden.

–¿Vas a borrarles la memoria? –se sorprendió Lana, alejándose unos pasos de la extraña aspiradora.

–Voy a redibujar su memoria –corrigió Mul–. Haré que allí donde hay recuerdos sobre magia, solo encuentren imágenes de un viejo loco con el que vivieron de niños y con el que no fueron especialmente felices... Crearé soluciones lógicas que sustituyan las poco lógicas maneras de la magia para las mentes no iniciadas.

–Vamos, que no sabrán que la magia existe –tradujo Lana poniendo los brazos en jarras.

Mul se rio y asintió, divertido por el tono de voz tan parecido al de Mamá Medusa que había utilizado mi amiga.

–Va directa al grano, Rob –se burló el mago dándome un pequeño codazo.

Yo estuve a punto de responder que eso no pasaba siempre, pero me contuve a tiempo.

–Vamos, chico, arrastra este trasto hasta las burbujas –me indicó Mul dando pataditas a la aspiradora.

Tiré de ella hasta colocarla entre las dos esferas donde flotaban los petrificados hermanos.

–Vasan, Alea –se dirigió a ellos Mul, antes de enchufar la boca de la aspiradora sobre la capa exterior de sus burbujas–. Cuando el hechizo entre en contacto con vosotros, comenzaréis a olvidaros de lo que tanto sufrimiento y esfuerzo inútil os ha provocado, podréis encontrar otras maneras de castigaros entre los terrestres, porque sé que vuestra avaricia dará con nuevos caminos que recorrer. Me apena no haber conseguido insuflar en vosotros el respeto y el cariño por las cosas pequeñas de la vida... Y os pido perdón por no haber sido un buen maestro –continuó con la voz algo quebrada. Nunca lo había oído hablar con tanta solemnidad–. Despertaréis en el tejado de Marcos, cerca de vuestra lancha. Conservaréis para siempre los cuerpos que ahora lleváis porque los haré permanentes, pase lo que pase. Al abrir los ojos, solo sabréis que estos dos muchachos os han salvado de ahogaros.

–¿Seguirán trabajando en el documental? –preguntó de pronto Lana interrumpiendo el discurso del mago.

–¡Oh, claro que sí! –la tranquilizó Mul–. ¿No crees que el mundo de la televisión es perfecto para dos criaturas así? ¡Seguro que se convierten en estrellas!

Observé de nuevo a los dos hermanos, intentando imaginarlos como protagonistas de alguno de esos programas de televisión que casi había olvidado.

En los tejados aborrecíamos las televisiones.

Preferíamos hablar entre nosotros y contarnos las noticias con un buen café.

Sí.

Seguro que aquellos dos quedaban bien en un plató.

–¡Vamos allá! Rob, pulsa el botón azul tres veces –me indicó Mul.

El humo comenzó a llenar la burbuja de Vasan hasta que casi dejamos de verlo. Después repetimos la operación con Alea.

–No se ahogarán, ¿no? –inquirió Lana.

–Eres un poco desconfiada, chiquilla –se quejó Mul recogiendo la aspiradora–. ¿Cómo van a ahogarse? Respirarán el humo mágico hasta que desaparezca, y entonces podremos devolverlos a la superficie.

–Y habrán olvidado todo esto: la casa, a ti... –se aseguró ella.

El mago asintió, sorprendido por la de veces que tenía que repetirle a Lana todo aquello.

–Pero nosotros no –insistió ella.

–Vosotros no.

–Nos acordaremos de la magia y de ti y sabremos que Carmen eres tú.

–Así es.

–Y harás de Rob tu aprendiz.

–Y haré de Rob mi aprendiz.

Me quedé pasmado mirándolos a los dos.

–¿Harás de mí tu aprendiz? –pregunté como un idiota, con la boca algo abierta.

Aquello no podía estar pasándome a mí.

–¿Qué iba a hacer si no? –se quejó Mul dándome golpecitos en la espalda–. ¡Estás tan cargado de magia de tanto usar mi piedra rosa, que temo lo que seas capaz de liar si no te vigilo!

100

Habíamos ayudado a vencer a Vasan y a Alea.

Mi amigo Gabriel no había muerto, aunque se llamase Mul y pareciese Carmen.

Marcos y Natalia habían conseguido su empresa de cazadores de tesoros profesionales, con publicidad en un documental.

Lana era mi novia y me iba a convertir en aprendiz de mago.

Dime si no es genial.

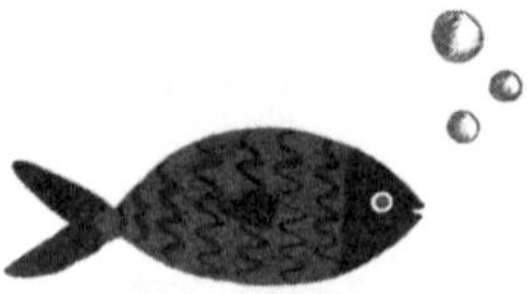

Angelina y Toni habían preparado un cine en su tejado.

Toni había movido sus contactos tierra adentro y había conseguido un proyector y unos altavoces, además de una pantalla del tamaño de una sábana de cama grande. En una barbacoa, José y Bruno ayudaban a Angelina a hacer palomitas, dando fuertes carcajadas cada vez que una de las semillas de maíz escapaba dando un salto del papel de plata y asustaba a alguno de los tres.

Marcos y Sheila charlaban animados con Vasan, que les contaba los pormenores del proceso de montaje del documental. Creo que nunca había visto tan relajado a Nicolás Garrido, parecía estar disfrutando sin más de lo que pasaba a su alrededor.

Alea y Lolo hablaban en otro rincón de la terraza, compartiendo unas cervezas, y por el modo en que Alea movía las pestañas y a Lolo se le caía la baba, supuse que estaban flirteando. Me pareció que hacían una pareja genial.

Aunque no eran los únicos tortolitos que había sobre el tejado.

Mamá Medusa y Gino se susurraban frases al oído, para horror de Lana y escarnio de Judit, que comentaba con Fran cada una de las jugadas, como si estuviesen inventando la conversación que los dos enamorados estaban manteniendo. Hacía solo unos minutos que Mamá Medusa y Gino habían anunciado su compromiso, invitándonos a todos a su boda el próximo domingo, en el tejado de Gabriel. Estaban tan contentos, transmitían una felicidad tan desbordante que, aunque nos preocupaba un poco lo que ese enlace podría suponer en la vida del resto de cazadores, todos aplaudimos con grandes vítores. Incluida Lana.

–¿Sabes? Quizá el amor cambie un poco a Gino y deje de ser tan rufián –me susurró rozando mi oreja.

–Quizá el amor te cambie tanto que hasta te caiga simpático –sonreí victorioso, rodeándole los hombros con cariño.

–Quizá –concedió concentrada, observando a la pareja.

Natalia y Tobías estaban apoyados en la barandilla, demasiado cerca el uno del otro como para no evidenciar que allí había más que una amistad. Ahora entendía la gran preocupación de Natalia sobre la posibilidad de una boda entre Tobías y Lana. Ella no había dicho nada sobre su noviazgo con el hijo adoptivo de las Medusas, pero solo hacía falta tener ojos para descubrirlo. No necesitaba otra confirmación que ver la camiseta verde fosforescente de Tobías, con el pulpo de tres patas en la pechera. Mamá Medusa se había llevado las manos a la cabeza cuando su mejor trabajador le había anunciado que cambiaba de empresa, y Marcos me había pedido al menos cincuenta veces que le prometiese que no me molestaba lo más mínimo que Tobías ocupase mi puesto en su empresa de cazadores profesionales.

–Te lo prometo, Marcos –había repetido yo por quincuagésima vez–. Te lo prometo y te lo reprometo... Pero quiero que me prometas tú una cosa también.

–Lo que quieras, Rob; por ti, lo que quieras –se había lanzado él dándome un gran abrazo.

–Prométeme que vas a tener en cuenta a José.

–¿A mi hijo? Es solo un niño...

–Más pequeño era yo cuando me diste la oportunidad de hacer algo útil –le había recordado con cariño.

Marcos se había quedado pensativo, pero después me había mirado con una sonrisa agradecida y había asentido reverentemente con la cabeza.

–Te lo prometo, Rob, tendré en cuenta a mi hijo –aseguró con sinceridad–. Además, un pulpo suele tener ocho patas... ¡Y yo tengo cinco hijos!

Me había reído mucho con la idea. Era ese tipo de reflexión que parecía hacer encajar las cosas.

Por eso, allí en el tejado, los hijos de Marcos lucían la camiseta fosforito de la empresa de cazadores profesionales de su padre. Aunque no eran los únicos privilegiados. Casi todos nosotros las llevábamos, menos Luke, de los Tiburones, que lucía su uniforme habitual y miraba a Arancha sin dar crédito por su atuendo publicitario de la competencia.

Lana estaba especialmente guapa con ese color tan brillante y sonreía a nuestros amigos, respondiendo cariñosa a sus conversaciones sin soltarse de mi mano.

–No sabía que había un concurso de parejas –bromeó Carmen acercándose a nosotros con Greg–. ¿Crees que podríamos participar nosotros, buen amigo? –le dijo al anticuario con una sonrisa inocente.

–¡Cuando crezcas, mocosa impertinente! –respondió Greg revolviéndole el pelo, y Carmen puso los ojos en blanco.

Pensé en mi idea de envejecer con Lana siendo anticuario.

Ese había sido mi futuro perfecto hasta entonces.

Revisarlo bajo la perspectiva de convertirme en mago no estaba nada mal.

Nada nada mal.

Aunque la mayoría de mis amigos siguiesen pensando en la magia como algo que solo sucedía en momentos esporádicos, cuando veías algo raro buceando. Aunque no pudiese alardear de mis trucos ni sacar conejos de una chistera de lentejuelas.

Aunque mis poderes solo sirviesen para ayudar en secreto a nuestra comunidad.

No estaba nada mal.

–¿Cómo llevas el truco del oxígeno? –me preguntó Carmen como si fuese capaz de leerme la mente–. ¿Has conseguido ya crear tu esfera para respirar bajo el agua? ¡Espero que estés practicando y no te distraigas con tanto amorío!

–Esta mañana casi me ahogo –confesé, porque el conjuro era difícil y necesitaba mucha concentración.

–¡Pero está practicando! –me defendió Lana antes de que Mul, en el cuerpo de Carmen, me echase la bronca.

–¿Qué tal, familia? –preguntó mi amigo Rafa uniéndose a nosotros.

Los ingenieros disfrutaban de una racha excelente y Rafa estaba exultante porque Toni le había pedido ayuda especialmente a él para montar aquel cine para el estreno del documental.

–¿Está Natalia nerviosa? –añadió frotándose las manos–. ¡Es la protagonista de la velada!

Nos volvimos hacia ella justo en el momento en que Tobías se adelantaba para darle un beso de tornillo escandaloso.

–Yo la veo muy tranquila –comentó Carmen, arrancando carcajadas de todos nosotros.

Entonces Lana me dio un pequeño apretón en la mano y me miró con complicidad señalando a Claudia con la cabeza.

–Rafa, Claudia me ha preguntado antes por ti –soltó Lana con desparpajo–. Quería que le explicases no sé qué sobre todo el trabajo que estás realizando... Parecía bastante interesada.

A Rafa se le pusieron rojas hasta las orejas.

Me pregunté si yo había resultado tan transparente unas semanas atrás, cuando me hablaban de Lana.

–¿Ah, sí? –inquirió con voz de bobo.

–Yo creo que deberías acercarte, se la ve un poco sola –se animó Greg, que parecía tener alma de casamentero.

–¿Tú crees?

–¡Vamos, Rafa! –lo empujé, justo en el momento en que Lana empezaba a hacer gestos a Claudia como diciéndole que era su oportunidad.

–No, si al final no iba desencaminado con lo del concurso de parejas –se quejó Carmen con una sonrisa pícara.

–¡Por favor! ¡Por favor todos! –empezó a gritar Angelina delante de la pantalla de cine–. ¡Id cogiendo sillas! Y los más jóvenes y los niños, al suelo.

–¡En el suelo se ve peor! –masculló Carmen con frustración.

–¿No te encantaba ser una criatura? –pinché al mago sin que nadie nos oyera.

–¡Cállate, Rob! –me amonestó antes de correr a coger sitio.

Lana tiró de mí y nos sentamos con la espalda apoyada en la barandilla. Apoyó su cabeza en mi hombro y susurró:

–Al final sí que creo en el amor... en que nos hace mejores y eso.

Me reí y la besé, porque es lo único que se puede hacer ante un comentario así.

–¡Vamos, Nicolás! –llamó Angelina a Vasan para que se acercara delante de la pantalla–. ¡Tienes que decirnos unas palabras! ¡Preséntanos el documental por el que tanta guerra has dado!

Vasan se acercó contento y sonrió a su hermana, que levantó la mano desde los asientos para darle ánimo.

Todos aplaudimos como posesos y Gino comenzó a jalear, animando así al resto de sus compinches.

Suspiré llenando el pecho de aire.

Miré a todos mis vecinos.

Observé el perfil concentrado de Lana.

Escuché las olas rompiendo a solo unos metros de mí.

Sentí en mi bolsillo la piedra rosa que Mul me había regalado.

Pensé que el ser humano, a pesar de sus mil imperfecciones, seguía teniendo papeletas para ser feliz.

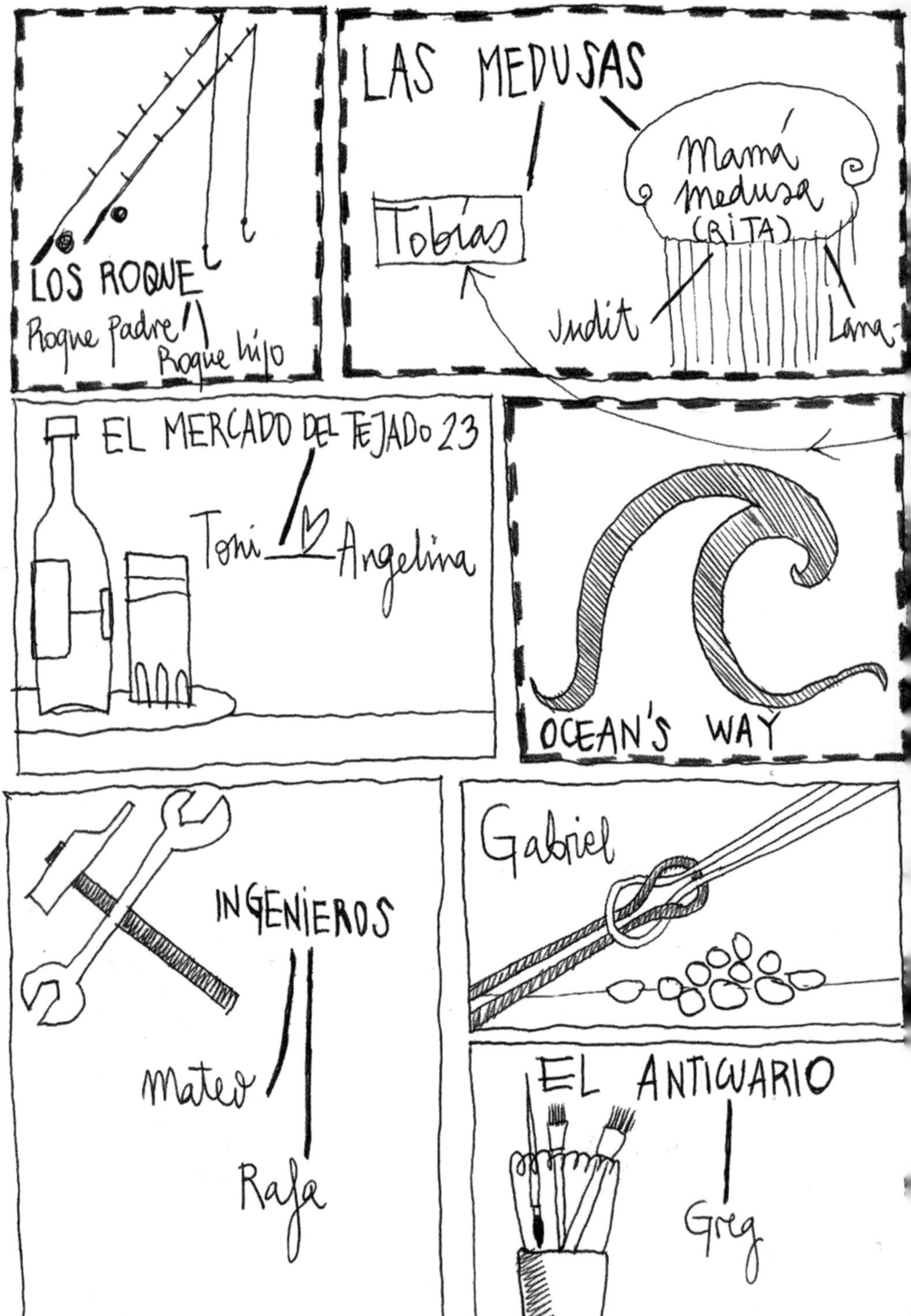

LOS ROQUE
Roque padre
Roque hijo
LAS MEDUSAS
Tobías
Mamá medusa (RITA)
Judit
Lana
EL MERCADO DEL TEJADO 23
Toni
Angelina
OCEAN'S WAY
INGENIEROS
Mateo
Rafa
Gabriel
EL ANTICUARIO
Greg

nacho pangua.